JN072093
魔法少女育成計画
「白」
ホワイト
illustration マルイノ
遠藤浅蜊
Endou Asari

テティ・
グットニーギル
魔法のミトンで
なんでもつかめるよ
ミス・リール
金属でできた身体の
材質を変えられるよ
ラッピー・
ティップ
魔法のラップで
なんでも
保存できるよ
ドリル・ドリィ
魔法のドリルで
どこまでも
掘り進めるよ
アーク・アーリィ
攻撃を受ければ
受けるほど
強くなるよ
クラシカル・
リリアン
魔法の編み機で
好きなものを
編み上げるよ
カナ
質問をすれば
答えがわかるよ
雷将(らいしょう)アーデルハイト
吸収したエネルギーを
再利用できるよ
MAGICAL
GIRL'S

ランユウィ
扉と扉を
繋げることが
できるよ
プシュケ・
プレインス
魔法の水鉄砲で
戦うよ
奈落野院出ィ子（ならくのいんでこ）
一瞬だけどこにも
いなくなるよ
プリンセス・
ライトニング
雷の力で敵と戦うよ
サリー・レイヴン
カラスの使い魔を
作り出せるよ
クミクミ
物体を壊したり
組み立てたり
できるよ
メピス・フェレス
甘い言葉で
堕落させちゃうよ
カルコロ
魔法のソロバンで
計算したり
戦ったりするよ

プリンセス・デリュージ
氷の力を使って敵と戦うよ

スノーホワイト
困っている人の
心の声が聞こえるよ

リップル
手裏剣を投げれば
百発百中だよ

ブレイド・ブレンダ
切れば切るほど
切れ味が上がるよ

キャノン・キャサリン
好きなだけ弾を撃ち出せるよ

0（ラブ）・ルールー
石に秘められた
力を解き放つよ

ピティ・フレデリカ
水晶玉に好きな相手の
姿を映し出すよ

オールド・ブルー
（初代ラピス・ラズリーヌ）
本質を見抜く目を
持っているよ

三代目ラピス・ラズリーヌ
気分を変える魔法の
キャンディーを作るよ

魔法少女育成計画

Endou Asari

illustration マルイノ

CONTENTS

イラスト：マルイノ
デザイン：AFTERGLOW

第五章
事前準備は入念に
149
第六章
邂逅
183
第七章
バレるヒト、
バレないヒト
223
第八章
midday party
259
第九章
人間模様戦場模様
293
第十章
ピティ・フレデリカ
327
エピローグ
361
Go ahead!!

プロローグ

かつては道路拡張工事に使われていたプレハブ小屋の中、三脚しか残っていないテーブルがひしゃげ、壁にめり込んでいる。床、壁、天井、場所を問わず、鋭い刃物によって切り刻まれた痕跡が無数に広がり、それを追うように血液が飛び散っていた。

プキン将軍、という言葉が口をついて出かけ、フレデリカは反射的に唇を強く引き結んだ。「プキン」だけでなく「将軍」までついているあたり、部下の前で口にするにはあまりに感傷的だった。

過去に思いを馳(は)せている時間ではない。ここには現在がある。フレデリカは込み上げてきたプキンへの思いを振り払い、現場に目を向けた。

ピティ・フレデリカを恨んでいる者、憎んでいる者、嫌っている者は数多い。十指に余るどころではなく、全て数え上げれば分厚い目録になることだろう。

しかし、だとしても、協力者を襲撃する者となれば限られてくる。

現在のフレデリカがどこに潜り込んでいるかを知り、どこの誰に協力を要請したのか把握し、凄腕の傭兵を仕留めるだけの力を持ち、人命を屁とも思わず、行為そのものは淡々としていて、趣味的な高揚感を伴っているわけでもない。

　状況を聞かされ、まず頭に浮かんだ犯人、というか黒幕は初代ラピス・ラズリーヌだった。が、実際に現場へ出向いて見分し、頭に浮かんだのは全く別の人物だった。

　しゃがみ、刻まれた床を指でつついた。素晴らしい切り口だ。単純な腕力で切断したのではない、切れ味の鋭さと技術がある。ふうと息を吐き、ハンカチで手を拭った。

「どう思います？」

　振り返り、声をかけた。鎖で縛りあげられ、その上から数十枚の御札を貼られた魔法少女が虫のように身動ぎした。当然彼女に話しかけたのではない。彼女の右隣に立つ、赤地に白水玉のキャスケット帽、フレーム眼鏡、サスペンダー付きショートパンツという帽子が悪目立ちした少年探偵のようなコスチュームの魔法少女「アスモナ」に対してだ。

「キミエラ達はここで戦い、そして敗北したのでしょう。現場に手を加えた形跡があるため、これは意図して惨状を作り上げ、見せつけているということになります。マフィアが行う『死体の口に石を詰める』といった見せしめ、警告に近い意味合いが込められているのではないでしょうか」

　フレデリカをちらとさえ見ようともせず、言葉の調子も敬語ながら乱暴で「あんたが馬鹿なことをするから無駄に敵が増えるんだ」という言外の苛立ちをしっかりと込めたものだった。アスモナは苦々しげな表情で帽子のツバを右手で摘み、左手は眼鏡のブリッジ下に置き、帽子と眼鏡の位置を同時に整え、極めてわざとらしく溜息を吐(つ)いてみせた。

釣られてフレデリカも溜息を吐いた。気が張り詰めているのはいいとして、少し度が過ぎている。普段のフレデリカであればもう少しお道化(どけ)ていいはずだが、そんな気分にならない。フレデリカとアスモナの間に挟まれた鎖と御札が居心地悪そうに身動ぎした。

フレデリカは顎を親指で擦(こす)り、考えたふりをした上で答えた。

「まあ、そうでしょうね。アピール的な意味合いが強いのではないかと思います。戦いの跡はともかく血液までもそのままというのは見せしめのようで……いや、キミエラ達を見せしめに使うとは中々大したものです」

ここをアジトにしていた「死霊流転(しりょうるてん)キミエラ・カクリョ」は魔法少女養成機関「魔王塾」の卒業生だ。つまりは強く、それと変わらない強さの仲間が二人もいるとなると、警告として使うにはいかにもコストパフォーマンスが悪い。

アスモナを包み込むように黄色い靄(もや)がかかり、ぱっと散った。靄がかかる前には持っていなかったタブレットを操作している。画面に目をやり、アスモナはまた溜息を吐いた。

「照合の結果はまだ出ていませんが、血液は三人分残っています。キミエラとつるんでいるルルナム、振原牡丹(ふるはらぼたん)も行方不明なので恐らくはそれでしょう」

「敵の血は」

「処理された形跡があります」

「キミエラ達の血だけを残したというのはいよいよもってアピールですね」

フレデリカは考えた。

与えられる印象はどこまでも「警告」だったが、それにしてはおかしくないだろうか、とも思う。キミエラ、ルルナム、牡丹を殺す、というのは最早警告というより実力行使だ。手間暇がかかることこの上ない。

実行可能なのは、やはり初代ラズリーヌだ。あとはオスク派、特に実験場か。魔法少女学級の校長も有り得なくはない。他には……と雑多な「敵対し得る存在」を十把一絡げで脳内リストアップした。

――ふむ。

候補はどれも帯に短し襷に長し。それにしてもちぐはぐで噛み合わない。フレデリカ自身も当惑している。現場を見た瞬間、ある魔法少女の顔が思い浮かび、その印象がどうしても拭いきれない。彼女が既に生きていないことは知っている。それどころか彼女の死に直接関わり、遠見の魔法によって彼女の死に様も目撃している。全身が弾け飛ぶという古今稀に見る鮮烈かつ残酷無比な死に方であり、それまでの大暴れも含めて実に「らしい」と思ったものだった。

プキン――の、はずはない。なぜなら彼女は既に死んでいるから。死者にできることではない。それは確実だ。だがプキンの印象が拭えない。どうしたわけか。

フレデリカは右目だけで自分の足元を見た。右足がとんとんと床を叩いている。無意識の仕草だ。怒り、苛立ち、不信感、心配、それだけでなく恐怖心も混ざっているだろう。無法者であっても、否、無法者だからこそ、恐怖心は大切だ。恐ろしいものを恐ろしいと思えなければ、どれだけ強力な魔法を持っていようと先はない。

自分の足から視線を外し、改めて現場を見る。斬った跡というのは象徴的だ。己を愚弄した反体制派の魔法少女二名をその場で手打ちにしたプキンのことを思い出す、というのは頷ける。しかしその印象に囚われてしまうというのはいかがなものか。実際、プキンは恐ろしかった。もう二度と相対したくはない。そして相対することはないだろう。そういう意味ではフィクションのモンスターを恐れる幼子と変わらない。自己生存のために恐怖を感じているわけではなく、有体にいってみっともない。

理性はそういっているのに、感情はプキンの可能性を追っている。なぜだろうか。恐怖から、なのだろうか。

以前のフレデリカなら「先がないからどうした」と笑い飛ばしていたはずだ。怖さ、恐ろしさもプキンが持つ魅力の一つだ。どこまでも刺激的で病みつきになる。彼女が本当に生きていたならこれほど楽しいことはない、と喜んでいただろう。

しかし今のフレデリカは違う。どうしてもやりたいことがある。プキンとのエキサイティングなプレイの果てに生命を落としましたでは困ったことになる。自由なアウトローだった頃とは恐怖に対するスタンスが変化していて、それゆえにプキンの印象が離れてくれないのか。

魔法少女学級でのホムンクルス暴走事件では、プキンを模したホムンクルスの存在が確認されている。それを用いたとして、果たしてこの心臓を直接握られるような感覚を再現することができるのだろうか。まだ表に出ていないハイエンドなホムンクルスはもっと再現性が高い、ということもなくはないか。

可能性ばかりが広がっていく。切り捨てるべきを切り捨てられていない。だが今回に限っては第一印象を軽んじようとも思わない。魔法少女の勘(かん)は理屈を超えて働くことがある。念入りに調べ、魔法による探査もし、その上で考慮すべきなら考慮する。それでいいのだ。

「方針を変更すべきです」

アスモナがフレデリカの方に向き直っていた。最初からきちんと聞いていましたよというポーズでフレデリカは頷いた。

「ふむ」

「傭兵連中の統制が全くできていません。各人が動きたいように動いているせいで、このような事件が起こっても行動を追うことさえできないという有様です」

「確かに」

「総じて質の問題です。ピティ・フレデリカに雇われようという魔法少女はならず者か人格破綻者しかいません。だから好き勝手に動く。雇い入れるルートを増やすべきです」

「あなたのような人しか雇えないというわけだ」という思いを込めてアスモナの方を見ると「あなた自身がならず者と人格破綻者の筆頭です」という視線が返ってきた。

フレデリカは深く頷き、アスモナは続けた。

「この際イデオロギーでも政治でも宗教でも使ってモチベーションと倫理観を持った人材を募集すべきではないかと考えます。今のままでは輩の集まり、烏合の衆です」

アスモナの目は「わかっているな？」と半ば脅しをかけていた。わかっていなければあんたに見切りをつけて辞表を叩きつけてやる、という脅しだ。

幸いフレデリカはアスモナの意図を読み取っていた。今回起こったことは明らかに情報漏洩が原因だ。それを防ぐため、適当な理由で様々なルートから人材を集め、ルート毎に渡す情報を少しずつ変えた上で断絶しておいて、再び似たようなことが起きた時にどこから漏れたのかをわかりやすくしておくべし。どこの誰から漏れているかはわからないのだから直接口に出したりはしない、読み取れ、と。

現時点でここまで考えてくれるのだからいい部下である。問題は、フレデリカの苦労が前提になっているという点だった。

フレデリカは小さく笑った。未だ脳裏からプキンの像は消えていなかったが、思い悩むよりは笑っていた方がいい。

第一章　魔法少女狩り、登校する

◇ジューベ

賢人に率いられているはずの「魔法の国」だが、「魔法の力がこのままでは枯渇してしまう」という重大な問題を抱えながら愚かしい勢力争いがなくなることはなかった。三賢人を頂点とする大派閥間の政争は勿論、派閥の内側での権力闘争、特定部署内での内輪揉め、と集団を小さくしていっても日々どこかで誰かが争っている。

そして、少しでも大きな集団に尻尾を振ろうという日和見主義者達は、大小問わず争いの行方を注視している。彼らにとって現在最も熱い話題はカスパ派と研究部門の争いだった。表立って矛を交えずとも、人の動き、金の動き、資源の動き、その他諸々の動きによって耳目の鋭い者にはわかるようになっているものだ。

だが、カスパ派と研究部門が争う詳細まで把握している者となれば、ごく限られている。カスパ派を短期間で乗っ取ったピティ・フレデリカと研究部門を完全に掌握したオールド・

ブルーなる人物――初代ラピス・ラズリーヌが、我こそが将来「魔法の国」をどうこうしてやるのだと暗闘していることまで知られてはいない。

初代ラピス・ラズリーヌとピティ・フレデリカの反目は最終フェーズに突入、共生も妥協も許されない争いは既に始まっていた。ここ、各種セキュリティでごてごてに固められている人事部門の第四会議室で話し合う魔法少女二名は、世間の事情通に比べてもう少し界隈の事情に精通していた。

「ちょっといいかなあ」

右手にパペットを嵌めた魔法少女が右手、即ちパペットを挙げ、パペットも魔法少女同様に右手を挙げた。ホワイトボードに向かっていた青髪の魔法少女「ジューベ」はその場で半回転し、パペットの魔法少女「パペタ」に中指と人差し指を向けた。

「質問があればどうぞ」

指を向けられたパペタは鼻白んで身を引いていたが、パペットは持ち主に反して堂々と両腕を開いてみせた。

『フレデリカとラズリーヌは仲良くできないの？』

「無理だね。絶対に無理だ。その話はこれで終わりだ。まだ質問はあるかな？　なければ次に進むが……ところで今日のパペットは妙に可愛いな」

「魔法少女学級の方で色々動きがありましたから用心しておくに越したことはなかろうと。

ラッピーに接触してパペットを作りました」

「悪くない気遣いだ。それに可愛い」

ジューベは子供に向けるような笑顔を浮かべ、パペットの頭を撫でてやった。パペットはひらひらと薄く透明な膜、魔法のラップを振ってそれに応える。パペタが気持ち悪いものに向ける目でこちらを見ていたが、ジューベは気にしないことにした。

ジューベはホワイトボードに文字を書き込んでいく。ラズリーヌの名前の下には青字で研究部門、片手で二つのペンを操り、フレデリカの下には赤字でカスパ派と記した。

「普通に考えれば一部門が三賢人の率いる大集団と戦えるわけはないんだが、そこはそれ、研究部門は普通の一部門とは言い難く、カスパ派は元々元気な派閥とは言い難い……フレデリカに乗っ取られてしまうくらいだから言わずもがな、か」

研究部門の下に顧客達、と書き足した。

「研究部門の伸長は有力貴族の太客を複数掴んでいることが大変に大きい。援助を受けて更なる研究に邁進、成果をもってスポンサーに貢献するという正しいサイクルを描いている。私達がいた頃よりも上手く回っているんじゃないか。とはいえ初代ラズリーヌの真意を理解した上で協力しているという者はいないだろう。人造魔法少女の開発と研究なんてしているわけで、目的を推測すれば『魔法の国』にとって喜ばしい集団ではないとわかりそうなものだ。内側に存在する合法的な抵抗勢力というところだと思うよ」

フレデリカの下に外交部門と書き足した。

「カスパ派が派手に金をばら撒いて傭兵を集めている。魔王塾卒業生達との仲介役を務めているのは外交部門だ。縦にも横にも繋がりが強いコミュニティでは人が人を招くことになる。金が欲しいだけの者、己を高めたい者、暴力衝動を発散したい者、義理に縛られる者、様々だ。実力はある程度高水準だが当然ばらつきはあるし、士気もあまり高くはない。ただし魔王塾の上限は間違いなくとんでもないことになるよ。伝説の魔法少女、と呼ばれるような存在が複数いる。そんな者を雇うことができれば、だが」

外交部門の隣にカスパ派貴族と書き足した。

「こちらはあまり期待できない。政治的にも暴力的にもね。近衛隊あたりは悪くないが儀仗兵専門で実戦経験がない」

ジューベは更に書き連ねていく。今度は二派から離れて黒字で記す。

情報局、実験場、プク派、監査部門と書き連ねる。

「情報局が初代とフレデリカどちらかに肩入れすることは基本的にない。オスク派主流にとってはどちらも敵だもの」

『基本的にないってことは応用的にはあるの？』

パペットのラッピーは本人と違って言葉に遠慮も斟酌も忖度もない。そしてそれに応じるジューベの声も普段とは違う。

「うんうん。君は賢いねえ。ワンサイドゲームになりそうであれば情報局がどちらに肩入れして戦力を均衡させてぶつけ合わせるくらいあるかもしれない、かな。そうすれば残った方もダメージ甚大ではあるだろうから。まあこれもあんまりないとは思うけど、あそこはなにするかわからないところだからねえ」

『なにをするかわからないところ多くない？』

パペットの問いにジューベは大きく頷き、子供に話しかけるような優しげな声で応えた。

「そうなんだよ。困るね、本当に。実験場は以前研究部門と共同開発をしていたこともあったけど、現状仲がいいとはいえない。色々あったからね」

『色々ね』

「今は忙しそうだけどひょっとしたらどちらかあるいは両方に協力するかもしれない。研究成果を一部提供するとかやんわりとした協力だとは思うけど。プク派の方は、そんなことしてる余裕もない。金庫どころか美術品まで全部売り払って事件を起こし、その事件のせいで賠償金まで巻き上げられたら余裕が残るわけがない。懲罰的な禁足や所払いで派閥の動き自体が大きく制限されているし、戦力も削られた。初代にしろフレデリカにしろ、無理して仲間にしたいとも思っていないんじゃないかな」

「監査部門は？」

「監査部門は比較的行動原理がわかりやすい。悪い奴等を取り締まる、だ。あくまでも表向きの話ではあるから裏では、まあ、ごそごそしていたりもするが、これは比較的という話だからね。少なくとも現場の捜査員には政治的な主張なんてないに等しく、そういう意味では付き合いやすい。ただ下手に助けを求めたら痛くもない腹を探られそうだし、フレデリカは勿論初代だって腹が痛くないわけはないだろうから……仲間にしたいとは思ってないんじゃないかなあ……さて、それでは本題だ」

ジューベはホワイトボードを右掌で叩き、パペタに向き直った。パペタは面倒くさそうな顔でジューベを見返し、パペットは持ち主の表情に反して元気よく両手を挙げた。

『人事部門はどちらに協力すれば得するかってことだね』

「そうだね。これだけの情報を持ちながら静観しているというのももったいない。勝ち馬に乗れるなら乗るべきだ。そして」

フレデリカの上に小さく×を付けた。

「我々が必死で人事部門から叩き出したピティ・フレデリカに協力することはできないよね。スポンサーにだって怒られるだろうし。向こうは変人だから『別にかまいませんよ、水に流しましょう』くらいで済ませるかもしれないけど、個人的にはフレデリカがやろうとしているあれこれの手伝いなんてご免こうむる。確実にろくなことじゃない」

『じゃあ研究部門を手伝うの？』

「フレデリカよりはマシだね。私も……それに君も出身は研究部門だが渉外担当だった。

内務のラズリーヌ……オールド・ブルーとはろくに面識さえない。かつての同志が手を差し伸べるとは解釈してもらえないんじゃないかなあ」

『なんかあんまり気が進まないみたいだね』

「まあね。意地の悪そうな婆さんだからね」

　他人どころか身内でさえ犠牲にする容赦のなさ、それでいて人当たりはよく、数回会話するだけでも心を掴み、彼女の信奉者が増えていく。ジューベは自分こそが最も優れた知性の持ち主などとは思わないし思えない。オールド・ブルー相手に交渉のテーブルについて取り込まれない自信は全くない。私は一協力者である、と自分は思っていても、それが事実である保証はどこにもなく、いいように使い捨てられる恐れがついて回る。

『じゃあどうするのさ』

「それで困ってるわけなんだよ。魔法少女学級関連で各部署の動きが活発になっているから、たぶん近いうちになにかあるとは思うんだ」

『近いうちって、じゃあぼやぼやしてたら美味しいとこ取り損ねちゃうじゃない』

「取り損ねるだけならいいけどねえ。たとえばフレデリカ側が勝利して大きく勢力を伸ばしたりすれば、またぞろ人事を乗っ取りにかかったり、なんてことがあるかもだね」

『そんなの嫌だよう』

「私だって嫌だよう。『魔法の国』をどうこうするなら人事主導でやるのが一番いいと思うんだが、そう思っているのはうちだけみたいでね。いっそオールド・ブルーとフレデリカで共倒れになってくれないかな」

『そんな都合よくいくもんか』

「だよねえ」

ジューベとパペットは顔を合わせて笑い、パペタは一人溜息を吐いた。

◇スノーホワイト

魔法少女学級への潜入が決まる前から、関係者の身辺調査は始まっていた。スノーホワイト個人が調べたのではない。マナの指揮下、監査部門の本職が調べ上げてくれた。手を伸ばそうとするだけで死人が出るようなもの――オスク派や「実験場」の部外秘等――ではないが、中々知ることのできない貴重な情報が数多く手に入った。

その中には魔法少女学級の校長「ハルナ・ミディ・メレン」の前歴もあった。彼女はクラムベリー事件の発覚後、調査班に配属され、現場主任として働き、蟻(あり)の一穴も見逃さない仕事ぶりが大いに評価されたのだという。事件を調べれば調べるほどに「二度と起こらないようにしなければならない」との思いが強くなり、涙を浮かべることさえあった、のだそうだ。

アーリィからもたされた授業内容、クラムベリー事件に纏わるものばかりを教わっている、という事実と符合する。あんな事件が二度と起こらないようにというのはスノーホワイトとしても納得しかないが、偏った授業内容を見るに「クラムベリーのような事件の予防」だけで終わらせていいものか、という気もした。それに綺麗事だけで魔法少女学級を開設できるほど「魔法の国」は甘くない。

初めて魔法少女学級に入った日、スノーホワイトは校長室でハルナと対面した。

「はじめまして、スノーホワイト。ハルナ・ミディ・メレンだ」

「はじめまして、ハルナ校長先生」

きっちりと纏めたひっつめ髪、乱れのない魔法使いのローブ、眼鏡の奥からこちらを見据える双眸、物語に登場するエルフを思わせる尖った耳、顔立ちは整っている——が、それ故に見る者には冷たい印象を抱かせることになるかもしれない。

そういった見た目から受ける雰囲気とは別に、スノーホワイトには彼女の心の声が聞こえていた。森の音楽家が起こした事件を調査した折に知った悲しみの一つ一つを残らず記憶し、悲劇を二度と起こさないよう魔法少女学級を軌道に乗せ、全ての魔法少女を教育することが自分の使命であると考え、魔法少女が新たな事件を起こす度に心を痛めている。

そして邪魔する者に対しては苛立ちを感じている。自派閥拡張のために魔法少女学級へ構成員を送り込んだ者達、そして送り込まれた構成員への怒りだ。彼女達の存在を疎ましく感じ、さっさと消えてしまえと思っている。これらが彼女の「困っていること」だ。

ハルナは僅かに口元を緩め、息を吐いた。なんの表情も浮かべてはいないという点は依然変わっていないものの、少しだけ雰囲気が柔らかくなった気がした。

「期待している」

どちらかというとスノーホワイトを気遣うような声の調子だった。ハルナはスノーホワイトに対して敵意を抱いてはいない。森の音楽家クラムベリー最後の試験を受け、対外的にはクラムベリーを倒したことになっているスノーホワイトならば、魔法少女学級の大きな看板になり得ると考え、いなくなっては困ると思っている。

スノーホワイトには看板になるつもりはない。やらなければならないことがあまりにも多く、そちらにまで手を回してはいられないからだ。ただ、ハルナが協力的であるというのならば有難い。問題は本当に協力的とは限らないという点で、そこは注意が必要だ。プク・プックも声だけなら協力的だった。

スノーホワイトの魔法を承知で会ってくれる者には三種類いる。心の声を聞かれても問題はないという者、心の声を聞かれたくはないが会わないわけにはいかないという者、そして心の声を聞かれることに対策を立てている者、だ。

高位の魔法使いは残らず油断ならない相手と考えるべきだ。スノーホワイトは己の魔法を信じ、心の声を基準にしてプク・プックを評価し、いいように使われ、被害を拡大させ、死者を増やした。二度踏んでいい轍ではない。

頭を下げ、退室した。ハルナの表情は最後まで変化しなかった。

「教室まで案内します」

学級担任の魔法少女「カルコロ」は微笑みを浮かべていたが、どこかぎこちなく見えた。

梅見崎中学の方からは釘を打つ音が聞こえてくる。創立祭という文化祭的なイベントがあるらしく、その準備で生徒達は大忙しらしい。聞こえてくる音まで気忙しい。

「魔法少女学級」から聞こえてくる音は主に心の声でこちらも賑やかだ。スノーホワイトを警戒する声、恐れる声、心配する声、大小様々混ざり合っている。

変身を解除した姫河小雪は先導するカルコロの背中を追って教室に向かった。

◇カルコロ・クルンフ

どうして気が重くなることばかり続くのか。教師歴数ヶ月でやる気もないカルコロにとって一つでも嫌になるというのに、一つで終わってくれない。

気が重くなる原因の一つ目は魔法少女狩りのスノーホワイトだ。彼女が教師に任命されてカルコロはお役御免、もっと悪ければホムンクルス騒動の責を負わされてなにかしらの罰を受ける、まで予想していたが、幸いそれはどちらもなく、カルコロは変わらず教師を続けることになった。だがそれはそれでやり辛さがあった。

なにせ教科書にその名前が掲載されているのだ。かなりの文量と熱量を割かれている。授業でスノーホワイトのことを話す時どうすべきなのか。なにを求められているのか。笑顔で「このようにスノーホワイトさんは凄い人なんですよ。はい皆さん拍手」と手を叩かせろとでもいうのだろうか。プロパガンダの匂いがぷんぷん漂う。我の強い魔法少女学級の生徒達は素直に受け取ってくれないだろう。考えるだけで頭が痛い。

そして気が重くなる原因の二つ目は今日から始まった特別授業だった。受け取った小冊子に従って教科書にない項目を教授するのだが、急に決まったことで時間がなかったのだろう。小冊子がぺらぺらに薄く、教師の裁量に任されている部分があまりに多過ぎる。

「魔法で作った肉体を魔法で作った疑似人格で動かしている、これがホムンクルスです。人格という言葉が使われていますが、これは動かすためのプログラムのようなものであり、我々が持っている感情であったり性格であったりとは性質が異なります」

ホムンクルスによる被害を受けた生徒達のためにホムンクルスのことを授業で説明する、という理屈はわからなくもない。だが本気で説明してあげたいのであれば、もう少し時間をかけるべきではないかとカルコロは思う。教師の裁量に任せずきっちり教科書を作ってほしい。それならばもっと楽ができる。

「このような魔法的従者としては、皆さんもご存知のゴーレムがいますね」

　ふっと白けた空気が過った。ご存知じゃないですよ、と生徒達一人一人の表情が語っている。共有している知識についてすら手探りで授業を進めなければならない。カルコロは小さく咳払いした。

「従者を作り出すゴーレム術式は古来より研究されてきました。ホムンクルス術式は近代生み出されたその派生になります。どう違うかというと『流体の発生と固定』の術式が使われているのがホムンクルスであるとか、魔法構成のない純粋な無機物を素体としていればゴーレムであるとか、サイズによって違うのであるとか、どれだけ人型を保っているかによって違うのであるとか、そこは識者研究者により様々です。とりあえず公の場では大概のホムンクルスがゴーレムと呼ばれます。登録商標的な問題がありますので」

　笑えるポイントを盛り込んだつもりだったのに、生徒達はくすりとも笑わず、カルコロは小さく咳払いした。

「現在、主にホムンクルスと呼ばれている個体は黒く流動的な構造の個体です。魔法少女学級の防衛を担当していたり、レクリエーションで使用していたりしたものですね。その禍々(まがまが)しい姿形から悪魔と呼ばれることもありますが、こちらはスラングであり正式名称ではありません」

　事故を起こしたホムンクルスは実験場謹製の試作品であり、一般的なホムンクルスとまた少し違うはずだが、そのことについては触れない。まるでなかったかのように続ける。

ホムンクルスの事故が起きたから発生した緊急授業なのにも関わらず、だ。たぶん各所への配慮とか忖度があったりするのだろう。

「近年、人造魔法少女と呼ばれる魔法少女を生み出す術式が開発されました。疑似人格を素体と切り離して高度化させることで可能となった革命的な技術です。ホムンクルスと似ているため勘違いされることもありますが、全くの別物です」

人造魔法少女については長らく最高機密とされてきたらしい。らしい、というのは、カルコロが最高機密を知る立場にないため又聞きの又聞きの又聞きくらいのあやふやな噂話で知ったことだからだ。だが今は貴族や公的機関や金満家にシャッフリンという魔法少女セットが普通に流通しているため、機密というほどのものではない。

それでも、これを授業として教わる魔法少女はまずいない。貴重かつ重要な情報だ。見れば、ドリィが異常にそわそわして落ち着かない。彼女も実験場に所属していると聞く。きっとこの授業の重要性を理解しているのだろう。多少満足し、カルコロは授業を進めた。

◇ドリル・ドリィ

ドリィは他の魔法少女達が思っているよりも遥かに大人だった。授業内容に不満があろうとも身を捩るだけで済ませ、大声を出して立ち上がったり騒いだり喚いたりしないだけの分別を持っていた。

カルコロの緊急授業は途中まで問題のないものだった。だが人造魔法少女の段に入ってからは問題しかなかった。人造魔法少女と一括りで説明したが、ジャンル毎になにからなにまで別物といっていい。それを人造魔法少女だけで終わらせるのは乱暴過ぎる。

恐らくあの教師はシャッフリンシリーズについて話しているつもりなのだろう。一教師如きが知る機会を持てるのはそれくらいが精々だ。しかし「魔法の国」が誇る最高無敵の研究機関「実験場」で生み出されたドリル・ドリィとしては、シャッフリンなどという時代遅れの旧世代を人造魔法少女代表のように扱われては我慢ならない。

人造魔法少女がホムンクルスに似ているという物言いも気に入らない。あまりに失礼だ。ホムンクルスは耐用年数が短くもって数年、しかも知性や自我はないに等しい。夜の山で襲い掛かってきた新型は多少魔法少女に近付いているとはいえ、やはり知性と自我に乏しく、固有の魔法を使わせれば恐ろしい勢いで耐用年数が短くなっていくという欠陥がある。所詮は消耗品だ。それに臭い。じっとしていろと命じているにも関わらずぐちゃぐちゃと音を立て続けている個体もいる。倒されたらべちゃっと崩れるのも美しくないし、そもそも動いている時からして美しくない。なにからなにまでよくない。魔法少女の頂点といっても過言ではない人造魔法少女と比べるのは論外だ。

ホムンクルスと魔法少女を融合させる実験は過去に幾度も行われたそうだが、肉体的な性質がホムンクルスに寄ってしまうためいずれの被験者も長くはもたなかったと聞いている。水と油、というより、逆にホムンクルスと魔法少女の相性が良過ぎるせいで望むような結果が得られない。

人造魔法少女とホムンクルスは、いずれも「三賢人の現身」システムの模倣を目指して生み出された技術だ。魂を現身に移し替えて事実上限りない寿命を得る、という技術は「始まりの魔法使い」が創り出したものだが、現在でも全てがブラックボックスの中で、未だに三賢人以外では再現することができていない。

とはいえ少しずつでも成功に近付いてはいる、はずだ。つまり人造魔法少女とは「数多くの犠牲と試行錯誤を乗り越えて魔法の深奥に近付こうという不断の努力の結果」ということになる。一方ホムンクルスは、一応発端が同じというだけで、今ではただの労働力になっている。三賢人の現身を追いかける存在としてホムンクルスを捉えている技術者、研究者はもうずっといない。ドリィが生まれる遥か前からいなくなってしまったはずだ。ホムンクルスを研究しているのは商売っ気のある者ばかりだ。より安く、より高性能に、だけを目指し、それで儲けられればよしとしている。志が低い。

人造魔法少女といえば、もう一種類、そう呼ばれる魔法少女達がいる。研究部門で開発され、一時期は実験場でも共同開発を進めていたというプリンセスシリーズだ。

こちらもドリィ達と共通する術式がいくつか使われているらしい。だが研究部門のクズどもが成果だけ持っていったせいで実験場はなにも得ることがなかった。

　ドリィにとっては敵にも等しい。とはいえプリンセス・ライトニングに攻撃することは流石に憚られた。クラスの中で揉め事を起こせば色々面倒臭いというだけでなく、あれはなんとなく怖い。しかしそれ以外のプリンセスと顔を合わせるようなことがあればドリルで突いてやろう、と心に決めていたが、山の中でホムンクルスに襲われた時は生命を助けてもらったため許してやることにした。

　恩を受けただけが許した理由ではない。向こうは元々才能のない人間を素体としているとのことで、魔法少女を素体としたこちらに勝てるわけがない。アーリィのような初期タイプ、しかも実験場から早々に離れて整備もバージョンアップもしていない個体ならともかく、ドリィのような最新型は完全に連中より上をいっている。だから上位の存在として広い心で許してやった。このような心の動きもドリィが優れていることを示している。

　カルコロの授業は人造魔法少女についてさらっと流し、ホムンクルス開発の歴史に入ろうとしていた。とりあえず最も腹立たしい部分は終わったらしい。一息つき、ふと隣を見ると、アーリィが心配そうな顔をこちらに向けていた。ドリィはなんとなく腹が立ち、誰からも見えない角度でアーリィの脛を蹴り上げた。

◇テティ・グットニーギル

　スノーホワイトという魔法少女のことは転校してくる前から知っていた。なぜなら教科書に名前が掲載されているからだ。授業でその名が出てきたことも一度や二度ではない。「森の音楽家クラムベリー」という恐ろしい魔法少女をやっつけたことから、現在でも悪党魔法少女、悪党魔法使い、それ以外の悪党を退治して全世界を股にかけていることまで、教科書の範囲は残らず暗記している。

　そのスノーホワイトが魔法少女学級に入ってきた。

　教科書に名前が載っている同級生など経験したことは当然ないし、聞いたことさえない。歴史上の人物がクラスメイトになったようなものだろうか。織田信長（おだのぶなが）だったり、徳川家康（とくがわいえやす）だったりが入学してきたと考えれば、どれほどセンセーショナルな出来事かわかる。

　当然学級側が頭を下げて「入っていただいた」のだろう。スポーツの強い私立校がヘッドハンティングするようなものだ。学級に入った後も特別待遇になるだろう。

　テティは魔法少女学級の級長という地位に少なからぬ思い入れを抱いていた。このトロフィーがあれば将来は明るいという損得勘定、並み居るエリート達の中で自分が選ばれたという誇らしさ、級長として無駄に多いイベントをこなしてきたことによる愛着、増えこそすれ減りはしない種々の要素によって思い入れは強くなるばかりだったが、スノーホワイトが転校してきた時点で級長の座は諦めた。彼女は特待生だ。しかも教科書に載っている。自分が織田信長や徳川家康と比べて優れた級長だなどとは口が裂けてもいえない。

そしてスノーホワイト転校から十日が経過した。

テティの悲痛な覚悟に相反して級長をどうこうするという話は全く出てこず、それどころか一班に組み込まれたスノーホワイトが班長をするということもなく、テティは変わらず班長と級長を兼務することになった。

安心よりも先に戸惑いがきた。スノーホワイトは次世代のリーダーとして招聘されたのではないのだろうか。ひょっとしてテティが自主的に退くことが期待されているのかもしれないと考えたが、カルコロの方からなにかしらのアプローチがあるわけでもなく、他の生徒達も現状を疑問に思っているようでもなく、なんとなく級長を続けている。

スノーホワイトの方から動きはない。直接的な暴力は当然ないし、言葉による要求や態度による意思表示もない。自分が級長でも班長でもないことには不満がないようだ。

スノーホワイトはテティの考えていたスノーホワイト像とはなにからなにまで違っていた。少し大人びていて、中学生というより高校生のお姉さんに見えるくらい落ち着いている。教科書に描かれた復讐者、戦士、といった魔法少女ではなく、穏やかで、どちらかといえばのんびりしていた。

　肉体的能力が特別に秀でているわけでもない。クラスの中でも真ん中より少し下くらいだろう。恐らくは伝説の戦士的なフィジカルを期待していたのであろう、メピスがレクリエーションの後にがっかりしていたようだった。

　魔法に関しては特別なのかもしれないが、困っている心の声を聴くというのがどういう働き方をするのかいまいちよくわからない。要するに困ってさえいなければいいのだろうが、普段から悩みがちなテティは果たして困っているとカウントされるのだろうか。悩みが全て知られてしまうというのは恥ずかしいが、スノーホワイトの様子を見ると特に気にしているようには見えない。本人に訊くのも気まずいし、これでいいのだろう、ということにしておいた。

　彼女は、とびきりの上昇志向があるわけでもなく、クラスメイト達を見下しているわけでもない。少なくともテティにはそう見えた。鼻持ちならない特待生、という予想は失礼でしかなかった。元々知り合いだったというアーク・アーリィにはごく親切に、まるで母親かなにかのように世話を焼き、給食の時間に口元を拭ってやったり、レクリエーションの時間に転んだところへすかさず駆け寄り助け起こしてやったりというのを見るうち、徐々に周囲の警戒心も薄らいでいった。

　転校から数日が経過した頃には、テティを含めた班員、ミス・リールやラッピー・ティップとも当たり前のように談笑するようになっているし、メピスやアーデルハイト、サリーなどといった他班の魔法少女達とも早々に仲良くなっていた。ドリィだけは中々心を開こうとせず、スノーホワイトにも警戒心がありありと見え「アーリィと友達なのに、姉妹のドリィとは初対面なのか」と不思議に思ったものだったが、今ではアーリィを交えてきゃっきゃと笑い合う仲になっている。

そう、彼女は感じがいい少女だった。笑ったり、困ったような顔で頭を掻いたり、冗談を口にしたり、ありがとうと頭を下げたり、どこまでもごく普通の「同級生」で、嫌味がない。小学校三年生の時に転校してきた「松谷さん」を少しバージョンアップさせればちょうどこんな感じになるかもしれない。

テティもスノーホワイトに好感を覚えていなかったわけではない。だが同時に冷静さをもって観察していた。級長の座を奪いにきた可能性がゼロになったわけではない。だからこそ「スノーホワイトはいい子だ」と思い、矛盾することなく「ちょっといい子過ぎやしないか」とも思っていた。

スノーホワイトに限らず教科書に書いてあることはかなり非現実的で、事実がそのまま記載されているというより読み物的要素が強い。もっといえば神話かなにかのようだ。スノーホワイトに関する記述も全てが正しいわけではないだろう。だが、同時になにからなにまで嘘八百とも言い切れない。スノーホワイトは苛烈さだったり容赦のなさだったりを

持っていて、それを見せることなく隠しているのではないだろうか。

　小学校三年生の時の「松谷さん」にしても、今思えば彼女なりの処世術だったのだと思う。ある程度は演じることで新しい環境に上手く溶け込む。

　スノーホワイトはなにをしようとしているのか。本当に、ただの転校生でしかないのか。考えれば考えるほどに上手く纏まらず、相手がいい子であるだけに、そんなことを考えてばかりの自分を思うと罪悪感が溢れてきてしまう。もしこれが「困っている」にカウントされるのであれば、心の声も聞かれてしまうことになりやりきれない。

　だがテティとてここまでの数ヶ月間、ただ漫然と学校に通っていたわけではない。座学以外でも学習し、成長してきた。どうしてもわからないことがある時は、知っていそうな人に訊ねればいいのだ。

「ああ、スノーホワイトね」
中庭で草むしりをしていた「佐藤さん」は嫌な顔を見せることもなく頷いた。
「あの子は監査部門に所属しているから」
「監査部門？」

「魔法少女の不正を取り締まる……つまりはおまわりさんみたいなものかな」

なるほどと相槌を打ちながらテティは雑草を引き抜いた。鍬や鋤が必要になりそうな長い長い根がずるずると地面から抜け、後ろのスチールバケツにひょいと投げる。二本目の雑草に手をかけながら首を傾げ、隣の佐藤さんに訊ねた。

「ということは……誰かおまわりさんに探られてる子がいる？」

真っ先に顔が浮かんだのは刑務所から出てきたばかりのカナだったが、佐藤さんは笑って首を横に振った。

「いやいやそういうことじゃないと思うよ。ほら、この前事故があったじゃない。ホムンクルスがたくさん出てきてっていう。そっちの方を気にしてるんじゃないかな、監査は」

佐藤さんは恐らく情報局の職員で事情通だ。ただの用務員さんでは知り得ない情報をいくつも持っていて、テティが頼めばそれを教えてくれる。佐藤さんがそういうのであれば、かなり信頼度が高い情報だと見ていい。テティは頷いた。

「なるほど。事故の原因について調査にきたと……いやでも、それならそれで普通に調査すればいいんじゃないでしょうか。わざわざ生徒として学級に入ってだなんて」

「監査の方じゃ気になってるんじゃないかな、と思うよ。普通に調べるだけじゃなくて潜入捜査員を送り込みたいと思う程度には……まあ、ああいう人達が仕事熱心なのはいいことなんだろうね。問題がないなら問題がないで、そういう結論を出してもらった方がいいに決まっているし。事故の再発防止にどういう取り組みをしているか、というのも知ってもらった方がいい」

言葉の端々から「ただの事故である」ことが伝わってきてテティは内心ほっとしていた。あんなに恐ろしい体験は人生初めてだった。もう二度と起きてくれるなと思うし、事故の再発防止という言葉だけでも、ほんの少しではあるが、ほっとできた。

佐藤さんは空を仰ぎ、腰を叩き、ベルトにかけていたタオルを手に取って額の汗を拭った。淡い色の前髪が数本、汗で額に貼りついていた。その直後、忘れていたなにかに気付いたかのように「あ」と口を開け、慌てた様子でテティの方へ向き直った。

「ごめんごめん。あんなに怖い思いをしたのに、事故のことをぺらぺらと話したりして」

「ああ、いえ、そんな」

「いやあ、どうにも駄目だね。反省しないと」

申し訳なさそうな顔でごしごしと顔をタオルで擦り、タオルを元の位置に戻した。申し訳なさでいえば自分の方だろうという自覚を持っているテティは、顔の前で両手を振った。

「そんな、だって、私の方がよっぽど、さと……」

いいかけ、慌てて口を噤んだ。佐藤さん、と口から飛び出しかけてしまった。心の中で勝手につけたあだ名で呼んでいたなどということが露見すれば、申し訳ないでは済まない。佐藤さんは不思議そうな表情でテティの顔を見返した。

「さと……?」

「ああいえなんでもないんです。ええと……里が知れるのは私のほうです、と」

「大袈裟な言い方をするなあ」

佐藤さんは肩を揺らして笑い「またてっきり」と続けた。

「テティさんが私にあだ名をつけて心の中で呼んでいたのかと思ったよ」

テティは噎せかけ、どうにか喉の手前で止め「そんなわけないじゃないですか」という笑みを浮かべてみせた。

「サト……と来たからサトゥルヌスとでも呼ばれてるのかと」

恐ろしい形相で自分の子供を貪り食らうサトゥルヌスの姿が頭に浮かび、今度こそテティは噎せ、数度の咳を経てどうにか落ち着いた。

「やめてくださいよ。そんなわけないでしょう」

「いやいやははは。ごめんごめん」

近所の佐藤さんというお爺さんに雰囲気だったり性格だったりが似ていたから佐藤さんと呼んでいました、と比べてどれだけマシだろうと思ったが、今考えるべきではないと頭の隅へ蹴り飛ばした。それよりも優先すべきは話題を変えることだ。

「でも、その、あれですよね。スノーホワイトが事故を調べるために魔法少女学級にやってきたんだとするとですよ。彼女は調べ終わったらまた転校しちゃうってことですか?」

「いやあ、どうだろうね。スノーホワイトさんは魔法少女学級の旗印としてこれ以上ないくらいの魔法少女だし、上の方は辞めてほしくないだろうからねえ。まだ若いし、ここでの学習や卒業も彼女には意義があるだろうし、捜査員やりながら続けてくれるといいね」

◇クラシカル・リリアン

二班はほぼ毎日早朝から校舎裏に集合、全員が魔法少女に変身して会合を行う。部活の早朝練習に合わせたくらいの時間帯だ。各人体調や睡眠時間によっては今にも倒れそうな顔だったり、頭が左右にふらついていたり、寝癖がそのままだったりすることもある。変身すればしゃんとしているとはいえ心配になる。本当にどうしようもない時は遅刻してくることだってあるし、カナの攻勢――漫画の読み方に関する質問であったり、もっと読みたいという要求であったり――にあったメピスは欠席することもある。

だがリリアンは無欠席無遅刻を通している。そもそもリリアンの魔法がなければ周囲に探知の網を張ることができない。魔法少女の五感が鋭いといっても、想定すべき間諜(スパイ)もまた魔法少女である以上、危険度が高い。他のメンバーよりも早起きし、校舎であったりアスファルトであったりにリリアン編みの糸を張り巡らせ、準備を整えた上で他の班員を迎え入れるのが朝の日課だ。

リリアンだけが通常の活動に加えてこれを行っているため、単純に比べても他の班員より負担が大きい。しかしリリアンはそれを口に出したりはしない。プシュケのように不平不満を口にすれば、一時は誰かが顧みてくれるかもしれないが、どうしたって好感度は下がるだろう。リリアンは二班の中で過ごし辛くなってまで待遇改善を求めようとは思わない。ここより他に行き場もないのだから少しでも居心地よくしておきたい。

リリアンは自分が誰かの一番になれるとは思っていない。人間の時は論外として、魔法少女に変身しても難しい。自分自身の一番になることさえできていない。主人公にはなれない魔法少女なのだと考えている。魔法少女は凄いが、凄い中には優劣もある。二班という小さなコミュニティの中でさえトップを取れないリリアンではだいたい端役、よくて脇役だ。というより魔法少女学級入りしたことが奇跡に近い。近衛隊にはもっと優秀だったり華やかだったりする魔法少女が大勢いて、年齢が該当範囲内だったというだけで選ばれたという、それを奇跡と呼ばずになんと呼ぶのか。

別に悲観しているわけでもいじけているわけでもない。客観的な視点をもって自分自身と世間を見比べ、その上で最適と思われるやり方で前向きに生きているだけだ。誰かの一番になれずとも、たった一人の主人公になれずとも、必要とされる存在にはなれる。脇役には脇役の生き方があるし、役に立ち方がある。縁の下の力持ちという言葉のなんと響きのいいことだろう。理想とすべき姿だ。

こうしてリリアンは朝の日課を欠かさず果たす。怠けず、手を抜かず、雨の日も風の日もリリアン編みの糸を張り、班の仲間達から稀にもらえる感謝の言葉で「自分は必要とされている存在なのだ」と喜び、それを糧にして日々を生きていく。

スノーホワイトが転入してから十日間、リリアンの登校は更に十五分前倒しされた。魔法少女狩りのスノーホワイトはどこまでも油断ならない魔法少女だ。今まで以上にリリアン編みの範囲を広げておかねば危うい。普段の彼女を見ていると盗聴するような魔法少女とは思えないが、十日だけで判断してはいけない。相手は魔法少女狩り、リリアン程度の魔法少女を印象で騙すくらいはお手の物だろう。

「門」から登校した後は腰に手を当て背を伸ばし、上半身を右に、左に、反(そ)らせ、前屈し、行動を開始する。恐らく今日の議題はスノーホワイトのことになるだろう。よりによって本人に聴かれるわけにはいかないため、自ずとリリアンのチェックも厳重になる。

集合場所である校舎の裏手を特に重点的に、そこから屋上に跳んで糸を張り、左手は梅見崎(うめみざき)本校舎のグラウンドから見えるため特に素早く移動して網を張り、また屋上に登って今度は校舎の右手、梅見崎から隠れている方へ降りる。こちらは樹木や藪が多く、外からも見通せず、身を隠すには事欠かないため特に念入りに張っておく。

土をかけ、葉で隠し、糸が見えないよう偽装し、さて次は、と顔を上げ、リリアンは、くん、と鼻を鳴らした。甘い果物を思わせる香りが鼻をくすぐる。

片目を眇めた。匂いが濃い。グラウンドの運動部が栄養補給にフルーツ盛り合わせを持ってきた、という距離ではない。すぐそこだ。だが果物の匂いがするような場所ではない。いったいどういうことなのか。

更に二度鼻を鳴らした。匂いが強さを増している。周囲を窺うがそれらしき物はない。リリアンは一歩一歩慎重に進んだ。匂い立つ。香りで溺れてしまいそうだ。そこから三歩、四歩と進み、五歩、六歩目で足を止めた。

いつの間にか色がついている。薄桃色に染まった空気の流れが渦巻いていた。濃霧に等しい。一歩先も見通すことができない。

朝の学校だったはずだ。今の自分がどこにいるのかわからない。なにかが起きている。リリアンは袖口で鼻から下を押さえた。この匂いが曲者だ。誘われた。下手に進もうとせず、すぐに引き返すべきだった。だがまだ遅くはない。

右手に握ったリリアン編みの糸を手繰り、少しずつ少しずつ元居た場所を目指す。まずはここから脱出だ。少しずつ、少しずつ手繰っていき、ふっと空気が動いた。渦巻いていた流れが乱れ、薄桃色の霧の中から飛び出した手がリリアンの両肩を掴み、恐ろしい力で引き寄せられた。

「これでよし、と」

リリアン編みの糸はいつも以上に張り巡らせた。これで盗み聞きをされることはないだろう。リリアンは魔法の端末で集合時間が近いことを確認し、首を傾げた。もう少し時間的余裕があるはずだが、なぜかギリギリだ。少し力を入れ過ぎてしまったかと反省し、屋上から集合場所に向けて飛び降りた。

第二章　仲良くできるかな

◇クミクミ

ホームルーム前、部活の朝練がグラウンドで大きな声を出している時間帯。

各人、階段に腰掛け、壁に寄りかかり、側溝の際（きわ）にしゃがみ、魔法少女に変身した二班のメンバーはいつもの場所に位置取った。クラシカル・リリアンが魔法の糸を張って近寄る者がいないか常時チェックしているため密談を盗み聞きする者もいない。

股を開いてしゃがんだメピスが咳払いを一つ挟んで口火を切った。

「今日の議題は二つ」

「議題とか初めて聞いたんやけど、この集まりって会議だったん？」

軍帽の庇（ひさし）をつまみ、位置を整えていた雷将（らいしょう）アーデルハイトが口にした疑問、というより茶化しを黙殺し、二班班長メピス・フェレスは淡々とした口ぶりで話を続けた。

「まず、カナだ。あいつをどうするか」

「どう……する……とは」

「この集まりに呼んでいいかどうかって話だよ。いちいちあたしは行くけどお前はついてくんなよっていって置いていくのも面倒で」

「面倒……だからといって……」

「わかってるっつうの。面倒だからってだけじゃなくてさ。あいつ情報共有の輪に入れた方がいいんじゃないかって話よ。ムショから外に出したのうちらの上って話じゃん。なら身内なんじゃねえの」

　クミクミにとって雲の上の存在である近衛隊隊長、その更に遥か上の存在であるカスパ派上層部の怪しい魔法少女、ピティ・フレデリカはアポなしで押しかけるなりクミクミに色々と吹き込んでいった。もたらされた情報には「これは」と思うものも少なくなかった。怪しい相手ということで、念のため先輩にも確かめてみたところ、刑務所の管轄が同じ派閥であるらしく、フレデリカらしき人物の存在も確認できた。というわけで情報の精度はまずまずと考えられる。

「まあなあ。話はわからんでもないけどな。でもメピス私情入ってるやろ」

「なんだよ私情って」

「なんやこの朝の集まりやる度にカナ置いてこんとあかんやん。同じ家から登校してきてちょっと待ってろ毎回やるのはけっこう心が疲れるんとちゃうんか」

「そりゃまあそうだけどさ……」

「ストレス回避のためにカナ連れてくるいうんはどうか思うわ」

「あたしのストレスだけを問題にしてるわけじゃねえよ。ほら、あれじゃん。この前の騒動の時もさ、カナが大活躍だったそうじゃん。クミクミだって助けられたんだろ」

　クミクミは頷いた。可能な限り重々しく首を振ってみせたつもりだった。触れたものを塵にするという滅茶苦茶な魔法を使うホムンクルスをカナがたった一人で倒してみせ、更にクミクミが捕まりかけたところを身を挺(てい)してってくれたというわけで、それを信用するなといわれても無理がある。

　クミクミとしては今すぐにでもカナを呼び出しにいっていい気でいたが、それでもアーデルハイトは気が乗らないらしく難しい顔で腕を組んだ。

「強いいうんは素晴らしいことや思うよ。でも同時にヤバいってことでもあんねん」

「どういう意味だよ」

「強いやつが刑務所入ってたんや。そらヤバくないわけがないやろ」

　クラシカル・リリアンが「ふうむ」と呟き、顎先に指を当てた。

「刑務所で記憶をいじられていると聞きましたが。実際、現在のカナさんは多少ズレているところがあるものの善良な魔法少女に見えますし。過去にヤバかったことがあったとしても当時の記憶を失い人格が変わってしまったのだとすれば、要するにそれは別人ということではないでしょうか」

　クミクミは全くその通りだという意思を込めて頷いた。だがアーデルハイトはまだ煮え切らないらしく、下唇を噛んで口をへの字に曲げている。

「今のカナは良い子いうんは文句ないよ。でもな、ヤバいのは刑務所入る前のカナに限ったことやないねん。カナを使ってた連中がヤバイんや。この学校になんで入れられたかっていえば、つまりそういう連中がそういう使い方を想定してたいうことやろ」

　回りくどい言い回しではあったが、少し考えて意味を理解した。そしてクミクミは自分がどうすればいいのか、まで考えた。

「私……が、その辺を……確認して……おけば……いいのでは……」

「ああ、そやね。そういうこと訊いても大丈夫なん？」

「駄目なら……駄目と……言われる……だけだから……」

　フレデリカが話したことは基本的には仲間に伝えてもいいとされているし、逆にクミクミから質問することも許されている。目的は不透明で怪しいが、少なくとも今のクミクミにとっては有難い存在だ。

　メピスはふんと鼻を鳴らした。

「なぁんでクミクミの方にいってっかなあ。このグループのリーダーはメピス・フェレス様だってのは偉い人らだって知ってんだろうにさあ」

「メピスさんの魔法を警戒されたのではないでしょうか。実際に顔を合わせて話をするとなると、気付かない間に魔法がかかっていたなんてこともありますし。こと会話に関しては恐ろしい魔法ですから」

リリアンがすかさず持ち上げたことでメピスの機嫌は多少修正され「まあしゃあないかな」で終わらせてくれた。フレデリカがなぜ自分のところにやってきたのかはクミクミも知らないことだったが、他の面子(めんつ)を見るにつけ「一番扱いやすそうだからだろう」と思わざるを得なかった。

「じゃあそれで一つ目の議題終わり。二つ目の議題は『魔法少女狩り』な」

「スノーホワイトが転校してくるだなんて想像もできませんでしたね」

「目的は……いったい……」

「所属は監査部門やったな。なにかこう探りに来てるんちゃうんか」

「ホムンクルスの騒動あったからなあ、あれかな?」

「我々が……マークされている……可能性……」

「普通にありそうで嫌ですね」

魔法少女学級の地下遺跡について秘密裏に詳細を調査すること、もし可能なら遺跡に眠る遺物を入手し持ち出すこと、がカスパ派の、そしてカスパ派麾下(きか)近衛隊に所属しているクミクミ達の目的だ。当然違法行為であるためバレれば捕まる。

もっともこれに関しては、メンバー間で多少温度差を感じなくもない。クミクミは「バレそうなら無理はせずわかる範囲で報告だけして遺物に関してはチャンスがありませんでしたで普通に卒業しても言い訳は立つ」と考えていたが、アーデルハイトやメピスはもっと真面目に取り組むつもりのようだ。

「心の声聞くらしいけどさ、話した感じあんま大したことなさそうなんだよな、あいつの魔法。なんならカナの方がやばくね？」

「なにもかも余さず聞き取るというわけではないそうですが……」

「具体的な……計画……できるまで……泳がせてる……とか」

「そこまでするくらいならさっさと取り締まってると思うけどなあ」

「監査、カスパ派やないからね。まあマークされてるってのは自覚しとくべきやな」

「他の連中がマークされてるってことはないのかよ？」

「充分有り得るやろ。監査なんて役割的に独立してんとやってられんからねえ。テティの情報局、ドリィの実験場、ラッピーの人事部門、どこもきな臭い話は聞くで」

「三班の連中は？」

「そらもうこっちと変わらんくらいマークされとるはずや」

研究部門はカスパ派、つまり近衛隊にとって最大のライバルである。つまり研究部門から推薦を受けているプリンセス・ライトニングは最大のライバルである。ランユウィ、奈る。仮想敵だ。

落野院出ィ子もまた研究部門の身内に等しいという情報がフレデリカからもたらされてい

「三班だけ捕まえてくれねえかな」

「妙な期待したらあかんて。スノーホワイトの魔法もようわからんし、その辺慎重に詰めていかんと痛い目見ることになるかもわからん」

「魔法もそうだけどステゴロもあれだよな。てか思ったよりも全然強くねえのな。魔法少女狩りなんて呼ばれてるらしいから期待してたのにさ、肩透かしだったよ本当」

「教科書の……描写……盛ってる……」

「クラムベリーがいかに恐ろしいかを中心に描写されていますからねえ。それを倒したスノーホワイトは別に大したことありませんとは書けないでしょうし」

「いうても真の実力隠してるパターンはよくある話や。油断は禁物やで」

「なにが油断は禁物だよ」

メピスは鼻を鳴らした。先程のそれに比べて馬鹿にしている感が強い。

「アーデルハイトお前滅茶苦茶話し込んでたじゃねえかよ。それで腹抱えて笑ってたじゃねえかよ。油断もクソもなく仲良くなってんじゃねえかよ」

「いやあれはちゃうねん」

アーデルハイトは顔の前でぶんぶんと右手を振り、同じように顔も振った。

「袋井魔梨華の失敗談なんて魔王塾卒業生なら食いつかんわけないんや」

「知らねえよ、んな内輪の話なんて」

「むしろ、そういった内輪の話を振ることができたというのは注意すべき点ではないでしょうか。スノーホワイトはアーデルハイトの経歴も調べてきたということでしょう」

「いやあ、難しいとこやね。名前で判断しただけかしれんし。袋井魔梨華と魔法少女狩りが仲良うしてるいう話は聞いたことあるようなないようなあれやしね」

「お前は本当そういういい加減な」

「いやでもメピスもなんか話し込んでたやん。昨日のレクリエーションで」

「いや、あれはさ。休み時間にカナと話してた漫画をスノーホワイトも読んでるってただの雑談よ。別にそんな楽しくおしゃべりとかそういうのじゃなくて」

「傍から見たらかなり楽しそうやったで」

「そりゃ好きな漫画の話だから仕方ねえよ。お前勧めてもヤンキー系は趣味に合わんねんとかいって読まないじゃねえかよ」

いつまでも不毛な遣り取りをさせていても仕方ないし、クミクミが上手いこと話の方向を調整しなければならない、さてどうするかと考えている間に時間は経過し、始業五分前のチャイムによってミーティングのような雑談は打ち切られ、魔法少女狩りへの対策を講じる間もなく二班の魔法少女達は変身を解除して教室へと走った。

◇カナ

カナを除く二班の構成員四名は朝の作戦会議へと向かった。カナは一人教室に残って始業前に普段と違うなにかが起きていないかを見張り、報告しなければならない。本来ならば新入りのカナに課せられるはずもない重要な役割だが、それだけ他の班員達はカナのことを信頼してくれているのだろう。ホムンクルスの暴走事件の折にはまずまずの活躍をしつつも最後に死にかけるという大きな失態を演じたが、それも「生命を賭してクラスメイトを助けた」と良い方に解釈してくれたのかもしれない。

もしそうだとするならば、否、全くそんなことはなかったとしても、信頼を裏切るわけにはいかない。カナは集中力を余さず用いて教室を観察しなければならないのだ。

一班が集まって話していればそっと聞き耳を立て、三班が挨拶をしていればさりげなくそちらに混ざって自分も挨拶をし、いつも通りの行動をしながらも視線は鋭く教室内を逐一チェックして回り、おかしな点がないかどうかを調べ上げていく。

一通り巡回し、なんとなく違和感を覚えた三班の方に足を向け、今日の給食はローテーション的に揚げパンが出るに違いないと力説しているプリンセス・ライトニングの後ろで「なるほどなるほど」と頷きながら三班の面子を再チェックした。

伊達に毎日観察していたわけではない。違和感の所在はすぐに知れた。奈落野院出ィ子だ。彼女は一部逆立てた特殊な髪形――メピスの漫画でも何度か見たモヒカンヘアと呼ばれるもの――だったが、今日はいつもよりも立ち方が強い。メピス的な言い方をするのならば、気合いが入っているというところだろうか。

「出ィ子」

思わず声をかけていた。出ィ子はカナの方を見、他の三班メンバーもカナに目を向けている。ライトニングは会話を中断し「いつからいたんだろう」という顔でカナを見ていた。

カナは出ィ子の状態をどう表現するかしばし考え、決めた。

「なにか良いことでもあったように見える」

出ィ子は小さく口を開け、閉じ、鼻筋に皺を寄せ、また口を開き、言葉になっていない「ああ」という声を出し、天井に顔を向け、真面目な表情でカナの方に向き直った。

「ランユウィの退院が決まった」

サリーが「ええ」と驚き、ライトニングが「本当に」と表情をほころばせ、プシュケが「早くいえよ」と出ィ子の背中を叩いた。騒ぎに気付いた一班の面子も近寄ってきて一緒に喜んでいる。カナも喜んだ。同時に観察をしていた。思わぬ朗報を耳にしたとしても警戒を怠ってはならない。メピス達に課せられた任務はそれほど重い。

そして気付いた。人の輪から少し外れ、笑顔は浮かべながらも会話に加わろうとはせず、ただそこに立っている者がいる。スノーホワイトだ。

思えばスノーホワイトが転校してきた時はランユウィが入院中だった。つまりスノーホワイトにとってはクラスメイトというより見ず知らずの他人でしかない。同じ騒動の中で戦った者達とは空気が違っていて当然だろう。

カナがスノーホワイトへの考察を終わらせようという時、目が合った。スノーホワイトはカナをじっと見て、カナはスノーホワイトを見返した。

きゃっきゃと騒ぐアーリィとドリィの脇を抜け、カナはスノーホワイトの隣に立った。最も注目すべき対象が転校生であるスノーホワイトだったが、そういえばあまり話した記憶はない。スノーホワイトは他の生徒達とそれなりに会話をし、時には笑ったり笑わせたりもしているようだが、今思えばカナには話しかけていなかったようだ。

なぜだろうか、と考えると、答えが一つ見えてくる。

「魔法少女狩り」

言葉に出ていた。隣で身動ぎする気配を感じる。

「そういう呼び方は、他の人が勝手にしているだけだから」

「他の人から呼ばれるに足ることをしている、というわけだな」

「それは……」

「責めているわけではない。悪党退治、素晴らしいことだと思う」

この学級に悪らしい悪はいない、とカナは思っていた。しかしよくよく考えてみれば、刑務所に入って記憶を操作される前の自分を覚えてはいない。スノーホワイトに退治されるだけの悪党魔法少女である可能性はけして低くなかった。カナを外に出したのが吉岡であるという時点でもうそれは悪だろうという気しかしない。

スノーホワイトが転校してきた理由は恐らくカナだ。

カナは「もしも俺が悪であれば遠慮なく倒してほしい」という気持ちをいっぱいに込めてスノーホワイトを見詰めたが、スノーホワイトは困惑した様子で首を傾げた。

◇サリー・レイヴン

放課後、プシュケと連れ立って近所のカフェテリアに向かうというところまでは普段と変わらないが、今日は奥のボックス席に陣取った。テラス席は論外として、可能な限り目立たない場所、人の目を避ける場所、声が届かない場所を選びたかった。

「そう思うならカラオケボックスにでもすりゃいいじゃん」

「カラオケボックスに入ったら歌わずにはいられないからねえ。私のキューティーヒーラーメドレーを聞かせたくはあったけど、それはまた別の機会に」

プシュケはぶつぶつと何事かを呟きながら学校指定の通学鞄からブルーレイを三枚取

り出し、サリーは別のブルーレイ三枚を取り出してプシュケのそれと交換した。

「いやあ、シリーズも随分と進んだものだねえ」

「まだまだ先が長いってことにくらくらするよ」

「未見のキューティーヒーラーがいっぱいあるっていうのは本当に羨ましいよねえ」

「今日はそんな話するために誘われたわけ？」

「勿論違うよねえ……ほら、スノーホワイトが転校してきたでしょ」

プシュケは苦々しい表情で何事かを呟きながら頷いた。

「全く面倒な……馬鹿馬鹿しい……嫌なヤツ……」

「また嫌ったもんだねえ。やっぱりフリーランスとしては嫌な相手なの？」

「嫌に決まってる。フリーランスなんてのは多かれ少なかれ脛に瑕持ってるもんだよ。あいつはそれを盗み聞きするっていうんだからやってられない。正直休学しようかって思わなくもなかったくらい……」

「それは寂しくなるからやめてほしいねえ」

プシュケは舌打ちし、荒々しく紅茶のカップを手に取り、ごくりごくりと乱暴に飲み干し、空になったカップをこれまた乱暴にソーサーの上に置いた。サリーは、照れ隠しなのだろう、ということにした。

「そんな歴戦のフリーランスであるプシュケさんにお聞きしたいんだけどねえ。スノーホワイトで知ってること、どれだけある？」

プシュケはナイフを手に取り、パンケーキの上に縦線を一本走らせた。下側から見上げるようにサリーを睨み、僅かに口元をほころばせた。

「外に知られちゃいけない広報部門の闇とかそういう話があったりすんの？」

「いやあ、下っ端だからまだそういうのはないんだけど、でも広報部門にそういうのが全くないとはちょっといえないからねえ。魔法少女狩りのスノーホワイトといえば教科書に載るくらい有名なわけで、少しでも情報が欲しいわけじゃない？」

「別に詳しいわけじゃ……また聞きくらいの話だけど」

プシュケがパンケーキをつつきながら話すのをふんふんと聞いた。また聞きとはいうが、少なくとも教科書に載っている英雄譚じみた話よりは現実的なエピソードに思える。サリーはパスタをくるくると巻き取り、プチトマトを突き刺し、纏めて口に運んだ。

「苛烈に悪を取り締まる人って感じだねえ。ただ、見た感じは随分違うけど」

「見せかけかもよ」

「まあね。凄腕であるほど普段は自分の強さを見せたりはしないだろうしねえ」

「まあ、なんにしてもさ」

プシュケはパンケーキの欠片で舐めとるように皿上のシロップを掬い取った。サリーはたっぷりとシロップを吸ったパンケーキを見て「そっちにすればよかったかな」と若干後悔した。

「ターゲットはたぶんうちらじゃないでしょ」

「そうなのかねえ？」

「その辺は色々調べたりとかね」

「あれ、そんなことしてたんだねえ」

「事情通に話聞いたり、校舎周りちょっと調べてみたりくらいはずっとしてるんだよ……てかさ、もっと怪しいやついるじゃんうちのクラス」

　刑務所から出てきたばかりのカナ、なにかとこそこそしているランユウィと出ィ子、なにを考えているのかわからないライトニング、確かに怪しい生徒には事欠かない。

「なんなら校長とか見たことないけど滅茶苦茶胡散臭いし。情報局なんでしょ？　絶対ヤバいじゃん」

「情報局ってそんなとこなの？」

「そんなとこだよ」

「校長がターゲットだった場合、学級自体がなくなっちゃうかもだねえ」

「まあそうなったらそうなったで諦めるしかないね。校長の悪口で盛り上がりながらお別れパーティーでもすりゃいいんじゃない？」

　らしい物言いに思わず笑い、むっとするプシュケの前に掌を見せて「まあまあ」と宥めた。別に馬鹿にしたわけではない。

「いや、ちゃんと考えてるんだなって思ってねえ。色々と気にしているみたいだから心配してたんだよねえ」

「は？　別にいつも通りだけど」

「いや髪留めの括り方がちょっと乱れてたでしょ。あとリップにグロス感があってこれは昼の荒れ対策入ってんじゃないかなって思ってたんだよねえ」

プシュケはふんと鼻を鳴らし、指先でフォークを回転させてから皿に置いた。

「よく見てるね」

「まあねえ」

「その観察力がキモい」

そこから呪詛のように悪態が零れ出し、この分なら心配する必要もないかとサリーは秘かに胸を撫で下ろした。

◇ランユウィ

退院が決まるまでの間、ランユウィの心はぐるぐると乱れていた。乱れることに「ぐるぐると」という副詞は普通なら適していないのかもしれないが、普通ではない乱れ方だったためぐるぐると乱れていた。

一人だけ入院する羽目に陥った己を恥じ、他の魔法少女達が無事だったことに安堵し、別に他の班の連中まで安堵してやる必要はなかったかと思い直し、同じ班のメンバーが無事だったことに安堵し、魔法少女狩りのスノーホワイトが転校してきたという出ィ子からの報告に心を乱し、お見舞いのフルーツと共に送り届けられた師匠——初代ラズリーヌ、今の名前はオールド・ブルー——からの手紙を何度も読み返した。ランユウィの身を案じ、無事を喜び、すぐに現場復帰してもらわなければならないことを詫び、それらが美しい文字で描かれている読むだけで幸せになる手紙だ。

だがランユウィの幸せはいつまでも続くものではなかった。手紙を読んでいても、むしろ読めば読むほど、焦り（あせ）が滲み（にじ）出てくる。ランユウィが学級に戻らなければ三班の戦力は一名少なく、そして師匠が送り込んだ戦力もまた一名少ない。

早く戻らなければとじりじり胸を焦がしながら一日、二日と時を重ね、ようやく明日退院できるという時にお見舞いが来た。師匠ではない。出ィ子と、もう一人。出ィ子の方は日参してその日あったことを教えてくれるので珍しくはないが、もう一人の方は大変に珍しい。プリンセス・ライトニングが来てくれた。

出ィ子の後ろから、ごく自然に、それが当たり前のように病室に入ってきて「お久しぶり」と微笑んだ。その微笑みはランユウィの心を浮き立たせ、幸福感に浸してくれた。が、

すぐに困惑にとって代わった。この病院はランユウィ達のバックである研究部門のお抱えで、出ィ子を除いたクラスメイト達のお見舞いは、なんだかんだと理由を付けて断っている。

なのに、なぜか、学生服を着たプリンセス・ライトニングがここにいる。

ランユウィは出ィ子を見た。いつもの無表情で悪びれずに堂々としている。ライトニング特有の「押しの強さ」で強引に付き合わされたという感じではない。そもそも出ィ子は相手がライトニングであっても頑として断るタイプだ。

「そんなに不思議そうな顔をしなくてもいいでしょう」

顔に出ていたことに気付き、ランユウィは口元に手を当て二度三度と空咳をした。ライトニングは美術の教科書に掲載されていたなんとかいう女神像のような優雅な仕草で右手の白い箱を掲げて見せ、それをテーブルの上に置き、開けた。中にはぎっしりと瓶が——プリンが詰められている。ライトニングは淀みなく4×3で合計十二ある中の一つを取り出し、これまた優雅な仕草で折り畳み椅子を開いた。椅子に腰掛け、プリンの蓋を外し、プラスチックスプーンを手に取り、一掬いして口に持っていく。動作の一つ一つがランユウィの頬を緩ませる。

「その辺、出ィ子には話が通っているのだけど……もう一度話さないと駄目？」

ライトニングの斜め後方で腕を組んで立っていた出ィ子は無表情のまま頷いた。

椅子の背に肘をかけ、少々はしたない姿勢で出ィ子の方に顔を向けていたライトニングは不承不承という表情で振り返り、髪の隙間からちらちらと見える白いうなじを注視していたランユウィは慌てて真面目ぶった表情を取り繕った。

「実は話していないことがあったの」

「はあ……どんなことっすか」

「梅見崎中学では創立祭というのがあるらしくてね。色々作ったりして暗くなっても頑張ってるみたい」

「ああ、そっすか。え？　それが今なんの」

「それと、私もオールド・ブルーから命じられてあの学級に入ってたんだけど。あっ、オールド・ブルーって誰かわかる？　前の名前はラピス・ラズリーヌで」

「いや……それは……知ってるっすけど」

真面目ぶった表情はすぐに崩れ、ランユウィは驚きで顔を歪めた。有り得ないことではなかったが、正面切って話されるとそれは驚く。驚くが、出ィ子を伴ってこの病院を訪れたという現状そのものがライトニングの言葉を裏付けているともいえた。目だけ動かし出ィ子の方を見ると、彼女は黙って頷いた。嘘偽りではない。

ランユウィは考えた。確かに驚きである。師匠には話しておいて欲しかったと思うが、なにかしらの事情があるのだろうから強くはいえない。どちらかといえば、これは喜ぶべきかもしれない。つまりライトニングは仲間だったのだから。

「ええと……それはいいことっすね」

「そうね」

「ライトニングはラズリーヌ候補生じゃないっすね。傭兵……なんすか？」

「いいえ、私も身内だけど。ラズリーヌの方じゃなくて研究部門の方の身内っていうか。まあ生え抜きではあるから傭兵よりかは信頼してくれていいと思う」

「あ、はい。信頼するっす。でもなんで今更教えてもらえることになったんすか」

「それよ。オールド・ブルーがいうにはね」

ライトニングが口にする、オールド・ブルーという言い方には親しみも敬意もなく、なるほどラズリーヌ候補生とは違う。ランユウィは師匠が研究部門に深く関わっていることは当然承知しているが、具体的にどんな仕事をしているかはまるで知らない。そこで働いている魔法使いや魔法少女のことも知らず、ライトニングのことを知らないのもおかしいことではなかった。

「ちょっと方針を変えるって。遺跡の遺物を奪うことをメインに据えるんじゃなくて、それをカスパ派……二班の子達がやろうとするのを防ぐのをメインにしたいってね」

「方針？　変える？　聞いてないっすよ」

「状況に変化があったでしょう。ほら、スノーホワイト。彼女が来たもんだから。あんまり強くなくてがっかりしたけど、逆にいえば強くないけど魔法少女狩りをやれてるってことはつまり怖い魔法少女だってことよね。私達が盗みに行けば泥棒になって彼女と敵対するでしょう？　でも防ぐ方がメインならむしろ味方ってことになるじゃない？」

ライトニングは人差し指で、こん、こん、と自分の頭をノックした。

「教科書に書かれているほど鮮やかではないそうだけど、彼女は心の声を聴くそうだから。私なんてね、スノーホワイトの転校前に慌てて記憶抜かれちゃって」

ランユウィは思わず拳を握った。緊張からかじわりと汗が滲んでいる。ライトニングは今日の給食について話すような気軽さだったが、内容としてはかなり重い。

恐らくは三代目ラズリーヌの魔法だ。三代目が直接魔法を使うということは、ライトニングはそれだけ機密に近い位置にいたということでもある。

それにしても、たとえ一時的、一部分であっても記憶を奪われて平然としている胆力は相当なものだ。戦略的に味方の記憶を抜くというやり口を聞かされ少々引いているランユウィは己を恥じた。覚悟が足りていない。

「たぶん知られたくないことなんでしょうけどあんまりだと思わない？　今となっては思い出せないから別にいいといえばいいんだけど。あ、学校生活のことは基本的に盗られていないそうだから。あなたのことも忘れてないから安心して」

「はあ」

「まああなた達はそこまでされるわけじゃないから安心してね。といってもオールド・ブルーと情報を密に遣り取りするということはできなくなるからそのつもりでいて」

別に今までも情報を密に遣り取りしていたわけではなかったが、反論はせず頷いた。

「本来であればね、私と、ランユウィアンド出ィ子。この二方面から魔法少女学級に関わる予定だったんだけど……あなた達は探索で、私は主に妨害工作で」

「それは、つまり……夜中にアーデルハイトと戦ってたやつっすか」

訊きながら出ィ子の方をちらと見た。特に反応はない。訊いてはまずいことではなかったようだ。ライトニングは眉根に少々の皺を寄せてスプーンを口元へ運んだ。

「そう、あれもその一つね」

一班にアイテムを貸し出して支援し、二班に向かわせていたのも、今思えばその種の活動だったのだろう。色々と納得ができるし、それになによりライトニングと完全に仲間であるというのは頼もしく、有難く、そして嬉しいことだ。あまり露骨に喜びを見せては下に見られるかもしれず、かといって喜んでいないと思われるのも嫌であるため、奥ゆかしく喜んでいるように見えるだろうという表情で手を叩いた。

「いやあ、よかったっす。味方が増えたのはありがたいっすよ。それがライトニングならどれだけ頼もしいことか」

喜びついでにプリンに手を伸ばし、ガラス瓶を一つ取ると中身がなかった。空の瓶をテーブルに置き、箱の中に手を入れてもう一つ取ると、それも手応えがなく軽い。ランユウィは箱の中を覗き込んだ。プリンが残らずなくなっている。

「ごめんなさい。食べないみたいだから必要ないのかと思って」

　ライトニングが手を合わせたのは「申し訳ない」という気持ちからか、それとも「ごちそうさま」という意味合いだったのか。ランユウィは笑って頷いた。出ィ子の方を見ると、むっつりと黙り込んだまま右手に持ったスプーンでガラス瓶の中のプリンを掬い上げ、口元に運んでいた。ライトニングが奪い尽くす前に自分の分を確保していたらしかった。

「そうそう、あなたの退院が決まったことを出ィ子がバラしちゃって」

　反射的に出ィ子の方を見た。彼女には珍しく気まずそうな顔で目を逸らした。ライトニングは出ィ子の反応を面白がっているのか、口元を隠して笑った。

「皆大喜び。ドリィとアーリィなんかダンスまで踊っちゃって。人気者ね、ランユウィ」

　顔の熱を自覚し、せめてみっともなくない程度のほんのりとした赤味であることを願い、ランユウィは頭を掻きながらあははと笑った。

◇O（ラブ）・ルールー

「お見事お見事。良くやってくれたよ本当に」

正直駄目だと思っていたけど、という本音部分を省略し、拍手をもって褒め称えた。だが褒められた魔法少女「リップル」は、身動ぎ一つ、目を開けることさえなくベッドの上に横たわっている。ミイラ男のように包帯でぐるぐるに巻かれているが、あれはあくまで治療のために魔法の包帯を巻いているだけのこと、意識は覚醒しこちらの言葉を認識していることを0・ルールーは知っている。要するに無視しているだけだ。

ルールーは笑顔を引っ込め、苦々しげに顔を顰めた。どうせ見られていないのであれば、どんな表情をしていようと変わらない。

「も少しいい場所に移せればいいんだけど、あとちょっと我慢してね。今は姿を晦ましておくのが一番大事だからさ。その代わりといっちゃなんだけど、薬液はいっぱい持ってきたから治療はスピーディー、それに私の魔法だって使ってあげちゃうよん」

リップルの反応はない。

ルールーは眉間に皺を寄せたまま周囲を見回した。カーテンを引いた薄暗いビジネスホテルの一室というのは二人いるだけでも狭苦しいが、リップルの無言は場所への抗議というわけではなさそうだった。

忌々しい気分はより一層強くなった。初対面で受けた「仲良くなれそうにない」という第一印象は未だ変わらない。

リップルは確かに大きな怪我を負った。普通なら即入院しているか、せめて研究部門に担ぎ込んでいる。だが今はできない。フレデリカが、カスパ派が、そこかしこに監視の目を配し、信用できる相手はごく限られている。そんな中で遊撃部隊が活動するには、隠密に隠密を重ね、慎重に慎重を期さねばならない。

敵戦力三名を単独で排除した、というのは素晴らしい戦果だ。リップルならずとも偉ぶってしまうかもしれない。しかし、それによって大怪我を負ったのは自己責任である。それに名誉の負傷と誇るべきものでもない。殺してもよい相手なのに、態々殺すことを避けるから負わなくていい怪我を負った。実際、ルールーが協力して事に当たったキミエラについては怪我の一つもなく始末できた。

——だけど。

そう、思えばあれが転機だったのだろう。あれ以来、リップルの態度が極端に硬化し、頑なになってしまった気がする。リップルがキミエラを無力化し、ルールーがキミエラにトドメを刺すという即席な割に見事なコンビネーションだったにもかかわらず、命を奪ったというその一点でリップルは猛烈に腹を立て、ここから先は私が一人でやるといい、そんなの無理に決まってんだろと白けた目で眺めていたルールーの目の前で二名を殺さずに捕縛した。これは凄いと一応褒めてやったのに、リップルからの返事はない。

まず苛立ちはリップルに向かう。殺し殺されが当然の状況下、敵は死ぬまで油断ならない魔王塾卒業生、しかも己の快楽のため大勢殺めてきた極悪人で情けをかける必要もなし、殺しても怒られる謂れはない。

身を極限まで削ぎ落とし、自身を苛め抜いて無駄を殺し、惨たらしくさえ見える容姿ながら眼の光だけは獣のように強く鋭く、といったリップルの第一印象から、まさか殺しが嫌いな甘ちゃんだと思うわけがない。

そして苛立ちは師にも向かう。リップルの個性をきちんと説明しなかった。フレデリカの戦力を削ぐために彼女のサポートをしてほしいといわれ、彼女の履歴について説明を受け、魔法と戦闘能力について把握し、そこまでして殺しは好まないという補足はなかった。リップルの見た目も相俟って「情けも容赦も知らない復讐の鬼」と思わないわけがない。

初代ラピス・ラズリーヌは有能な人物で、同時に間違っても人格者ではない。他のラズリーヌ候補、魔法少女学級への潜入任務を授かったランユウィ辺りは神様のように崇拝していたが、神様ではないし、善人ですらない。不誠実な秘密主義者だ。過信した上で裏切られて話が違うと泣くのは馬鹿がすることだ、とルールーは考えている。

――とはいえ。

リップルが殺しを好まない、ということを敢えて説明していないという目も少なからずあるな、とは思えた。

ルールーの魔法は宝石を使う。二代目の「テレポート」のような派手派手しさはない。石の持つ力を魔法で増幅して他者に影響を与える、というごくささやかなものだ。今も、カーペットの下に潜ませた白いクズ石、「健康」という石言葉を持つ小さなムーンストーンが、リップルの自己治癒力を増幅させている。恐らく本人に助けられているという自覚はない。

キミエラ襲撃後に現場に仕込んだ石は、黒っぽい白のシリマナイト。石言葉は警告。真っ赤なルビーの石言葉には威厳と優雅、そして青紫のタンザイトは誇り高き人。様々な石を少しずつ混ぜ、調整し、感受性の高い者だけがほんのりと気付けるだけの魔法を込めて土の下に埋めておく。フレデリカに特定の人物を連想させ、困惑させる。ルールーが魔法を解除すれば砂粒の一つでしかなく、魔法の力を感じ取られることもない。細やかで、弱く、曖昧（あいまい）な魔法であるからこそ、裏をかくことができるのだ。

フレデリカにプキンの印象を植えつけたのは、プキンの影に怯えさせ、他の刺客の存在にまで気が回らないようにするためだ。

フレデリカがリップルにプレミアム幸子を殺害させ、洗脳を解除した直後、三代目ラズリーヌがリップルに接触した。その時リップルは激情のままにフレデリカを殺しに行こうとしていたが、三代目はそんな彼女から「怒り」の感情を抜き取り、腑抜けのようになったリップルを保護して、山奥のあばら屋で匿（かくま）った。もちろんラズリーヌ一派や研究部門の仕業とわからぬように、だ。

フレデリカは幾度もリップルの様子を覗きにきていたが、見えるのは気力をなくして引きこもるリップルの姿だけ。やがて「完全に折れた」と判断して興味を失ったのか、フレデリカの監視はなくなり、さらに少ししてからリップルとルールーの遊撃隊が行動を開始した。

この行為にどれだけの意味があるのか、ルールーにはわからない。しかし、初代が重要だと確信していることは間違いない。今のフレデリカは年老いた猫のように警戒心が強い。初代ラズリーヌの動きにも注意を払い、数を動かそうとすればすぐに行方を晦まし、少数で襲えばさっさと逃げ出してしまうだろう。相手に意識されない遊撃隊の存在が重要になる可能性はけして低くない。

判断能力という、フレデリカの持つ最も厄介(やっかい)な武器の一つに小さな傷をつける。今はそれで充分だ。

第三章　参加してもいいですか？

◇二年F組

「ゼリー一つ余ってるぞ！」

教室中の全員が反応し、声の方を見た。眼鏡に三つ編みの少女、二班班長メピス・フェレスが覆い被さるような格好でプラスチックケースを守っていた。

「ちょっとちょっと」

ポニーテールの少女、ランユウィが待ったをかける。

「なんすかそのカッコ。余ったゼリーを自分の物にする気っすか」

「自分のもんにするなら黙って食うっつうの。あたしは賞品守ってんだよ。この前デザートが余った時、有無をいわせず貪り食ったヤツがいただろ」

全員の視線がまたも一斉に動いた。優美な仕草で先割れスプーンを操っていた黒髪ロングの少女、三班班長プリンセス・ライトニングが、長い睫毛をアピールするように目をしばたたかせ、文句のつけようがない美しいラインを描いている自分の顎先を指差した。

「私がなにか？」

「なにかじゃねえだろ。この前冷凍ミカンが余った時に問答無用で食ったのお前だろうが」

「その時は余ったデザートを誰がどうやって手に入れるかというルールが制定されていなかったでしょう？　つまり私のやったことはルール違反じゃないということ」

「ははあ、なるほどもっともっすね」

ランユウィだけは大いに納得したらしく何度も頷いていたが、それ以外の生徒は概ね白い目を向け、特にメピスは猛ってテーブルを拳で叩いた。

「ルールが決まってなくても人としてのルールは守れや！」

「私の中のルールでは問題がなかった。あなたの中のルールは聞いていないから知らなかった。この話はこれで終わりじゃない？　どこまで行っても平行線でしょう」

ライトニングの挑発的な物言い――恐らく本人に挑発の意図はないのだろうが――に激高するメピスをクラスの誰もが想像したが、ここでフォロー役が前に出た。メピスの傍らに立つ金髪碧眼の少女、雷将アーデルハイトが、いきり立つ二班班長の前に手を出し、制止した。

「まあまあ、落ち着こうや。過去の話いうてもしゃあないやん。今の話せんとあかんやろ。今日はカルコロ先生が呼び出されて給食の時間おらん、ゼリーが一個余ってる、全員でそれを分けるのは無理があるから誰か一人のもんになる、さてそれは誰かいう話や」

褐色肌の小柄な少女、アーク・アーリィが手を挙げる。

「ジャンケン！」

見た目はアーリィと変わらない少女、ドリル・ドリィがそれに続く。

「バトル！」

黒髪ボブカットの少女、魔法少女学級級長兼一班班長テティ・グットニーギルがアーリイドリィの二人を座らせ、今度は髪を短く切り揃えた浅黒い肌の少女、クミクミが、

「ジャンケンは……この人数では終わらない……バトルは……現状不可能……」

と、誰もがわかっていることを重々しく口にした。

「なら別の方法を……あっはい」

手入れの足りていない長い黒髪に白い肌の少女、クラシカル・リリアンが何事かをいいかけ、皆が自分を見ていることに気付くと曖昧な笑みを浮かべながら身を引いた。彼女が途中でやめた発言を受け継ぐように、ややくすんだ色に染めたミディアムボブの少女、サリー・レイヴンが手を挙げた。

「それなら提案があるんだよねえ。全員で一度に争うっていうのは時間がかかるから班代表を出して、その勝者の班で分けるなり最終勝者を決めるなりすればいいよねえ」

彼女の隣に座り、ウェーブのかかった髪を揺らしながら何事かを呟き続けている少女、

プシュケ・プレインスの存在には触れないままサリーは話を続けた。

「で、そのためのゲームなんだけど……椅子取りゲームがいいと思うねえ」

椅子取りゲームという唐突かつ不可解な提案にメピスは訝しげな表情を浮かべ、その後すぐにはっとしてサリーの背後で腕を組む「ヘアスタイルがモヒカン、顔には鵺のタトゥー」というインパクト大な少女、奈落野院出ィ子に目を向けた。

彼女は体格がよく、運動神経にも秀でている。椅子取りゲームという一見突拍子もない勝負内容だが、出ィ子という強者を有しているが故に自分達こそ有利であるという三班の目論見が透けて見えた。

メピスは鼻を鳴らした。

「舐めやがって。いいぜ、受けてやるよ。お前ら忘れたわけじゃねえだろうな」

「そう、俺のことを忘れては困る」

一人だけ魔法少女に変身しっ放しのカナが自分の胸を叩いたが「お前じゃねえ。死人出す気か」とメピスに小声で注意され、なにもなかったかのように引っ込んだ。時に行動的過ぎる時もあるが、素直ではある。

「ガタイの勝負ってのは同意するよ。そしてクラス一背が高いってことは、つまりクラス一椅子取りゲームが得意ってことだ」

メピスは隣にいるアーデルハイトの背を叩き、アーデルハイトは自信ありげに胸を張った。彼女の身長は百七十センチを超え――モヒカン部分を加えなければ――出ィ子でも敵わない。子供の中に大人が混ざっているようなものだ。

「おいおい、一班を忘れちゃ困るよ？」

中学生にあるまじき明るい色の髪、もっとあるまじき濃いめの化粧という少女、ラッピー・ティップが立ち上がった。

「うちの班には椅子取りゲームが誰よりも得意な人材がいるんだからね。頼むよリーさん」

ラッピーに名指しされ、ふくよかな少女、ミス・リールが立ち上がる。身長こそアーデルハイト、出ィ子には及ばないものの、体重と体積では彼女達を上回る。

「押し退け合いというのはつまるところ体重の勝負ですから」

おっとりとした微笑みには、どっしりとした力強さが感じられた。普段の彼女は控え目で大人しいが、しかし同時にノリがいい。

止める教師、カルコロは不在である。テティの指示を受け、全員協力して机と椅子をどけ、教室中央にスペースを作り、椅子を一つ置き、その椅子を三人の少女が囲む。更に彼女達をクラスメイトが囲み、ある者は拳を振り上げ、ある者は口元に手を当て、同じ班員を応援する。

サリーの持つ魔法の端末が初代キューティーヒーラーのオープニングテーマを奏で始め

た。一つしかない椅子の周りを三人の少女が歩き出す。フルーツゼリーを賭けた椅子取りゲームの始まりだ。

◇姫河小雪

放課後。「門」を使って学校から監査部門に跳び、そこからまた「門」を使い自宅近くへと跳ぶ。自宅近くとはいえ二駅離れているため、電車を使って家に向かう。朝はこの過程が逆になる。これがスノーホワイト、姫河小雪の通学路だ。

小雪は電車に揺られながら今日一日の出来事を思い返していた。

給食時はゼリーを取り合って班対抗椅子取りゲームに興じた。クラスメイト達は大いに盛り上がっていた。普段は物静かなリリアンや、真面目な級長であるテティも、大きな声で班員を応援していた。プシュケだけは他班員の悪口を呟いていたが、あれもまた形を変えた応援だ。

小雪は一人冷めていた。周囲から浮かないよう楽しんでいる風を装いながら、内心は寒々としていた。彼女達が眩しく、羨ましかった。

きな臭くなってきた魔法少女学級を探るべく監査部門から送り込まれたのであるわけだから、捜査が第一で学校生活を楽しむ気はなかった。しかし、気付けば姫河小雪がクラスメイトと談笑しているし、心から笑っている気さえする。そんな時は慌てて気を引き締める。

教師として赴任する、という案もあったが、カルコロ先生がかわいそうになり、生徒として転校してくることにした。だが教師であれば生徒とは線を引くことができたかもしれない、と今になって思う。

学級の魔法少女達も様々だ。出ィ子、アーデルハイトはなにより任務を優先している。だが楽しむべきは楽しみ、働く場面では働いている。割り切ることができている。フレデリカについて悩みながらも精一杯の結論を求めて毎日を送っているクミクミであったり、ラズリーヌへの憧れをどうしても捨てることができず、薄々自分には無理だと気付いていても気付かないふりをして頑張ろうとしているランユウィであったりは、常に一生懸命だ。テティ、ミス・リールは心から真面目に学生をしている。

彼女達に共通しているのは、未来に希望を持っているということだ。

偽物の生徒であるスノーホワイトは、瑞々(みずみず)しく真(ま)っ直(す)ぐな彼女達と自分を比べた時、二十年も三十年も年齢を重ねてしまったような気持ちになる。そんな時でも顔には出さず、アーリィとドリィの仲裁をしたり、ラッピーの冗談に笑ったりしながら、周囲をうかがっている。

魔法少女狩りという異名への恐怖、それに混ざって畏敬も聞こえてくる。全て心の声であるため止めることはできない。そんなことを思われる魔法少女ではないということは小雪が誰よりもわかっているのに、声は止まらない。

魔法少女学級の生徒に限ったことではない。プリンセス・デリュージもそうだ。彼女とはプク派が占拠する洞窟の中で戦い、スノーホワイトはデリュージを殺しかけた。よりにもよってデリュージの友人であり、小雪にとっても幼馴染だったプリンセス・インフェルノの武器を使って、だ。デリュージの生命力が強く、運もあったから殺さずに済んだというだけのことだ。

デリュージは復讐の念に支配され、自分の強さを振り翳すようになっていたが、敗北により視野が広がった。そして自分を負かしたスノーホワイトに対しある種尊敬の意を抱くようになり、こちらを重んじてくれている心の声も聞こえるようになった。揺らいでいてさえ真正面を向いている。

スノーホワイトは頭を抱えて叫びたかった。プク・プックに操られていた時のことを嫌でも思い出す。魔法で操られていたとして責任を問われなかったとはいえ、多くの犠牲者が出た。一人一人の心の声が今でもスノーホワイトの中に反響している。地下の研究所では、これから犠牲になる魔法少女達の声を聞きながら、それを無視した。あの時のスノーホワイトは始終そんなことをしていた。

そこではインフェルノから思いを託された。N市ではハードゴア・アリスに彼女が誇らしく思う魔法少女であり続けることを誓った。ラ・ピュセルが命を落とした時の気持ちを忘れることは絶対にないだろう。彼女達から渡されたバトンを持っている限り、スノーホワイトは歯を食い縛って前進しなければならない。

そしてリップルだ。ファルもいる。スノーホワイトを必要としている。助けなければならない。恥ずかしくて叫び出したくても、思い出したくないことを思い出してしまっても、止まってはならない。

車内放送が目的地が近いことを告げている。小雪は見るでもなく遠くの景色に目を向けた。慣れない環境というのは間違いない。そういえば校内でスノーホワイトに変身している時、中庭からはまったく声が聞こえることがないのだが、その辺を訊くとすれば誰がよいだろうか……といつの間にか任務に戻っている。

◇ピティ・フレデリカ

学級の外側ではよくないことをしている者がいる。そちらには当然対処しなければならないが、今のところアスモナに任せておけば事足りる。フレデリカにはしなければならないことが複数あり、愉快な仲間達が襲われているからといってかかりきりになっているわけにはいかない。

現身に関する資料漁りはひと段落着いたが、魔法少女学級にも手を入れておかなければならないだろう。スノーホワイト転校すの報告をアーデルハイトから受けて一週間、そこから現状がどのように変化しているのかは把握できていない。

魔法少女学級について、そして魔法少女学級でのスノーホワイトについてもう少し知りたい。少し前からスノーホワイトに対してフレデリカの魔法を行使できなくなっているため、同級生のクミクミにコンタクトをとるのがベストだろう。彼女とはホムンクルス騒動の前に会ったきりだ。

フレデリカはクミクミのところへ跳ぼうと水晶玉を覗き込んだが、なぜか真っ暗闇でなにも見通すことができなかった。これは異常事態だ。おかしい。そもそも魔法が発動できないスノーホワイトとは違い、発動した上で暗闇しか見えない。魔法少女学級にいるのならともかく、今は自宅にいるはずだ。クミクミになにかが起こっている。

カスパ派の居室でぐいと背を反らし、ソファーに身を埋めた。

経験則でいえば、答えは一つだ。魔法の対象が死んでしまっていた場合、水晶玉には暗闇しか映らない。キミエラのように襲われ、始末されてしまったか。

ソファーの上で身を返し、今度は顔を埋めた。

今度は魔法の端末を起動し、クミクミにメッセージを入れた。フレデリカの中では既に九割五分くらいクミクミは亡き者になっており、なにもないことを確かめるための「念のための」行動に過ぎなかったが、案に反して即メッセージが返ってきた。何事でしょうかはこちらの台詞だ。

何事でしょうかという文面を見詰め、フレデリカは首を傾げた。何事でしょうかはこちらの台詞だ。

フレデリカは身を起こし、立ち上がり、部屋の中を左側、出口に向かって歩き、そこで回れ右をして窓の方に向かって歩き、途中、もぞもぞと動く袋を蹴り飛ばしかけて足を止めた。

やはりおかしい。糸は縦横に張ってある。クミクミに何事かあればフレデリカに報告がこないわけがない。つまり、クミクミは平穏無事だがフレデリカの魔法が届いていない。不思議だ。

それから半日間を費やし、クミクミ自宅周辺の安全を確認した。特に問題は見当たらなかった。彼女の住むアパート前は人通りも少なく奥まっている。敵対勢力が見張りを置いていることもない。

フレデリカは派遣した配下の髪を使ってクミクミ宅の近所に飛び、周囲をがっちりと固めさせた状態で、変身を解除することなくチャイムを鳴らした。

本来ならばフレデリカ本人が出向くべき案件ではない。罠である可能性はまずまず高く、我が身を使って確かめてやろうなどと狂気の沙汰だ。アスモナが知れば苦々しい顔で舌打ちするだろう。しかしこういう場合に我慢できる性質でないことは自分自身が一番よく知っているし、無理やりに我慢するのはあまりにも健康に悪く、結果的に寿命を縮めることに繋がる。

そんな言い訳を用意し、それなりに決死の覚悟で訪問したのだが、ごく当たり前という顔でクミクミが玄関に出てきた。前回とは違い、予めメッセージを入れたことで訪いを予想していたのだろう、驚いた様子もなく、ただ「面倒事に巻き込まれたくない」という思いを全身からぷんぷんと匂わせていた。

クミクミである。見た目だけではない、反応も以前のままのクミクミだった。フレデリカは家の中に通され、狭い部屋の中を目で確かめたが特におかしな点はない。前回と変わらないままだ。ならばフレデリカの魔法が効かなくなったのはどういうことか。

腰掛けの上に置かれた薄っぺらいクッションを感じながら座り、供された麦茶で口中を湿らせた。味は変わらない。安っぽくも心安らげる家庭の味というやつだ。ふむ、と鼻で息を吐き、ふと顔を上げた。

――これは……？

嗅覚に違和感があった。麦茶だろうかともう一口含む。更に鼻を近づけて匂いを嗅ぐが、これではない。違う。他のなにかだ。クミクミが不審げな目を向けているが、そちらは無視する。フレデリカは三度四度と鼻を鳴らし、麦茶の入った湯呑みをテーブルの上に置き、五度六度鼻を鳴らした。

立ち上がり、テーブルを時計回りで迂回してクミクミへ近づく。クミクミは慌てて立ち上がろうとしたが、フレデリカは「そのまま」と静止した。

フレデリカはクミクミの前に立った。クミクミはフレデリカを見上げている。困惑しているようだ。だがフレデリカも戸惑っていた。違和感の理由に行き当たろうとしていたが、なにがどうなっているのか全く意味がわからない。

「変身を解除してください」

命じられるまま、クミクミは人間の姿に戻った。フレデリカはクミクミの頭に手を置き、音を立てて若干荒っぽく撫でた。優しく髪に触れない理由は、感触をしっかりと確かめたかったからだ。手の先から伝わる髪の感触は、フレデリカにある事実を教えてくれた。

ふう、と息を吐き、改めてクミクミを見ると、こちらを見上げる顔に怯えが混ざっている。フレデリカは自分の表情が険しく強張っていたことに気付き、クミクミの頭から手を外し、そっぽを向き、撫でていた手で眉間を揉み解した。同時に手の匂いを鼻で吸い込み、しっかりと髪の匂いを確認しておく。

「もう一度変身を」

クミクミを変身させ、同じ工程を繰り返した。

フレデリカは同じルートを逆回りで席に戻り、腰掛けた。視線の高さを同じくしてクミクミを見る。困惑と怯えを隠すことなくこちらを見ていた。

フレデリカは掌に一本残っていたクミクミの髪の毛をさり気なくポケットに落とし、口元に手を当て、空咳を入れた。

「お久しぶりでしたね」

「あ、はい」

「今日は特別な用事があったというわけではありませんが……元気でやっているのか様子を見に来ました。ところで学校の方でなにか変わったことはありませんか？　なんでも転校生が来たらしいという話を耳にしましたが」

クミクミがたどたどしく話す様子をにこやかな表情で観察しながら、フレデリカは思った。まるで本物にしか見えない。学級の方でも問題が表面化していないということは、教師も生徒もクミクミの異常には気付いていないということだろう。

フレデリカはクミクミに対して特段思い入れがあったわけではなく、どちらかといえば上手に利用してやろうという悪い大人の立場だったが、それでも一人の魔法少女が別のなにかに変えられているという事態には抑えがたい怒りを感じていた。

◇カナ

ランユウィが復帰してから三日間、カナは彼女を観察していた。出ィ子に尋ねるランユウィ、ライトニングに気圧されるランユウィ、プシュケの様子を窺うランユウィ、サリーを羨ましそうに見るランユウィ、と様々なランユウィを確認、どうやら入院前と同じくらい元気を取り戻していると判断し、ほっとした。死ねば戻ってくることは叶わないが、ギリギリで死線を潜り、生き残ったからこそ戻ってくることができた。大変に目出度いことだ。

カナもそれを充分に理解していたため、復帰当日は立ち上がっての拍手で出迎えた。皆が祝福する中、教室に入ってきたランユウィはなんとなく戸惑っているようだった。彼女が入院する前と退院した後では学級の雰囲気から違っているため、面食らうのも仕方のないところだろう、とカナは思う。具体的にどう違っているのか、以前のカナではなんとなく気付いていても言語化することができず、理解できないことについて誰かに話し「なぜこいつはこんなこともわからないのだろう」という反応をもらったことだろう。

しかし今のカナは以前のカナとは違う。日々の学習は、正体も知れない元囚人を一人の生徒に変えた。なにが違っているのかを確信している。

カナが誰にも話さずランユウィの完全復活を認めた日の正午、全員の机を向かい合わせにして給食を食べ、一人魔法少女に変身したままのカナは誰より早く食べ終えると二班の仲間達に向けて切り出した。

「それでは俺達がなにをするかについて話したい」

牛乳パックにストローがなかなか刺さらなかったクミクミも、漫画の最新号について話していたメピスとアーデルハイトも、クミクミに救いの手を差し伸べるか否か迷っていたらしいリリアンも、全員がカナの方を見た。不思議そうな表情だった。

「なにをするって……なんだよ」

「なんや哲学的な話なんか」

「魔法少女として……なにを……なすべき……と？」

「あのう、すいませんがどういうことか説明していただかないとちょっとわからないかなって思うんですけど……すいません」

「リリアンはいちいち謝んな」

カナは失敗に気付いた。皆が気付いているのが当然だと考え、色々と省略して切り出してしまっていた。もう少し事細かに修飾し、わかりやすさを重んじる。相互理解とはこちらを理解してもらおうという努力があってこそだと経験していたはずなのに、そこを一足飛ばしにしてしまっては台無しになってしまいかねない。

カナは頭の中で話すべきことについて組み立て、これならいけるだろうというルートを想定し、話し始めた。既に全員が食べ終え、クミクミの牛乳パックにストローが刺さらない問題も解決し、カナが話し始めるのをじっと待っていた。

「中学校の方で……そう、我々が通うこの学級ではない、魔法少女以外の生徒が通っている中学校の方で、だ」

「ああ、梅見崎中学ね」

「えっ、あっちなんかあったんか」

アーデルハイトは本気でわかっていないようだった。いくらなんでも注意力不足が過ぎるように思えるが、それだけカナが成長し、周囲に目を配ることができるようになっていたのかもしれない。だとするならば自分で気付いたことを教えてやるのもクラスメイトの務めだろう。

「通学の時、目にした。校庭で大きなアーチ門を作っていた」

「ああ、あれか。創立記念祭とかそういうんやね」

「創立祭だ。俺がメピスから借りた漫画は学校を舞台にしているものが多く、学校にとっての祭りがどういうものかは概ね理解している。念のため、齟齬がないか否かをカルコロに質問して確認もしておいた。創立祭とは、クラスや部活動といった一団体につき一つの出店だったり制作だったりイベントだったり研究だったりを披露するものだ」

なんとなく腑に落ちない表情で耳を傾けていたメピスが「ああ」と呟いた。

「なにをするのかって、お前あれか。うちらが梅見崎の創立祭に参加するとかそういう話してんのかよ」

「それ以外の何物でもない」

メピスは眼鏡に指を当てて顔を顰め、アーデルハイトは腕を組んで天井を見上げ、クミクミは口の中でもごもご何事かを呟き、リリアンは難しそうな表情で俯いた。全員が全員、それぞれに困惑を表現していた。カナはその理由がわからず首を傾げた。

「妙な反応だ」

「いや、妙な反応っていわれてもさ。梅見崎の方にはあんま絡むなってことになってんじゃん。それ考えたらうちらが参加するってないだろって思うんだけど」

「まあ普通に考えてそうやろな」

「初耳だ」

「いや初耳だっていわれても」

「余計な……ことをするなと……いわれるのが……オチ……だろう」

「俺は余計なこととは思わない。我々が梅見崎中学の軒先を借りているという事実は生徒手帳にも認められている。恩義を受けるだけで返さないという方が問題ではないか」

「いや、恩返しになってるんかそれ。自分らが参加したいから参加させてやって駄々こねてるだけになってへんか。手前勝手な解釈で参戦したらむしろ迷惑やろ」

「それこそが手前勝手な解釈のように思える。向こうがどう思うかを想像し、勝手に遠慮していてはどちらも得をすることはない。いいか悪いか、質問すればいい」

「いったいどなたに質問するんですか」

「カルコロに訊いても最終決定権がないから私では云々で終わってしまうのは既に学習済みだ。担任教師を無意味に困らせるつもりはない」

「そう……だとすれば……誰に……」

「ダメダメ」

メピスが顔を顰めたまま目を瞑り、ひらひらと右手を振ってみせた。

「お前校長に話持ってこうとしてんだろ。嫌だよこれ以上あいつに目ェつけられんの」

「そういやメピスは校長に会ったことあるいうてたな」

「コネがあるみたいにいうんじゃねえよ。逆だよむしろ」

本来ならば班長であるメピスが校長に直接意見するべきだとカナは考えている。が、本人がどうしても嫌だというのであれば、他の者がやらなければならないだろう。

「メピス以外に校長と面識がある者は……」

アーデルハイト、クミクミ、リリアンは揃って首を横に振り、カナは頷いた。

「ならば俺が行くしかないだろう。幸か不幸か俺の魔法は質問に関わっている。可能な限り使用を控えてきたが、ここで使わずいつ使う」

「おいやめろ待て」

「もうちょっと慎重にいこうや」

「爆弾に……爆弾をぶつける……ようなもの」

「要相談、要相談でいきましょう」

　一斉に止められた。

◇テティ・グットニーギル

　その日の給食の時間、二班は大変に騒がしく、魔法少女の聴力を用いずとも彼女達の会話の内容が漏れ聞こえてきた。梅見崎中学の創立祭に参加するしないということを話し合い、カナが校長に直談判するという危なそうな案に至って皆が止めていた。

「またエッラいこと話してるねえ」

　言葉と違って楽しそうな顔で、ラッピーが肩を竦めた。二班のように大きな声ではなく、他に聞こえない程度に声量を抑えている。

「あんまり無茶しないといいんだけどねえ。ほら、カナはあれじゃん。なんかさ、こう、捨て鉢ってわけじゃないけど自分の身を低く見積もって行動してるように思えたりするんだよね。ホムンクルスの時もクミクミ庇ってヤバかったらしいじゃん」

　ラッピーの言葉を受け、ミス・リールがくすりと笑った。

「私だってラッピーには庇ってもらいましたよ」

　照れたのか、ラッピーは珍しく頬を赤らめて右手を振った。

「庇ったっていうならリーさんより庇った人はいないでしょ」

二人は肩を揺らして笑い、庇い庇われる原因の一つになったテティも一緒に笑った。

アーリィとドリィは創立祭についてよくわかっていないらしく、左右からスノーホワイトに質問し、よくわからない言葉で問われたスノーホワイトはよくわからない言葉でなにかを教えている。

笑いながらテティは考えていた。カナは校長先生と面識があるようだ。メピスも見たことはあるらしいが、どうも苦手としているらしい。メピスは置いて、カナが面識があるというのは、他の生徒と違うルートから入学してきたからだろう。校長自らしっかりと人となりを確かめておかなければ、元囚人という魔法少女を転入させるのは少なからず危険だ、という判断があったのかもしれない。

しかしそういう理由で会ったことがあるというのならば、頼み事ができるくらいに親しいわけではないのではないか、とも思う。カナに問題があるから会っただけで、問題がある者が新たな問題を持ち込めばいい顔をされるわけがない。

テティには校長先生との面識はない。だが、校長先生と面識があるはずの仮称佐藤さんとは知り合いだ。

小学校の時の文化祭は、郷土の古い建物を地図にして纏めるとか、地方に伝わる昔話を集めて綴(つづ)り一冊の本にするとか、クラス単位でそういうことをした。あとはうどんを作ったり、餅をこねたりして集めたお金で学校の飼育小屋を新しくするとかそういうのもあった気がする。友達とわいわいやって楽しかったことを覚えている。

アーリィとドリィに挟まれて交互に話しているスノーホワイト、笑いながら肘で脇腹を突くラッピー、突かれるミス・リールを見た。スノーホワイトはまだ人となりを掴みかねていたけれど、なにかしらのイベントを挟めば仲良くなれるかもしれない。スノーホワイト以外の班員とは、一緒に作ったりやったりすればきっと楽しいだろう。

目だけ動かし、二班の方を見た。メピスが難しそうな顔でカナに話しかけていた。無茶だから諦めるように説得しているのかもしれない。

本当に無茶だろうか。確かめるだけならタダなのだから、級長であるテティこそが確認してみるべきではないだろうか。

メピスはカナの肩に手を置き、首を横に振っていた。揺れるおさげを見て、テティは決めた。佐藤さんに訊ねてみよう、と。メピスとの仲違い(なかたが)いは佐藤さんも心配してくれていた。そういう大きなイベントに参加し、一緒に力を合わせてということになればメピスとも仲直りできるかもしれない。

◇サリー・レイヴン

班長のキャラクターによるというわけでもないのだろうが、二班には基本的に遠慮というものがないため、給食の時間でも大きな声で話す。カナの提案は一班を挟んで三班にまで聞こえてきていた。面白いことを話しているなあ、とサリーは思ったが、それについて率先して触れるのは盗み聞きをしているようで少々気が咎めた。

「創立祭ってもうすぐなの？」

そういったことをくよくよ考えないであろうプリンセス・ライトニングは、サリーがどうすべきか悩んでいる間にカナの発言について触れていた。

「あと二週間だったかねえ」

出ィ子とプシュケにまともな返答は期待できず、ランユウィは退院したばかり、ということでサリーが答えた。言葉にしてすぐ思ったのは「梅見崎中学の創立祭について日程まで把握しているのは意識し過ぎているように見えないだろうか」だった。

ちょっと目に入る普段とは違う光景、校庭で作られているアーチ門だったり、組み立てられている屋台だったりを見ただけならば「へえ、創立祭があるんだ」で終わる。サリーが日程まで知っているのは当然調べたからで、つまり意識し過ぎているのである。

ライトニングは「ふうん」と気のない相槌を打ち、コッペパンを一口で飲んだ。もといい飲むような速度で食べた。

「私、そういうの参加したことないの」

「そういうのって……学園祭的なやつっすか」

「ええ、そう。あなた達は経験ある？」

「いやあ、そういう機会はなかったっすねえ」

出ィ子は黙って頷き、プシュケは口の中でぶつぶつと呟いた。参加したことがないわけではないが、別に面白くもなんともなかった、といったことを話したようだ。

「あまり真面目に参加した記憶はないねえ」

答えながらサリーは過去の自分に思いを馳せた。

小学生時代、そして魔法少女学級に入る前の中学生だった自分は、まず魔法少女活動を第一とし、それ以外は総じて軽んじていた。魔法少女として学び、覚え、鍛え、磨く、それだけの時間を確保するのがやっとで、部活動だったり課外活動だったり友達と遊んだりに精を出しているどころではなかった。キューティーヒーラーという全魔法少女の頂点を目指すのだから、捨てるべきを捨てなければやっていけない。なにかを楽しみたいという気持ちは即怠(なま)け心に繋がり、キューティーヒーラーへの道を閉ざしてしまう。

これはサリーが特殊だったわけではない。広報部門のキューティーヒーラー候補生達は皆がそうだった。学生生活を楽しもうとすれば置いていかれるだけだった。

学校では勉強でも運動でもトップクラスを保つことができたし、友達はそれなりに多く、広く浅い付き合いがあった。文化祭や合唱コンクールといったイベントでも他人には露見しないよう上手に手を抜き、きちんと参加しているように見えていた、はずだ。

このように学校生活を軽んじていたサリーだが、楽しみたいという気持ちが全くなかったわけではない。キューティーヒーラーシリーズで繰り返し描かれてきた楽しい学校生活と季節ごとのイベントは「自分も体験してみたい」とファンに思わせるだけの力がある。しかし候補生はファンのままではいられず、学校生活は諦めざるを得なかった。

出ィ子、ライトニング、ランユウィの三人が学園祭的なイベントに参加したことがないというのは、恐らくサリーと似たような理由だろう。魔法少女学級に入るようなエリートは常日頃から魔法少女第一の生活を送っているはずだ。

プシュケの「参加したけど面白くなかった」は本人の性格、性質に依るものである可能性はあるが、それも含め、今ならば違うのではないか、と思わなくもなかった。始終悪口を呟いているという度し難い性質もひっくるめてプシュケは受け入れられているし、この学級で参加するのであれば、プシュケも一緒に楽しめるのではないか。

ここまで考えて、サリーは牛乳を一口含んだ。少し落ち着くべきではないか、と思えた。参加する方向で考えようとしている気がしてならなかった。前向きが過ぎる。

「楽しいと思う？」

「どうっすかねえ。楽しそうではあるっすね」

「どうせ大して面白くもないし……」

「プシュケはまたそういうことというんだからねえ。やってみなきゃわかんないよねえ」

話し終えてから「ああ」と思った。やはり参加する方向で考えようとしている。歴代のキューティーヒーラー達が楽しんでいた学園祭というものへの憧れがどうしても捨てきれないでいる。

「うん。確かに、やってみなきゃわからない」

ライトニングは誰にいうでもなく呟いた。またよくないことを考えていそうだなあ、と思ったが、サリーは黙って野菜スープを啜った。

◇三代目ラピス・ラズリーヌ

ラズリーヌは一人、ラズリーヌ候補生訓練施設に常設されている大浴場の清掃に勤しんでいた。擦っても擦っても水垢が落ちない。学校のプールくらいには広いため、魔法少女であろうと時間がかかる。魔法のスポンジがあればもっと早く完遂できるが、そんな物はない。ラズリーヌ候補は、たとえラズリーヌに選抜された後でも雑事を免れるわけではない。師匠はいつだって厳しい。

そんな厳しく有能な師匠であっても、人造魔法少女計画を成功させるまでには並々ならぬ苦労を強いられた。まず研究部門単独で成功に導くことが難しかった。資金、人材、コネクション、技術、時間、様々な要素が不足していた。計画立案時から力ある協力者の存在を前提としていたのかもしれない。

　金を持っている権力者であればいいというわけでなく、ある程度目的を同じくしていなければならなかった。人造魔法少女の存在は「魔法の国」絶対優位な現状を揺るがすことになる。

　数々の条件をクリアしたのがプフレだった。彼女は「魔法の国」に対抗できる力を求めていて、人事部門長であり、資産家であり、忌々しいくらいに賢かった。これは師匠に訊いても否定されるだろうが「クラムベリーの子供達」という彼女の境遇も大きかったかもしれない。

　プフレは全ての条件をクリアしている唯一無二の協力者だったが、プク・プックが起こした事件の中で生命を落とした。奇跡のような立ち回りでシャドウゲールを護った、とラズリーヌは驚いたが、師匠にいわせれば、情緒と感情を重んじたせいで志半ばで果てることになった、となるのだろう。

　だがラズリーヌは知っている。

　プフレにとっての大望とは人造魔法少女計画ではなく「魔法の国」の優位を覆すことですらなかった。彼女の最終目的はどこまでもシャドウゲールの無事であり、危険でいっぱいの「魔法の国」から彼女を切り離すことだった。人造魔法少女計画も、人事部長の地位も、全ては従者一人のために存在していた。人造魔法少女計画についてプフレが知っていること全てを確認するため、師匠の命を受けて嫌々ながらプフレから抜き取ったキャンディーを舐めたことで、ラズリーヌは彼女の真意を知った。

非常に面倒臭く、ややこしく、鬱陶しいキャンディーだった。記憶と感情を分けて抜き取っておけばよかったと後悔した。

ラズリーヌ一派はその少し前、三賢人の現身であるグリムハートによる施設襲撃時にオスク派の人造魔法少女を鹵獲していた。その人造魔法少女から得られた技術と、プフレの記憶が合わさり、プリンセスシリーズの決定版たるプリンセス・ライトニングが完成した。だが世の中全てが上手くいくわけではない。決定版だったはずのプリンセス・ライトニングが、魔法少女学級潜入後に勝手な動きを見せるようになった。合流したランユウィと出ィ子が上手くコントロールしてくれることを祈るばかりだ。

ラズリーヌは浴槽をタワシで擦りながら考えた。一部ラズリーヌ候補生のように師匠を崇め奉っているわけではないが、嫌いではない。むしろ好いている。そんなラズリーヌから見ても、最近の師匠の行動は素直に納得できないことが多い。反感を覚えているはずはないのに、肯定的に見ることが難しくなっている。

見方が変化してきた時期はいつ頃だったかと遡ってみると、どうもプフレの記憶と感情を舐めた頃だったのではないか。ラズリーヌは己の魔法を完璧にコントロールしているし、舐めたキャンディーに影響されて心や行動を乱したことなど一度もないが、プフレという個性のことを思い返してみると、真剣に検討してみるべきではないかと思えてならない。

　たとえばこうして掃除の最中に益体もないことを考えている時でも、ふっと心にシャドウゲールの姿が浮かんできたりする。シャドウゲールが現在デリュージのところにいることを思うと、なんともいえないおかしさが込み上げ、自然と笑みが浮かんだりもする。

　こうした心の変化を不気味だと思い、同時に面白いと思っていた。そういう心の動きはプフレに影響されているようでもあり、ラズリーヌらしさだとも思う。

◇ピティ・フレデリカ

　クミクミがクミクミではなくなっていた。フレデリカの嗅覚が、視覚が、味覚が、触覚が、魔法少女を捉えるために研ぎ澄まされてきたあらゆる感覚が、クミクミの存在に違和感を覚え、これは元のクミクミではないと断じた。

　フレデリカはこっそりとクミクミらしき何者かの髪の毛を一本頂戴し、カスパ派の本拠地に帰還、術者に命じて髪の毛を調べさせ、答えは二日で出た。

　少なくとも人間ではなく、恐らく魔法少女でもない。より確度の高い結論を出すためには時間と人員と施設を要する。

予想できていた回答ではあった。悲しいかな、カスパ派と他二派では技術力に差があり、解析するにも時間がかかる。オスク派の擁する一部門でしかない「実験場」にさえカスパ派はかなわない。

時間がかかるだろうと思っていたため、フレデリカは解析結果が出るまでの二日をかけて推測した。魔法少女の匂い、雰囲気、そこになにかが混ぜられている。身近なものからそうではないものまで二日間かけて匂いと雰囲気、気配と感触を確かめ、これはホムンクルスが混ざっているのではないかという結論に至った。

ただのホムンクルスではない。極めて高度な技術で造られたホムンクルス。クミクミの姿を模しているだけでなく、クミクミのように変身し、クミクミのように魔法を使う。

黒いシルエットの典型的ホムンクルスと比べてもっと高性能、ハイエンドな逸品だろう。見た目だけではなく中身もだ。思考の動きは肉体の動きとなって表に出、それは単なる物真似ではない、クミクミそのままだった。

あれはホムンクルスによる再現だったのか。魔法によるコピーだとしても精妙が過ぎている。ひょっとするとコピーではないのかもしれない。クミクミの「中身」をそのまま使えば、当然クミクミにしか見えないだろう。

そして高度な技術で造られたホムンクルスという存在からは魔法少女学級が連想される。

普段から多くのホムンクルスを使って魔法少女学級を固く守り、事故の折には魔法少女の姿と能力を模したホムンクルス達が溢れ出し、大いに暴れたのだと聞いている。

魔法少女学級の主なケツモチは情報局だが、そこに実験場が協力している。現身を再現しようというあらゆる試みは未だ成功の域に達していないが、最も先行しているのがどこかといえば、それは実験場ということになるだろう。つまり魂の移し替えにも一家言ありそう、という想像もできる。

ソファーから立ち上がり、背を伸ばし、顔を上に向けてシャンデリアを見上げた。ガラス細工の魔法少女達が踊っている。見ているだけで心が安らぐ。

今のままでは推測するしかない。それにしてももう少し材料が必要だ。クミクミを起点にして調べるのは少なからず危険を伴う。どのような状態になっているのかさえ確定していないのだから。

フレデリカは右目を瞑り、目線を下に戻し、足元の袋を蹴り上げて部屋の隅に落とした。もがいている袋を無視し、魔法の端末を取り出す。

冷静さを欠いている自覚があった。学級の魔法少女をホムンクルスと入れ替えてしまう、というのは、実に腹立たしい。クミクミだからどうこうではない。他の誰よりも魔法少女という存在への愛着を持つ、魔法少女マニアを自認して憚(はばか)らないフレデリカだからこそ、このやり口に怒りを覚える。義憤のようなものであり、だからこそ冷静ではないと己を評価した。

フレデリカは端末を操作し、アスモナを呼びつけた。彼女はオンリーワンのアイディアを出す才能を持ってはいないものの、実務に関してはフレデリカを大きく上回り、合理的かつ理性的な判断を下すことができる。脇に置いておいて意見を求める相手としては上の上だ。

電話一本で呼び出されたアスモナはとても不機嫌そうだった。眉間の皺は深く刻まれたままで、雇い主に見せていい表情とは思えない。フレデリカが事情を話したことで態度は若干和らいだものの、眉間の皺はすぐに元の深さに戻り、アスモナは溜息を吐いて無駄に派手派手しいキャスケット帽の庇を指で摘み、一段深く被り直した。

「確認しておきますが、魔法少女学級を直接覗くことはできないんですよね？」

「全く不可能というわけではありませんが、非常にやり辛くなっています」

元々はスノーホワイトを観察できなくなったという一事から始まった。きっとフレデリカ対策としてなにか面白いことをしたんだな、と当初は喜んでいたものの、彼女が魔法少女学級に入ってきたことで、学級に目を配ることが難しくなってしまった。

「あなたが窃視することは難しくとも、魔法少女学級に目を置いておかねばならない」

「ええ」

「だったら簡単でしょう。クミクミ以外の潜入者に接触すべきです。カナ……は少々危なかっしいとして、近衛隊の二人でもいいし、アーデルハイトでもいい。そうだ、アーデルハイトでいいじゃないですか。今でも定期報告させているんでしょう。そもそも、わざわざクミクミなんて素人を使う必要はなかった。アーデルハイトなら私が保証しますよ。あれはまだ若年ですが玄人です。ただ強いだけではない、臨機応変に動く。その辺は母親譲りですね」

アスモナは、魔王塾においてアーデルハイトの母親の先輩にあたる。つまりアーデルハイトの大先輩だ。年の離れた後輩を推したくなる気持ちはわからなくもない。それに、そういった心情的な柵を抜きにして、アーデルハイトは立派なプロだ。メピス・フェレスは感情を優先し過ぎるし、クミクミは弱気が過ぎる。クラシカル・リリアンは調和を重んじるあまり中途半端な選択をしてしまいがちだ。

「ふむ……そうですね。クミクミとカナを除いた三名それぞれにコンタクトを取る、というのはいかがでしょう」

「悠長では？　あなた以外の魔法少女がこれだけ忙しいのだからあなただって忙しいはずでしょうに」

ちくりと嫌味を込められたが無視し、フレデリカは笑顔で頷いた。

「クミクミの変容についてなにか気付いていることがないかを確かめたいというのと、クミクミ以外がホムンクルスに入れ替わっていないのかを確かめておきたいというのと、ですね。クミクミだけ入れ替えて終わり、という話とも思えません。複数の情報提供ルートを作っておくことで、途中で誰かが入れ替えられる事態に対応できるようにしておくべきでしょう。そして私が忙しいのは間違いありませんが、私以外にやれというのも難しい。具体的にどう変わっていたかというのは説明し難いですし、髪の毛一本を頂戴するにも熟練の技術を要します。不慣れな者にそれを毎度やれというのは少々酷でしょう」

アスモナの眉間が僅かに緩んだ。フレデリカは内心ほっとしながら続けた。

「できれば二班全員回収してしまいたいくらいですが、今の私は魔法少女学級を覗くことができません。内側の協力者がいなければ情報戦で敗北します。クミクミに重要な情報は渡しませんし、班員同士で情報共有も行えないよう釘を刺しておきます。そして私が定期的に面会してチェックします。全員変化していましたなんてことがないことを今から祈っておきましょう」

「クミクミだけでも引き上げさせておくべきではありませんか」

「彼女の存在は確かに危険かもしれませんが、過剰に動いてこちらが気付いているのだと悟られたくありません。それに班員の数合わせくらいにはなるでしょう……ほら、部屋の中で数を揃えて座っているだけでも魔法少女アニメの敵幹部集合シーン再現ができたりするはずですよ。今の我々のように」

「こんなことをいえばアスモナから小言の一つは飛んでくるだろう」と思いながらの軽

口だったが、フレデリカの思いに反し、アスモナは真面目な表情でこう尋ねた。

「敵幹部集合ですか」

「ええ」

「我々は『敵』ということですか」

フレデリカはとびきりの笑顔で二度頷いた。

「そうですよ。『公共の敵』です」

第四章　ゴートゥーフェス

◇テティ・グットニーギル

給食の時間にカナの話を聞いていたことが「魔法少女学級が創立祭に参加する」と本気で考えることになった発端だ。だから二班の、というかカナの協力があるのは全く意外ではなかった。むっつりと不機嫌そうに押し黙ったメピスから二班全員分の署名を渡された時は「ああ、カナがやってくれたんだな」と思った。カナが「参加したい参加したい」と上品かつ理屈っぽく駄々をこね、持て余したメピスが署名くらいならと班員に書かせた。いかにもありそうだ。

二班の協力についてはこのように推理することができたが、三班からも署名を預かったのは予想外だった。とはいえ、想像はできる。「頼んだからね」と押し付けるように署名を渡したライトニングを見ると、彼女が創立祭の出店を巡って全料理をコンプリートして更に二周目に入っているところまで目に浮かんだ。欲望に忠実な姿勢は、普段は少々の恐怖を感じるものの、こうなると頼もしい。

預かった署名を机の上に重ね、次は一班の署名を確認した。ミス・リールは字が上手い。ラッピーは意外と大人っぽい字を書く。スノーホワイトの字は可愛らしく、こちらも意外だ。アーリィとドリィの字は元気がいい。そしてテティはしっかり丁寧に書いた自分の名前を三度読み直し、頷き、二班三班の署名に一班のそれを重ね、掴んだ。

「頼んだよ級長！」

「テティさん頑張って」

「俺が随伴すべきでは」

「あんたは大人しくしとき」

「あまり無理はしないでいいからねえ」

「大丈夫、テティならやってくれる」

「よろしく……頼む……」

級友たちの励ましと応援、それにキィキィという声に見送られ、テティは教室を後にした。向かう先は校長室、ではない。中庭だ。校長に直接署名を渡すというのは考えるだけでも胃が痛くなるが、間に佐藤さんを挟むことで精神的消耗を緩和することができる。

意気揚々と中庭に向かい、しかしそこに佐藤さんはいなかった。この時間なら大体いるのだが、絶対というわけではない。ここで会えないのも「そりゃそうだろう」となるが、なんとなく梯子を外されたような気分になってテティは溜息を吐いた。

少々気勢を削がれたものの、これしきで挫けていては協力してくれた仲間達に申し訳が立たない。明日また来ればいいだけのことだ。

テティは来た道を元に戻り、途中、廊下の曲がり角でカルコロに出くわし、思わず「あっ」と声を出してしまった。顔を見た瞬間、そういえば署名を渡す相手として校長との緩衝材にするならまずカルコロだったのではないか、と今更ながら思い当たり、それが「あっ」という声に繋がった。

カルコロは不思議そうな顔でテティを見ている。テティはどう言い繕うべきか考えた。カルコロを候補から自然に外していたのは、それは勿論頼りないからだ。やる気のなさを意識して見せている節さえあったし、決められたことを決められたようにやっているお仕着せの授業も合わせ、これで「先生は頼りになる」と思えるわけがない。

しかし、このまま黙っていることはできない。かといって正直にいうことはもっとできない。追い詰められたテティの精神は、咄嗟にカルコロに署名を渡すことを選択していた。やってしまったと後悔しながらも、クラス全員が創立祭に参加したいと思っていると説明する。次第に表情を曇らせ、あからさまな迷惑感を出しているカルコロを見て「あーあ」と思ったが、これ以上どうしてみようもなかった。

カルコロと別れ、早足で教室に戻りながらテティは思った。カルコロの表情を思い出すに、あの署名が校長のもとに届く可能性は限りなく低いように思えてならない。どうにかしてもう一度署名を集めなければならない。今度こそ佐藤さんに手渡すために。

◇カルコロ・クルンフ

物凄く面倒な頼まれごとをされ、物凄まじく面倒なものを託されてしまった。カルコロは三枚の畳まれたルーズリーフを指先で摘まむように、つまり触りたくないものを仕方なく手にしているという形で持っていたが、それは心情の現れだったといっていいだろう。

こんな提案をあの校長がよしとするとは思えない。それどころか生徒達の提案を持っていったカルコロに雷が落ちるかもしれない。いや、もう確実に落ちるといっていい。貴様はなぜこんなものを態々持ってきたから始まる怒りの流れを想像し、それはきっと現実のものになると予想してげっそりした。

このまま握り潰してしまおうか、と考える。受け取った署名をハルナに渡さず、生徒達には「一応渡したけどあまり期待しないように」くらいいっておいて、そのままなんとなく時間が過ぎるのを待つ。

しかし妙に行動力のある生徒もいる。カナだ。時間に解決させるのは危険かもしれない。校長のところに「あの署名はどうなったのか」などと直談判されたら最悪だ。

「署名を渡そうとしたが、駄目だと怒られ、その場で破り捨てられた」と生徒達に伝えるのはどうだろう。しかしこちらも直談判されたら終わる。やはり駄目だ。

カルコロは身を翻し、職員室に戻り、椅子に腰掛けた。背もたれに寄りかかって背筋と腰を伸ばして考える。生徒側にカナという不安要素が存在する以上、逃げ場はない。彼女に忖度はない。本当に一切全くない。

カナさえいなければどうにでもなりそうだが、カナがいなくなってくれるわけもない。

カルコロは舌打ちし、カナの存在を呪い、別の案を捻り出した。

ハルナの所に署名は持っていく。しかしこれは生徒達の要望を伝えるというわけではなく、生徒達にこのような愚かな動きがあるのだという報告だ。生徒の不穏な動きをハルナに報告し、とんでもないことをやろうとしている、けしからん話だ、説教してやるべきですと意見らしきものを添えておけば、怒りに同調することはあってもカルコロに雷が落ちることはない。

よし、と膝を打った。悪くない案ができた。カナの存在もネックにはならない。

立ち上がり、窓の外を見ると薄暗くなりかけている。最高に優れたアイディアを生み出すために時間をかけ過ぎてしまったようだ。

カルコロは慌てて職員室入り口に向かい、扉に手をかけ、そこで止めた。急がなければと頭が指令を出しているが、手は動かない。カルコロは唇を舐めた。ホムンクルス事件の時、カルコロは積極的に生徒達を守りにいった。動機はといえば、当然自己保身だ。生徒が怪我でもすればカルコロの責任になるし、ましてや一人でも生命を落とせばカルコロは生きていながら魔法使いとしては再起不能になってしまうかもしれない。

つまり利己的な理由から山に向かったのだが、いざそれで助けてみると、事件前とは生徒を見る目もなんだか違っているような気がするし、これは本当に気のせいでしかないかもしれないが、生徒からカルコロを見る目も変わってきたのではないか、と思える。

生徒は仲間ではない。生徒は生徒だ。別にカルコロがハルナに報告したところで仲間を売ることにはならない。扉にかけていた右手に力を込め、左手で右手首を握り、ぐいと引いた。ようやく一人が抜け出せる隙間を作り、蟹のような横移動で通り抜け、扉を閉めた。

カルコロは意志を込めて右足を前に出し、左足を追随させた。廊下を進む。

フィクションの中で生徒のため身体を張る教師を大勢見てきた。素晴らしいなあ、いい先生だ、と思ったことまで嘘だとはいわない。しかし自分の身に降りかかってきた時に同じ行動をとることができるわけではない——と思っていたはずだったが、先日山の中でカルコロがとった行動は、客観的に見ればフィクションの中の教師そのものだったのではないか。

確かに、あの行動はカルコロに満足感を与えた気がする。そして立派な教師であれば、ここですべき行動はなんなのか。カルコロはわかっているはずだ。だが考えが纏まらない。

ノックをした。入室を促す返答を聞き、扉を開け、中に入る。日常的な動作一つ一つの間に考え続け、しかし結論は出ない。

――結論は出ない？

違う。結論は出ている。目の前には大きなデスク、その後ろにはいつものように機嫌の悪そうなハルナが座っている。尖った耳の先がぴくついているのは、なにかの前兆だろうか。上司の心情を慮（おもんぱか）らなければならないのに、機嫌が悪そう以上のことがわからない。

「実は生徒からこんなものを」

ルーズリーフを取り出した時点でハルナがぐっと眉根を寄せた。カルコロはその仕草によって大きく怯え、直後、違和感を覚えた。ハルナの表情は、機嫌が悪いというより、不可解なものを見た、というような、そんな顔つきだ。

ハルナは右手をデスクの上に置いた。指の下にはルーズリーフが重なっている。今度はカルコロが眉根を寄せた。

「ええと、それは」

「生徒の署名だ。梅見崎中学の創立祭に参加したいという」

「ああ、はい。それは私が受け取った署名も同じなんですが」

「なぜ二重に提出されているのか」

「いえ、それはちょっと……わかりかねます」

どういうことだ、なんの意味が、とぶつぶついいながら捥(も)ぎ取るようにカルコロの持っていた署名を手に取り、ハルナは二つの署名を見比べた。

「特段違いは見当たらない」

「はあ。あの、そちらの署名は生徒が直接校長に手渡しで……？」

「違う。気にする必要はない」

ハルナは鼻を鳴らし、右手を「しっしっ」と振ってカルコロに退室を促(うなが)した。カルコロは慌てて頭を下げた。そろそろと頭を上げてハルナの方を窺うと、もうカルコロの方には目もくれず、二つの署名を矯(た)めつ眇(すが)めつ見比べていた。

そそくさと退室し、夕日に照らされながら職員室まで引き返し、後ろ手に扉を閉め、扉に体重を預けて深々と息を吐き出した。

生きた心地がしなかった。署名が二重に届けられていた理由は、自分達の気持ちの強さを見せようとでもしたのだろうか。子供らしい浅薄な戦術だが、それに絆(ほだ)される大人もいなくはなさそうだ。ただ、それをハルナに求めるのは無理がある。

呼吸が落ち着くまで待ってから椅子に腰掛けた。耳障(みみざわ)りに軋(きし)む音を肌で感じながら、安堵しつつ、上手く言い表せない気持ちがある。だが別に言い表す必要はない。カルコロは、こんな選択が二度も三度もないことを心底から祈った。

◇カナ

今日はメピスを先に帰らせ、カナは学校に戻った。メピスはカナの行動を不審に思っているようだったが、向こうは向こうでなにかと忙しいらしく、いつまでもカナを見張っているわけにはいかないようだった。絶対におかしな真似すんなよと口を酸っぱくして命令し、二班班長は帰宅した。

勿論カナには、おかしな真似をするつもりなど毛の先ほどもない。メピスに説明した通り「梅見崎中学の様子を見てから帰宅する」だけだ。あくまでも寄り道、道草に過ぎず、心配する必要は皆無だ。メピスの過剰な心配は二班班長という重責に加え、カナのことを思うがゆえだろう。

時刻は夕方。カナは校舎の陰から陰へと素早く移動し、梅見崎中学のグラウンドへ近づいた。

梅見崎の一般生徒とは接触すべからず、梅見崎に迷惑をかけるなかれ、といった数々の「梅見崎ルール」を破るつもりはない。法というルールを破って現役受刑者となったカナが、学校においてもルールを破っていては「反省の意志なし」と見做(みな)され、また刑務所に戻されてしまうかもしれない。あくまでもルールを順守した上で梅見崎を観察するのだ。

魔法少女学級の署名は無事ハルナに渡ったことだろう。二回も同じ署名を書かされたのだから署名が通る可能性も二倍、とまではいかなくても、一・七倍くらいにはなっているのではないだろうか。通る可能性が高いということは、つまり梅見崎中学創立祭に参加するということになる。

それは喜ばしいことであったが、不安もあった。刑務所から出てきたばかり、漫画で覚えた専門用語でいうところの「ムショボケ」状態にあるのが今のカナだ。創立祭、文化祭、学園祭といった文化について他の魔法少女に後れを取っている。参加したことがないのは勿論、漫画と辞典での知識しかない。

このままでは足を引っ張る恐れがあった。そのような事態、カナとしては全くの不本意だ。だからここは梅見崎中学を観察することで梅見崎中学創立祭がどのようなものなのかを確認しておく。これにより一歩も二歩も遅れていたはずが、むしろ先行アドバンテージを取ることになり、足手纏い候補だったカナが、皆を先導する位置へと躍り出る。

幸い、創立祭の準備は放課後も行われている。時間帯で困ることはない。そして、学校内で行われているものを観察するのは魔法少女であっても難しいが、グラウンドで行われているものであれば、遠くから盗み見ることができる。

カナはするすると近寄っていき、グラウンド沿いに植えられたイチョウの樹の陰に隠れた。観察目標であるグラウンドの中央では、なにやら手足が生えたものを作っている。祭りということでモニュメントを制作しているのだろう。ジャガーノート像か、それともウィッカーマンというところだろうか。製作物は二体分並んで寝かされている。位置が悪く、周囲に人がいることもあり、魔法少女の視力をもってしても全体像が見えてこない。

カナは別の木陰に移動し、あるいは樹上に登り、様々な努力と工夫をもって観察を続けたが、どうしても見え方がよろしくない。そんなことを繰り返しているうちに周囲の人数が減っていき、残っていた三名のところへ生徒が一人駆けてきて何事かを伝え、四人は慌てた様子で校舎の方へと走っていった。

グラウンドから人が消えた。カナは迷うことなく動いた。この機会を逃す手はない。真っ直ぐにグラウンド中央へ走り、製作物の傍に立ち、見下ろした。

奇怪な、不可思議な、奇妙奇天烈な、姿形の立像が寝ていた。頭部は球状、左の立像は赤一色、右の立像は緑一色だ。顔立ちは極端に戯画化、簡略化されていて、つまりは漫画的だった。どこまでも漫画という文化が浸透していることを感じさせる。

カナは位置を変え、角度を変え、二体一対の立像を観察した。

素材は発泡スチロールだ。それを削り、付け足し、外側に塗ったり貼ったりをして形作っている。着せられている服は、作ったのではなく既製品を流用したものか。

カナは観察を続け「梅見崎」だから、頭部が「梅の実」の立像を作ったのだという結論に至り「おおっ」と手を叩いた。上手いことを考えるものだ、と思った。細かいところまで細工も徹底し、色の遣い方も玄人裸足だ。立像の下に新聞紙を敷くことで汚れないようにしている気配りの細やかさもいい。総じて学生のレベルを超えているだろう。

「あの」

話しかけられ、はっとした。振り返ると梅見崎の女生徒が遠慮がちな上目遣いでカナを見ていた。眼鏡と三つ編みはメピスを思わせるが、隠れ潜む凶暴性は感じられない。

「特別進学コースの人……ですよね」

一人ではない。眼鏡の女子の後ろに男子二名、女子二名、合計五名の生徒達が、年頃の好奇心をいっぱいに湛えた表情をカナに向けていた。

魔法少女の鋭敏な五感は、普段は魔法少女以外からの奇襲を許さない。しかし魔法少女の集中力は五感同様に優れているため、作業への没頭、没入も人間や魔法使いのそれを上回り、集中している時に思わぬ奇襲を受けてしまうことがある。

現在のカナがまさに「思わぬ奇襲を受けてしまった魔法少女」だった。二体の立像を熱心に観察するあまり周囲の状況が視界に入らず、気付けば梅見崎中学の生徒達に囲まれていた。

カナは考えた。失敗は失敗だ。だが失敗したから終わりというわけにはいかない。ここからどうするか、そこはカナの腕次第だ。巻き返すこともできなくはない、はずだ。

梅見崎中学の生徒とは接触するな、というルールは破ってしまった。では、これ以上傷を深くしないために逃げ出すべきか。カナはそれを悪手だと考える。このままなにもせず逃げ出してはただの不審者であり、魔法少女学級の評判も落とす。それに今度は梅見崎中学に迷惑をかけないという掟に触れてしまうことになるだろう。

つまり、ここは常識的な範囲内で質疑応答に応じるべきだ。カナは「そうだ」と頷いた。

カナの返答に対し、生徒達は歓声をあげた。

「すごい！　こんな近くで初めて見た！」

「向こうはお化粧とか許されてるんですよね？　先生に怒られたりとかしないんすか」

「ファッションすごいっすね。」

「うわあ……綺麗……すごい……可愛い……」

「大人みたいな人いますよね。あの人生徒なんです？　制服着た先生とかじゃなくて？」

「日本語お上手ですねえ。こっち住んで長いんですか」

「どういうこと習ってるんですか？」

「声綺麗……」

質問から後方で囁くひそひそ声まで全て聞こえていたため、逐一回答した。魔法に関わる全てを話すわけにはいかないため、細心の注意を必要とし、カナの精神は相当に消耗したが、それを差し引いても楽しむことができた。魔法少女学級の外にいる者と触れ合う機会はほぼなかったため、大変に新鮮な経験だったのだ。

翌日、登校してすぐにカナは取り囲まれた。

「なんか昨日梅見崎の人らと話したらしいやん」

「イケメンいた？　イケメンいた？」

「ルール違反はよくないと思う。で、向こうの人達どんな感じだった？」

「給食の話はした？」

「ナニシテタ」

「スゴイシリタイ」

「お前ら群がるんじゃねえ！　カナへの質問は二班の班長であるあたしを通せ！」

矢継ぎ早に質問を浴びせられ「どこもあまり変わらないな」とカナは思った。

◇スノーホワイト

「生き残った魔法少女達はけして少なくありませんでした」

カルコロが板書し、それを真面目な生徒達がノートに書き写す。不真面目な生徒達はうわの空だ。小雪は真面目な生徒のふりをして鉛筆を動かしながら別の事を考えていた。

署名はしたものの「創立祭への参加」が許されることはないだろう、とスノーホワイトは予想していた。梅見崎中学の生徒と接触してしまった、というカナのやらかしを口実にするもよし、それ以外に理由を付けるもよし、いくらでも断りようはある。だが意外にも校長からの返答は「制限を加えつつも許可」だった。

　制限する内容については後日通達するということで、とんでもない制限がついて実質参加していないも同然という可能性はあるものの、署名が奏功（そうこう）してしまった。魔法少女学級は大なり小なり皆が喜び、面白味のない座学の時間もなんとなくうきうきとした空気が漂（ただよ）っているような気がした。

　小雪は皆に合わせて喜ぶふりをしておいたが、内心では喜んでいたわけではない。全く気の入っていないカルコロの授業を聞きながら、小雪は考える。

　魔法少女学級はセキュリティの高さがコンセプトの一つ、というくらいにはセキュリティに気を遣っていた。しかしホムンクルスの事件が起こってから警備のホムンクルスを一斉検査という名目で引き下げ、未だにろくな代替措置はなく、警備カメラのみで学級の安全を守っている。

　従来の方針から見れば、創立祭への参加など無駄でしかなく、無意味にセキュリティを低下させるだけで百害あって一利なしだ。

「ではスノーホワイトさん」

「クランベリーの子供達、です」

「はい、その通り」

なぜ閉鎖性を損なわせようとしているのだろうか。生徒達に媚（こび）を売るため、とはどうしても思えない。気まぐれにやっている、方針が変わった、どちらも論外だ。なにか狙いが、それも不穏な狙いがあるような気がしてならない。

　五分間休憩の時間、授業中に渡した手紙で予め指示してあった通り、アーリィはトイレに行きたいと主張し、だったら私もと他の班員もついていった。だがテティは前の五分間休憩でトイレに行っていたことは知っている。小雪は「ちょっと教えて欲しいところがある」と教科書を開いてテティを呼び止め、ごく自然に他の班員達と別れた。

　内容についての質問は早々に切り上げ、小雪は切り出した。

「そういえば、署名を二度書いたよね」

「ああ、うん。ごめんね面倒なことさせて」

「ううん、全然面倒じゃないよ。でもどうしてかなって」

「いやあ、それがさ。一度目の署名はカルコロ先生に渡したんだけど……先生には悪いけど、ちょっと信用しきれないかなって思っちゃって」

「ああ、うん。まあわからなくもないかな……カルコロ先生には悪いけどね」

　二人は顔を見合わせて笑った。小雪は笑いながら考えていた。思いもかけず参加許可が下りた。署名の二度書きというイレギュラーな行為が関わっているのかと思ったが、別にそういうことではないのだろうか。

「二度目の署名は校長先生に持っていったの？」

「とんでもない、校長先生に直接持っていくなんて怖くてできないよ。あれはね、佐藤さん……じゃないや、ええと、用務員さん？　かな？　に預けたの」

「佐藤さん？」

「いやいやごめん。心の中で佐藤さんってあだ名つけてるだけで」

「あだ名？　本名じゃないの？」

「いやあ、全然そんなことないよ。見た目がもう絶対佐藤さんって感じじゃないもの。日本人とはなにからなにまで全然違うし」

「え？　じゃあなんで佐藤さん？」

「こう、なんというかね。振る舞いとか、仕草とか、話し方とか、そういうのが昔アパートの隣に住んでた佐藤さんってお爺さんに似てるから……いやあ、本人にこんなこと絶対いえないけど」

一見和やかに談笑しながらも魔法少女スノーホワイトとしての精神は冷たく静かに動き続けていた。

事前の調査によれば、魔法少女学級の職員は校長と教師で合計二名のみ。用務員に相当する人は存在しない。もちろん魔法少女学級の整備を担当する者はいてもおかしくはない。ホムンクルス事件の折に死体になって見つかったという——そして整備不良の罪をほぼ全て押し付けられた――「実験場」の技術者のような、数に数えられていない外部の協力者だろうか。そこ経由で校長に署名が届く、魔法少女学級の中で用務員相当の働きを許されている、ということからかなり校長に近い存在であることが窺える。

しかし、佐藤さんの声がスノーホワイトに届いたことは一度もない。何一つ困っていることがないのか、そうでなければ中庭から移動せずそこに留まり続けているということか。いったいあそこでなにが行われているのか。

テティの心の声から佐藤さんをこれ以上知るのは難しそうだ。変身している時間は限られているし、知られて困ることでもなければ、佐藤さんによって困らされているわけでもない。

材料が少な過ぎる。いっそ一部生徒がフレデリカと接触していることを理由に捜査員を乗り込ませてしまいたいが、それではきっと逃げられてはいけない相手に逃げられてしまうだろう。なんの落ち度もない生徒が混ざっていて、彼女達は常に危険に晒されているも同然で、なのにまだ手を打つことができないでいる。溜息を吐きたくなるが、やはり吐くことはできない。

他の班員達が戻ってくる声と足音を耳にし、小雪は話を切り上げた。

◇ピティ・フレデリカ

雇った者、これから雇おうとしていた者が謎の襲撃者によって襲われるという事態が頻発した。襲撃事件が三件、行方不明者七名、短期間でよくやったものだと感心する。カスパ派に雇われたら襲われると噂になれば数字以上のダメージを受けるだろう。

フレデリカは一旦傭兵を誘うことを止め、派閥内で流す情報の種類をルートによって微妙に変化させた。混乱を生じない程度ではあるが、確実に差異が生じる。これにより、まずはどこから情報が洩れているかを確かめ、漏洩元をお縄にする——などということはせず、偽報によって上手い具合に敵を動かす、という感じでいきたい。あくまでも「いきたい」という希望であり、実際そう上手くいくかどうかはわからない。相手が初代ラズリーヌの命により動いているのであれば、こちらの動きで察するかもしれない。だがそれならそれで謎の襲撃者もやりたい放題に暴れることは難しくなるだろう。漏洩ルートが明らかになっているのに繰り返し利用しようとはしないはずだ。

魔法少女学級への働きかけについても窓口を変えた。クミクミとのラインを打ち切る。そしてメピス、リリアンと接触し、アーデルハイトとも直接顔を合わせるようにした。

メピスとアーデルハイトは無事だったが、リリアンがやられていた。クミクミと同じだ。別のなにかに変化している。五人中二人がもっていかれたというのは全く笑えない。このままいたずらに時間が経過していけば、残り三人も無事でいられる保証はない。

メピスとアーデルハイトには注意を促し、このラインは断つことなく保ち続ける。どこかで大きく使うまで大事にとっておく。

メピスはフレデリカが彼女に命令する立場にあるということを証明してみせるまでなかなか信用してくれなかった。猜疑心が強いというよりは、誰かに命じられることがそもそも嫌いなのではないか、と感じた。反骨精神の強さは悪くない。

アーデルハイトは既に顔を合わせたことがある。自己主張しているようで自分を隠している。傭兵稼業ならば己を詳らかにするわけにもいかないのだろうとは思うものの、雇い主としては彼女のキャラクターを把握しておきたいと思う。普段のフレデリカならば、飽くなきストーキングによってアーデルハイトを知ろうとするところだが、今は時間がない。そのため手っ取り早く知り合いに訊くことにした。

「アーデルハイトってどんな性格ですか?」

「真面目な魔法少女です」

フレデリカの知る魔法少女の中でも真面目さではトップスリーに入るであろうアスモナは、実に真面目ぶった表情でそう答えた。テーブルを挟んでソファーに座るフレデリカは「ふむ」と呟き、背筋を伸ばし、天井付近のシャンデリアを見上げ、視界の端で不愉快そうに眉根を寄せたアスモナを確認し、なんとなく満足を覚え、姿勢を戻した。

「真面目、というのは」

「根が真面目です。任務を確実に果たそうとするのは当然として、非常識な振る舞い、非常識な魔法少女、非常識な出来事を嫌い……いや、あまり好みません」

「今『嫌います』というのを『あまり好みません』と言い換えたのはなぜですか」

アスモナはしばし黙り、恐らくはどう言い表すべきかを考えていたのだろう、ゆっくりと口を開いた。

「これはあくまでも私見ですが」

「ええ、ええ、私見で構いませんからお聞かせくださいな」

「アーデルハイトは、非常識全般を嫌っていますが、根底の部分に『自分も非常識であるがゆえの自虐』が見え隠れするような気がします。そして彼女の非常識部分は非常識への憧れ、とでもいうべきものではないでしょうか」

関西出身どころか、たとえ一時でも住み暮らしたことさえないのに、なぜか関西弁を使うアーデルハイトのことを思い「なるほど」とフレデリカは頷いた。

「先輩というのは後輩のことをよく見ているものですね」

「仕事の内ですから。ただ、あくまでも私から見てそのように感じる程度のものです。アーデルハイトが性格傾向のせいで任務をしくじったことは今まで一度もありません」

「それは素晴らしい」

フレデリカは控え目な笑顔を浮かべ、手を叩いた。アスモナは照れることなく真顔で資料をデスクの上に載せ、手の甲で二度叩いた。

「そんなことよりも彼女達からもたらされた情報についてですが」

「はいはい」

「創立祭に参加することが決まったとか」

「青春ですねえ」

「警備用ホムンクルスが手薄になっていることと合わせれば侵入がより容易くなっているのではないかと見ます」

フレデリカは顎を引くのみで合いの手を入れず、じっとアスモナを見詰めた。アスモナは眼鏡の縁に人差し指をあて、くいと持ち上げ、位置を整えた。

「侵入者を誘う意図が見え隠れしています」

「うん、うん。全く同感です」

◇三代目ラピス・ラズリーヌ

本部、支部を問わず、研究部門の敷地内には「存在しないはずの部屋」がある。一見無意味な扉を開くと中には容積を無視して大きな部屋があるとか、そういった仕掛けが特定の動作や呪文により作動し、入室できるようになる。これは研究部門に限ったことではなく、魔法の国に関わる施設であればどこにでもあるものだ。初めて存在を知った時は興奮するかもしれないが、やがて慣れ、飽き、普通の部屋と変わらず普段使いするようになる。

ここ、本部トレーニングルームもそんな部屋だった。一辺一キロという広大な部屋は本部そのものの容積を遥かに上回るが、問題なくここにある。ラズリーヌがまだラズリーヌではなかった頃、ここで無駄に跳んだり跳ねたりしたものだった。

今はもう使うこともない。後輩にトレーニングをつけてやろうという優しさはあっても、それを許すだけの時間がない。業務はぎゅうぎゅうに詰められていて、休みはなし、魔法少女のタフさをこんなところに活かしたくないなあ、と思いながら働いている。

今日は久々にやってきた。薄い青が床、天井、壁と、どこまでも続くだだっ広い中に、ラピス・ラズリーヌ、そしてラズリーヌの名を捨てた魔法少女、オールド・ブルーが向き合っている。

額の上を飾る小さなネモフィラの花で前髪を纏め、猫の耳を思わせる髪飾りを使って後ろ髪を流している。髪の色は青がかった灰色、瞳の色は紫がかった青、胸元のブローチは空色、そしてコスチュームは濃紺、とラズリーヌの始祖に相応しくふんだんに青色を使っていた。

「変身してるの久々に見るなあ」

「そうですね」

二人は前に出た。どちらも構えはとらない。コスチュームの要所要所を飾るネモフィラの花が香る。ラズリーヌの好きな香りだ。

「師匠大丈夫？　あんまり無茶しない方が」

「心配はご無用です」

「年寄りの冷や水なんて嫌だよ？」

「組手であなたの相手ができるのは私くらいしかいないでしょう」

「そりゃそうだ」

目の前の魔法少女が笑みを浮かべた。優しく、柔らかな雰囲気は、彼女の本質の一端を表しているかもしれないが、それが全てではない。全てだと勘違いしてしまった者は代償を支払わされることになる。

ラズリーヌの掌底が、小気味よい音を立てて二の腕に止められた。指を回して組み付きにかかるが、袖を払われかなわない。ショートレンジで攻撃を撃ち合い、防ぎ、繰り返しながら徐々に速度を上げていく。ラズリーヌ側の狙いは悉（ことごと）くが見抜かれ、師匠の足はその場から全く動かないままで攻撃を凌ぎ続けた。

師匠はあらゆる物事の本質を見抜く。ラズリーヌの頂点に立つ体術をもって最大限に己の魔法を使用した時、敵の攻撃が彼女に触れることはない。

ゼロ距離での膝、肘、そこから回転して密着状態での後ろ回し蹴り、しかし即座に距離を離され背中に向けて蹴り、身を捻って足を取りにいくが振り払われた。

両手で着地、スライディングで更に足を取りにいくが、師匠は後方へ飛び退り、そこで足を止めて今度は前に出、踏みつけられようとしたのを受け流し、挟み止め、しかしまたもするりと抜けられてしまう。ラズリーヌは立ち上がりながら蹴り、上げた足で思い切り踏みしめ、背中での靠撃、師匠はそれを受けつつ、自ら跳び、勢いを殺した。

空中で一回転、捻りを入れて二回転し、新体操を思わせる華麗な着地、弟子に向けて両手を挙げ「まいりました」と頭を下げた。

「あれ？　終わり？」

「終わりです。これ以上続けたくはありませんので」

オールド・ブルーは挙げた両手をこちらに向けた。いくつかの爪が割れ、指の骨にヒビ、それに中手骨、尺骨にもダメージがある。ラズリーヌは自分がしたことにそれなりの満足を覚えた。フィジカルでこちらが上回っているのは知っていたし、向こうはラズリーヌの魔法があるため直接肌を触れ合うことができず、制限のある戦いを強いられていた。強引に攻め込んで受けさせることでダメージを残す、という作戦はまずまず上手くいったといっていい。

師匠が傷ついた両手を打ち、部屋の色が薄い青からコバルトブルーに変化した。傷ついていたはずの両手は部屋の変化に伴って元の手、ピカピカの綺麗な手に戻る。このトレーニングルームならば、安全にいつまでも戦うことが可能だ。

もっとも、疲労を無視すれば、という但し書きがつく。「さあもう一本」という師匠に対し、ラズリーヌは子供のように頬を膨らませてみせた。

「一本終わってこっちが勝ったんだからこっちのいうこと聞こうよお師匠」

「別にそんなルールはありませんよ」

模擬戦とはいえ、弟子に一本取られれば少しくらいしおらしくなるか、逆に怒るかするものだが全く変わった様子はない。きっとこれも含めてお見通しだったのだろう、と思う。

「強いってことがわかったならそれでいいじゃない。これで師匠も安心したでしょ？　いい加減解放してよ。まだ仕事残ってるっていうかたぶん永遠に終わらないしさ。その仕事投げたのも全部師匠じゃない」

態度も、言葉も、幼い、と本人が誰より自覚している。師匠に甘えている、と自分では思っていたが、果たしてどれほど甘えになっているのか、だんだんよくわからなくなってきた。尊敬すべき師であり、きっと甘えていいはずなのだが、よくわからない。

そして、きっとこれも師匠には見抜かれている。

「きちんと仕事をしてもらうためにも、今のあなたの強さを見ておきたいんです」

「ええ……面倒くさいなあ、もう」

「私に勝てれば全魔法少女に勝てますか？　そんなことはないでしょう」

オールド・ブルーは構えることなく無造作に近寄ってくる。こうなればもうラズリーヌは迎撃するしかない。不満を口にしながら打ち合い、極め合い、二人の魔法少女は広すぎるトレーニングルームの中で戦いを続けた。

◇プリンセス・デリュージ

なにも見ていない目で、なんの役にも立たないものを作っている。

ひょっとしたら彼女にとってはなんの役にも立たないものではないのかもしれないが、シャドウゲールが説明してくれない以上「チューブやコードが滅茶苦茶に絡んでいて無暗に光る複数のメーターがなにを表しているのかもわからない数値を示している機械なんだか前衛芸術なんだかよくわからないもの」でしかない。少なくともデリュージにとってはそれ以上のものではない。

今は熱中してくれているものがあるというだけで有難い。デリュージにとってシャドウゲールは「他のなにものにも代えがたい唯一無二の大切なもの」ではないが、他人様からの預かりものではある。もしなにかあれば地獄からプフレが這い上がってくるかもしれない。有り得ないことではあってもそれくらいしそうな魔法少女だった。

デリュージはプフレの遺産を受け継いだ。そのお陰でここまで生き延びている。遺産の中にはシャドウゲールも含まれている。むしろシャドウゲールがメインだ。シャドウゲールを放り投げるわけにはいかない。

プフレが目指したものは「魔法の国」からの脱却だった。魔法少女に関わるあらゆるシステムを「魔法の国」から切り離して、自分で掌握する。たとえ途上で戦いが起こったとしても、それが最もシャドウゲールにとって安全であると考えてのことだ。

もしデリュージが同じ立場にあり、そんな大それたことを目指すのならば、そこに到達すれば仲間達が皆無事でいてくれるとわかっているならば、きっとプフレと同じものを目指すのではないか、と今なら思う。不可能だ、で片付けてしまうことはできない。

シャドウゲールの様子を目の端で確かめつつ、やるべき作業を進めた。魔法少女学級に通う魔法少女の裏取りだ。経歴が確かなものか、確かでないなら真なる経歴は如何様(いかよう)なものか、一人一人を丸裸にしていかなければならない。

プフレが残した演算装置は、ブラウン管テレビを思わせる古臭いモニターから伸びた太いケーブルがキーボードと一抱えある真四角の金属に繋がっているという冗談のような見た目をしている。だが機能は冗談どころではない。

記録として残っている公式なものだけではなく、私的なもの、個人的な知り合いによる魔法少女ＳＮＳでの言及だったり、匿名掲示板で該当者を思わせる書き込みだったり、そういったものをこの演算装置を用いて探る。表層的な情報をセットし、そこから派生させてどんどん深みへ、ネットワーク上にあるものだけでなく、印刷物や肉筆で書かれたもの刻まれたものまで、有史以来表現された文章すべてを検索対象とする。正しい意味で魔法だ。

プフレから譲り受けた直後、馬鹿でかい機械と分厚い取扱説明書を見た時は気が遠くなりかけた。キャサリンとブレンダの得意分野からは大きく外れるため、支援の類は期待できず、なにからなにまで一人でやらなければならないのだろうと思っていたが、いざ初めてみれば、彼女達は当たり前のようにプフレの残した機械類を操り、言語かどうかもわからない文字列を打ち込んでなにかしているようだった。説明書と首っ引きでどうにか作業を進めているデリュージから見るとまるで魔法だ。

彼女達の挙措、態度、言葉、見た目、といった各要素から自分よりも年少の存在、保護すべき相手としていたが、これは過ちだったか、とデリュージは認識を改めた。アーリィ達三姉妹が「きゃっきゃ」「きぃきぃ」という言葉ではない声で遣り取りをしているのも、見た目よりも硬く重い内容で情報を行き来させているのかもしれない。

機械を動かすようになってからしばらくは子ども扱いをやめ、下級生に対しての言葉遣いではなく、同級生に対する言葉遣いで接するようにしてみた。彼女達がこれを嫌がるようなら元に戻そうというつもりでやってみたが、三人とも態度は変わらず、デリュージの変化にも一切触れることはなかった。ほどなく元に戻した。

結局考え過ぎていたのだろうか、とデリュージは自省した。人間関係について悩むというのは生まれついての性質のようなもので、割り切って生きようと心に決めたところでなかなか直せるものではない。それに、もう一つ。考えてみれば、デリュージの知り合いに一人、子ども扱いされることを嫌う魔法少女がいた。子供だからなあ、と心の中では思っていても、実際子ども扱いをされるとプリンセス・テンペストはわかりやすく不機嫌になる。頬を膨らませる、口を尖らせる、そういった表現方法はまさに彼女が子供であることを示していたが、それを指摘してはより怒らせることになるため、クェイクが宥めたり、からかおうとするインフェルノをプリズムチェリーが止めたり、とにかく賑やかになるのが常だった。

無意識に、とはいえ、勝手にテンペスト役を押し付けるところがあったのかもしれない。デリュージは誰にも話すことなく回想し、反省し、その間にも作業は進んだ。魔法少女学級に通う魔法少女達のプロフィールの内、表向きのところが徐々に剥き出しになり、しかし最も知りたい裏向きのところは中々出てこない。下手に探れば藪蛇になってしまう。こちらはあくまでも素人、自慢できるのはプフレから受け継いだ各種装置類と魔法少女由来のタイピング速度くらいだ。機械の仕組みを理解しないまま使っている以上、過信していいものではない。

少しずつ、少しずつ、しかし確実に前へ、とじりじり進めていたある日、デリュージの端末にメッセージが届いた。スノーホワイト以外からメッセージを受け取ることはないため、当然スノーホワイトからのものと考え端末を手に取り、目にしてからしばし考え、目を見開き、心配そうにこちらを見ているブレンダとキャサリンを手で制し、一度深呼吸をしてから端末に目を落とした。文面は変わっていない。

見覚えのないアドレスから「ブルーベル・キャンディだった魔法少女より」というメッセージが入っていた。

◇0・ルールー

ルールーはベッドの上で寝返りを打った。魔法少女なので睡眠は必要ない。休息という名目で怠けているだけだ。視界に入るのは安っぽい壁紙のみ。どうせ窓の外は隣のビル壁なのだから、結局どちらを見ても壁しかない、行き止まりだ。全ては上手くない方向へと動いているようだった。

そもそもリップル付きを命じられたことが上手くなかった。師匠のことだから、自分に対して絶対的な忠誠を誓っているというわけではないルールーならなにかの間違いで死んでしまってもまあ仕方ない、くらいに思っていたかもしれない。

リップルは無駄に殺しを避けるため、ステージが先に進めば進むほど難易度が増していく。せめて無関係な一般人を巻き込むのは嫌、くらいにしておいて欲しい。生死を賭けるのが当然の場において相手を殺すのが嫌だなんていうのは最悪の我儘だ。

個人の強さなど、我儘を通すためには小さな一助にしかならない。現にリップルは我儘を通せなくなりつつあった。勝つ、負ける、ではなく、敵の動きがこちらに伝わってこなくなってきている。当然だ。フレデリカに真っ当な知性があれば、このままにしておくわけがない。

ルーラーはまた寝返りを打った。もう一方のベッドに寝ているリップルの背中が見えた。当然ながらルーラーと同じく魔法少女に変身したままだ。

彼女は相変わらずの態度だ。協力しようという気持ちが見えないといった生易しいものではない。仕方なく敵と行動を共にしているというのがそれっぽいだろうか。自分は正しく、価値観を違える者とは口をきく必要もない、という傲慢さがいかにもその手の魔法少女にありがちで、思うだけでもげっぷが出そうになる。三代目ラズリーヌから精神的な調整を受けているはずだが、ならばこの頑固ぶりもどうにかして欲しかった。

しかし今のルーラーに選択肢はない。頭のおかしい女忍者と可能な限り仲良くしておくというのが仕事であるからには務める以外の選択肢がない。

今度は仰向けになり、顔の横で掌を開き、握っていた小さな石を掌の中で転がした。淡く透き通った空の色が、カーテンから漏れる外の光を受けて鈍く光っていた。

アパタイト。クズ宝石なりにいい石だ。石言葉は「絆(きずな)」。ルールルーの魔法で強化すればリップルと仲良くなる助けになるかと思っていたが、よくよく考えてみれば、一口に絆といってもいい絆だけではなく、ない方がマシな絆もある。たとえばリップルとフレデリカの間にも絆はあるだろう。

要するに人間関係というやつはどこまでも面倒で難しい。そんなものに関わらず、美しく綺麗なものを愛(め)でて生きていければどれだけ幸せなことだろう、と掌中のアパタイトを転がして溜息を吐いた。隣で寝ているリップルはどうせ起きているのだろうし、溜息を聞かせるのも悪いかと思わなくもなかったが、それくらい聞いてもらった方がいいだろう。

ルールルーは身動ぎした。魔法の端末が着信を受けて振動した。端末を手に取り、操作し、入ってきた情報の内容を知ると、思わず身を起こした。

魔法少女学級は梅見崎中学の創立祭に参加することが決定した。該当地所の地下にある遺跡への侵入、遺物の奪取を目的としているフレデリカは、これ幸いと利用しにかかる可能性が高い。創立祭への参加が許可されたのは、転入生スノーホワイトが働きかけたのかもしれない。

恐らくはランユウィ辺りから流れてきた情報だからだろう。妙に主観的な表現が多いような気がした。ルールルーはもう一度文面を読み返し、耳の横に風を感じ、ふと振り返ると唇が触れそうな距離にリップルの顔があった。

驚いて声をあげて跳び退ったが、リップルは距離を維持してルールーに追随し、胸倉を掴んだ。ルールーはラズリーヌ候補生として恥ずかしくない程度の体術を身に着けていたが、咄嗟に腕を捻ろうとか、指をとろうとか、そういうことは全く考えられず、なされるがままに、ぐいと襟を締め上げられた。

嫌気が差すくらいには実戦を経験し、殺したことも、殺されかけたこともあるルールーが気圧されるくらいに、リップルの形相は恐ろしかった。外の僅かな光を反射し、燃え上がる炎を思わせる右目――いや、これはルビーの方が近いか――でルールーを睨みつけ、リップルは呻くように声を漏らした。

「どういうこと……」

「えっ、なに、どういうことって」

「スノーホワイトが魔法少女学級に入ってるって」

「は？　知らなかったの？」

思わず正直に反応してしまった。隠すなり、誤魔化すなり、やりようは他にあっただろうと後悔したが、あまりに正直な反応だったためか、リップルの怒気がふっと緩み、襟を掴んだ手からも力が抜け、ルールーはベッドの上に投げ出されて膝をついた。飾り布が、ふわり、と広がり、一瞬だけ視界を塞いだ。

リップルはなにもいわずに背を向け、そのまま扉の方へ歩き出し、ルールーは慌ててリ

ップルの肩を掴んで止めた。振り返ったリップルの表情は、先程のような怒りの顕現とでもいうべきルビーの赤色一色に染まり、ルールーは胸の鼓動を持て余しながらも引くことなく、今度は比較的冷静にその視線を受け止めた。

「どこに行くつもり」

「クズばっかりだ」

「はあ？」

「私がどこに行こうとあなたには関係ない」

「関係ないわけないでしょう。あんたね、今魔法少女学級に乗り込んだところでスノーホワイトに迷惑かけるだけだからね」

リップルの中で燃え上がっていた怒りが目に見えて翳った。隠しきれない怯みを感じ、ルールールーは畳み掛けるように続けた。

「あんたの怒りはわかるよ。私だって怒ってる。スノーホワイトが転入したってことをリップルが聞いてない、なんて大事な情報が、明らかにわざと伏せられてた。私に『いうな』って命令がなかったことがもうそういうことじゃんって」

ルールールーはリップルの肩を抱いた。跳ね除けられるかもしれないと思ってやったことだったが、リップルは肩を震わせる程度に留め、ルールールーは内心ほっとした。

「お互いに知ってることを差し出し合おう。お互いに、だいたいこういうやつだろう、って決めつけでここまで来た感じがするし。本当にそういうやつなのかっていうのを確かめるだけでも意味はある。とりあえず宣言だけしておくけど、私は嘘を吐かない。あんたが嘘を吐く吐かないは自由だし、信じる信じないも好きにすればいいけど、いうだけはいうから。私は嘘を吐きません」

腹を立てているのは全く嘘ではない。師匠はリップルに対し情報を制限し、ルーループーには「これはリップルに教えてはいけません」と命ずることがなかった。恐らくこのような事態も想定されていたはずで、つまり本音で話さざるを得ないように、それによって距離を詰めるよう図られている。ほくそ笑む師匠の顔が透けて見えるようで、しかしそう思いながらも仲良くすることが有効である以上は従うしかない。腹立たしい。

リップルはルーループーを睨みつけ、ルーループーはそんなリップルの様子を見て、同じように睨み返した。

さり気なく自分の胸に左手を当てた。まだ少し脈が速い。さっきのリップルには、本当に、心臓が止まるかと思うくらいどきどきした。

第五章　事前準備は入念に

◇雷将アーデルハイト

夜の学校にはある種の雰囲気がある。更にそれが趣深い旧校舎とくれば雰囲気は倍加する。だが今は、また少し違ってきている。警備の隙であったり、逆に警備が厳しい個所だったりを探すため、ホムンクルスの事件後も週一の見回りは欠かさず行っていたが、事件前とは空気から異なる。

アーデルハイトは校舎を遠巻きに時計回りで一周し、今度は反時計回りでもう一周した。下手に近付いてやろうとは思わない。監視カメラによってしっかりと証拠が残ってしまう。魔法少女であっても誤魔化せるような代物ではない。「魔法の国」が使っているからには魔法少女対策だって充分に施してあるだろう。

ホムンクルスはいない。空気の湿り気、匂い、音、度々の夜回りでホムンクルスの様子を観察してきたアーデルハイトであれば、存在の有無くらいはわかる。

事故を起こしたシステムをそのまま使い続けるわけにはいかず「実験場」が残らず回収したという話を聞いた。恐らくは死んでいた技術者が事故の責任を全て被せられている。「実験場」としても怪しんでいるところはあるかもしれないが、大きな声を出すのが憚られるくらいの引け目がある上、魔法少女学級のバックには「情報局」がある。喧嘩になれば双方本気を出さないわけにはいかなくなるだろう。矛を収めるしかない。

アーデルハイトは軍刀の柄に右手を被せた。軽く指を曲げる。

同じ派閥の中でも、むしろ同じ派閥の中だからこそかもしれない、この辺の力関係は酷く微妙だ。新たな防衛システムとして配備されたのは姑息的な監視カメラで、ホムンクルスの防衛網に比べればあまりに脆い警備体制だ。そして「実験場」から新たなホムンクルスが配備されるにしてもまだまだ時間がかかるらしい。

コソ泥にとっては喜ばしい状況になっている、ということだ。単純に防備が薄くなったというだけでなく、オスク派の内輪揉めが高得点になる。ゴタゴタしている家の方が盗みに入りやすいといっていたのは魔王塾の誰だったか。

原因不明の事故によってというそもそもの起こりからして都合が良過ぎる。気味が悪い。アーデルハイトがコソ泥の立場にあれば、かえって忍び込む気が失せる。

「なにを見てるの？」

背後からかけられた声に、なんと反応したものか僅かに迷った。存在は知覚していたが、声をかけられるとは思っていなかった。しかし、いつまでも黙っていれば「どう返事をしたものか迷っている」ことが露見する、それはあまり格好のいいことではない。更に一秒ほど時間を置き、思っていることを正直に話した。

「よう声かけられるもんやな」

「なぜ？　別にいいでしょう、声をかけても」

声の主――プリンセス・ライトニングは、躊躇（ためら）いのない足取りでアーデルハイトの右隣に立った。軍刀の柄に置いた右手の指が、ごく自然に、ひく、と動いた。

「気まずいとか思うやろ普通は」

「どうして？」

「夜の学校でバチバチやりあったやん」

「そうだったかしら」

「ライトニングの頭ぶん殴ってノックアウトしたやん」

「私の記憶にはないけど」

「殴られたせいで記憶飛んだんか」

「確かに夜の学校であなたと会った日はあったけど。あの時の私は元気いっぱいで学校から出ていったでしょう」

思わず言葉に詰まった。アーデルハイトはプリセンス・ライトニングを殴り飛ばしたが、茂みの中に殴り飛ばされたライトニングは、なぜか怪我の一つもなく立ち上がり、元気に学校の外へと走っていった。

「どう？　私は間違ってる？　怪我はしていない、つまり喧嘩もなかった。縄張り争いで負けたというなら夜の見回りに顔を出したりはしないけど、そうじゃないなら話は別」

アーデルハイトは舌の先で下唇を舐めた。ライトニングの声は、昼間、学校で平和にクラスメイトをしている時と全く変わらない調子で落ち着いている。隣を見れば、薄い微笑みをアーデルハイトの方に向けていた。

「喧嘩もなかったは……流石に無理目やろ」

「無理なんてことはない。喧嘩はなかった、むしろ私とあなたは仲良くなれると思うの。ホムンクルスの騒動の時を思い出してごらんなさい。けっこうなナイスコンビネーションだったと私は思っているんだけど、あなたの方はどう？　サリーがキューティーヒーラーみたいだなんていうから私もちょっと気になってブルーレイを借りようとレンタルショップに行ったんだけど、数が多過ぎてどこから観たものやらって」

「それで」

このまま好きに話をさせては惑わされるだけになりそうだ、と感じ、アーデルハイトは一段階大きな声を出してライトニングの雑談めいた語りを打ち切らせた。

「結局、なにがいいたいねん」

ライトニングの微笑みが、文字通りの仄かなものから、笑いの部分が大きくなり「にっこり」という表現がぴたりはまる笑顔になった。アーデルハイトの右手の指が、また、ひく、と動いた。動いた、というよりは、動かないように留めるため、震えた。

「最終的に争うことになるとしても、その途中では協力できると思うの。私とあなたの相性は悪くないみたいだから。ね、いいアイディアじゃない？」

「協力って……なにを協力すんねん」

「魔法少女学級への侵入を遅らせて欲しい」

思わず向き直っていた。右手はしっかりと柄を握り、いつでも抜き放てるようになっている。ライトニングはまるで動じず、アーデルハイトが動いていないかのような態で話を続けた。

「あなたが最終的な決定権持ってるわけじゃないにしても、報告次第で色々と変わってくるでしょう？　今はその時期じゃない、これは罠に違いない、そんなことを報告してくれれば対応だって当然変わってくるはずじゃない」

「……なんで、そんなことせなあかんねん」

「いったでしょう。お互いに協力するって。最終的に喧嘩しましょうってことになるとしても、今はお互いが得をするように動けばいいじゃない。最初からずっと争い続けていたら私達はどちらも得をしない。損だけ」

アーデルハイトも「警備は薄くなったが、あまりにも都合が良過ぎる。罠ではないか」と疑っていた。しかし、ライトニングから「今は動くな」といわれれば、今度はそちらが罠に思えてくる。アーデルハイト経由で動きを抑制させている間に、ライトニングを動かしている陣営が魔法少女学級に乗り込み、ライバルのいない目的地で好き放題する、というどうしようもない光景が目に見えるようだった。

「こっちが動かんとして、そっちが動かんいう保証はないやろ」

「目的が違うもの。そちらが動かなければこちらが動くこともないから。そういう話は聞かされてないの？」

アーデルハイトは眉根を寄せた。既にとんでもないことを聞かされているという自覚はあったが、目の前の魔法少女、常識を投げ捨てた女、プリンセス・ライトニングは、アーデルハイトが思っている以上にとんでもないことを話しているのではないだろうか。

アーデルハイトが訊き返す前にライトニングは地面を強く蹴り飛ばし、一跳びでバックネットを跳び越え「それじゃまた明日、学校で」と言い残し、消えていった。

アーデルハイトはその場から動かずに見送り、気配が完全に消えてからも中々動き出すことができず、ようやく動いた時には軍帽を脱ぎ、手櫛で前髪をかき上げ、軍帽を被り直すという、自分でもよくわからない行動をとり、深々と息を吐いた。

◇メピス・フェレス

屋根の上を走り、電柱から電柱へと跳び、長い黒髪とスカートの裾を翻してビルの鉄柵上を駆け、メピスの感情とは裏腹に、魔法少女の肉体は普段と変わらず躍動する。程なくして住処（すみか）である団地に到着していた。

暗がりで変身を解除して団地の入り口に立ち、通学鞄を足元に置いてから両手で挟み込むように、ぱん、と頬を叩いた。階段を昇り、部屋の前でぐっと拳を握り、下腹に力を入れ、ドアノブを回す。耳障りな音を立てて扉が開き、内側から肉の匂いが流れ出た。

「ただいま」

「お帰り。なんというタイミングだろうか。たった今料理が出来上がったところだ」

「家では返事がない」それが当たり前の人生だったのに、今は声をかければ返ってくる。同居人のカナは、制服の上からエプロンを着用し、湯気が立つ大皿を掲げていた。

「今日は肉と野菜を合わせて炒めたものだ」

「昨日と同じじゃねえか」

「飢えた狼には相応しい餌だ」

「漫画の台詞使いたいならもうちょっと場面選べよ」

カナという正体不明の刑務所帰りを住まわせるよう命じられた時は、この世の地獄が始まるかと思った。が、こうなってみると案外悪くないな、と思えるようになった。カナは相変わらず正体不明だったが、そう悪いやつではないらしい。刑務所に入るくらいの悪いことはしていたにしても「魔法の国」にとって悪いことというだけであり、人間基準で悪人だとは限らない。普段のすっとぼけたキャラクターは全く犯罪者らしくなく、危地にあれば体を張って友を助ける心の強さもある。

メピスはうがい手洗いを済ませた後、折り畳み式の卓袱台を組み立て、カナはその上を布巾で拭いて皿と箸を置き、二人は向かい合って座り、手を合わせた。

「いただきます」

「雁首揃えて並んでやがるぜ……獲物がよ」

「だから台詞は場面選べっての」

カナは漫画にはまった。それはもう物凄くはまった。なにかといえば漫画で読み覚えた台詞を使いたがり、しかしそれが上手くいっているとは言い難い。その都度「使い方がなっていない」ことを指摘するも、改善される見通しはない。

ただメピスとしても本気で鬱陶しがっているわけではない。中学二年生にもなって漫画の台詞を日常生活で使いたがるというのはどうかと思うが、カナは少し前まで漫画の存在すら知らなかった。

漫画という文化に触れ、感動し、読み耽っている。生まれて初めて甘い物を食べたとか、生まれて初めて色のついたものを見たとか、そういう初体験に匹敵する感動はメピスにも想像できる。なにより、自分が好きなものにはまる人を見るのはいつだって楽しいものだ。

「なんでも漫画喫茶という理想郷があるらしい」

「ああ、市内にも一つか二つはあるんじゃねえの。ネカフェとか」

「一度行ってみたいものだ」

「無料じゃねえぞ」

「俺達みたいな狼に首輪をつけようっていうんじゃねえだろうな」

「いや首輪じゃなくてさ。普通に金は払えよ。お前ひょっとして食い逃げとかそういうしょぼい前科じゃねえだろうな」

「可能性としては否定できない」

　無表情で野菜炒めを咀嚼するカナを見ると「よくわからないやつ」であると同時に「教えてやらなければならないやつ」だとも思う。漫画を読んだことがないというくらいだから、とにかく常識がない。そのくせ妙に行動的で気付けばおかしなことをしている。梅見崎中学の方へ積極的に絡みにいき、創立祭に参加するきっかけも作った。あれはカナでなければできないことだったろう。他の魔法少女であれば「自分の行動で誰かに迷惑がかかるかも」という当たり前の責任感によって行動を抑制していたはずだ。

　悪いやつではない、むしろ可愛げはあるが、突飛な行動のせいで目を離していられない同居人、というのが今のメピスにとってのカナ評だ。最も相応しい言葉を選ぶとすれば「妹分」というところだろうか。とにかく世話がかかるのがそれっぽい。しかしこんなことを口に出せば調子に乗りそうなので心の中に留めている。

「今日は最新号の発売日だったはずだな」

「先週は連休で発売日が早かっただけだよ。発売日は明日だ」

「無念だ」

メピスは他人が思っているほど感情だけで生きているわけではない。深く思い悩むこともあるし、しっかりと反省することもある。ただ感情を制御仕切れないことがままあるというだけだ。

妹分、という言葉を思う時、否が応でも昔のやらかしが脳裏に蘇る。

テティのことは、後から考えれば考えるほど「しくじった」と思った。カナと暮らすことでその思いはどんどん大きくなった。自分が妹分だと思っていたからといって、だからなんだというのだろう。テティにはテティの人生があるし、たとえ妹分だったとしても姉貴を越えてはいけないということにはならない。それは越えられる姉貴の方がだらしないだけだ。テティは少々無神経なところもあるが、総じてメピスの方が悪い。それをわかっていて仲直りすることができないのが最も悪い。

だが近衛隊のメピス班班長であり、魔法少女学級でも二班班長であるという立場上、自分の面子をどうしても重んじなければならず、常に強気で出ることが班員全員の士気を上げ、連帯感を強めることに繋がる。弱いボスでは人はついてこない。トップの弱気が原因でろくでもないことになった例は今までにいくつも見てきた。

だからメピスは常に強気でいるし、それが悪いとは思ってはいけない。わかってはいるはずなのに、今のメピスは無理をしている。テティのことではない。今日呼び出されてからの話だ。カナには話すことのできない話を聞かされ、そんな話は全く聞かされていない風を装っている。

「そういえば」

「なんだよ」

「本部の方に呼び出しを受けたということだが」

「ああ、別に大したことじゃねえ」

「そうか。ならばいい。吉岡になにか命じられたのかと思っただけだ」

「誰だよ吉岡。知らねえよ」

メピスを呼び出したのは吉岡ではなくピティ・フレデリカという魔法少女だった。

近衛隊のその上、更に上の上くらいからの指令により魔法少女学級に入り、情報収集をしていた。真っ当な生徒とは到底いえず、後ろ暗い思いもしてきたが、ここの生徒は全員がなにかしらの後援者を持ち、その意向を受けて学校生活を送っているらしいということは聞いていたし、まあそういうものなのだろうと割り切って活動していた。

しかし今回の呼び出しは今までのものとは全く違っていた。魔法少女学級地下の遺跡から遺物を奪い取るという最終目的のため、魔法少女学級を襲う。こっそり忍び込んで盗み出すのとはわけが違う。これはもうダイレクトにテロリストだ。昨日までクラスメイトとして一緒に生活し、笑ったり競ったり漫画を紹介したりしていた相手を傷つけ、学級そのものをぶち壊しにすることになる。

どうすべきか、と考える立場ではない。メピスは命じられたことに従うのみだ。わかってはいるが、心は波立つ。なにもありませんでしたという澄ました顔で野菜炒めを食べていても、カナのすっとぼけた発言にいちいちツッコミを入れていても、まるで自分が自分ではないかのようで、全く落ち着かない。

「メピス」

「なんだよ」

「なにか悩み事があるなら聞こう」

咀嚼途中の肉を思わず飲み込み、噎せ、コップを手に取り強引に流し込んだ。

「なんだよ、いきなり。ねえよ悩み事なんか」

「ないのであればいいのだが……普段とは少し雰囲気が異なっているようだった」

カナを見返した。いつものように表情はない。なにを考えているか読み取れない。

「なんだよ、雰囲気って。おかしなこといいやがって」

「俺には二班の一員として班員を守る義務がある。班長の微細な変化も見逃さない。そう、つまり俺は二班にとっての親代わりといっても過言ではない」

再度カナを見返した。表情は変わらない。ふざけているようには見えない。

「親代わりって……お前さ、今いくつだよ」

「記憶にない」

頑なに変身を解除しなかったのは年齢的な問題があったのかもしれない。これ以上掘り下げてもいいことにはならないだろうと判断し、メピスは白米をかきこんだ。

◇テティ・グットニーギル

放課後、日課としている魔法少女活動――今日はゴミ拾い――をしながらテティは自分の行動を思い返していた。

今日は午後の授業からずっとこのことばかりを考えていた。スノーホワイトのことだ。彼女が親し気に話しかけてくれたのが嬉しくて、知っていることをべらべらと話してしまったが、余計なことまで口にしたような気がしてならない。

情報局というのは名前を出しただけでもカルコロ先生が畏（かしこ）まるような部署で、機密も多いに決まっている。そしてスノーホワイトは悪い魔法少女を狩っている法の番人的な存在ということで、情報局のことを探っていても不思議ではない。

彼女の雰囲気は柔らかく、怖いことなど考えているようにはまるで見えず、だからこそテティは知っていることを色々話し、佐藤さんというあだ名まで教えてしまったが、その佐藤さんは情報局所属のはずで、果たして教えてよかったものか。

それほど問題になるような話はしていないはずだが、それはテティがそう判断したというだけに過ぎない。実は重要な話を漏らしていたというのも考えられる。あの佐藤さんを見れば、話して困ることもなさそうだが、しかしそれでも情報局だ。テティは未だに情報局がなにをしているところなのかは知らなかったが、とにかく重要な部署であると認識している。きっと間違ってはいない。

スチール缶とアルミ缶を分別しながら「明日、今日あったことを佐藤さんに話して謝ろう」と決めた。

◇クミクミ

最近、クミクミの部屋は物が多くなった。散らかっている、片付けられない、ということではない。仮住まいのアパート暮らしで部屋は殺風景なくらいでいいと最小限の物しか置かずに生活していたが、これではいけないと物で部屋を飾るようになった。

小机、鉢植、人形、サイドテーブル、全てクミクミの魔法によって作ったものであり、そのため全て角張っていたが、それはそれで統一感があるということでいいだろう、ということにしていた。

それ以外にも飲み物だったりお菓子だったりを常備しておくようになった。麦茶があればいいという味気ない生活を脱却し、紅茶とコーヒーどちらにしますそれともオレンジジュースがいいですかチョコレート菓子を一緒にどうぞ、といえるくらいに選択肢を増やした。

理由は一つ、不意に現れるフレデリカ対策だった。ホムンクルスの事件後、一時期頻繁に現れていたため、これ以上みっともなくならないよう、精一杯にもてなすことができるよう、徐々に部屋を、というより生活スタイルを作り替えていったのだ。

だがクミクミがもてなしの準備を整えるほどにフレデリカの来訪頻度(ひんど)は落ちていき、事件後一週間くらいはほぼ毎日来ていたのに、ここ一週間音沙汰がない。理由は不明だ。フレデリカが忙しいのかもしれない。まさか飽きたからということではないだろうが、見るからに気まぐれそうな人物ではあったし、「それも有り得ないことではない」と思えてしまう。

今後なにがあってもおかしくはない、逮捕されたとか失脚したとかも有り得る、そういう相手だと考えていたが、まさかここまで急に自然消滅してしまうことになるとは思わなかった。別に好きな魔法少女ではなかったが、こうなると物寂しく思えてしまう。作った小物類、それに用意した飲み物とお菓子が全くの無駄になってしまうのは空しいことであるし、いっそクラスメイトでも招待してみようか、と思いつつ、それでもいつフレデリカが来るかはわからないため油断はしない。

◇ピティ・フレデリカ

メピス、アーデルハイトからの情報提供を照合し、ホムンクルス暴走事件の折にクミクミが単独行動をとっていた時間があったことがはっきりした。ベラ・レイスの魔法による不意打ちからクミクミを庇ってカナが犠牲になり――カナはフレデリカが助けてやったが――クミクミは助けを求めてクラスメイトを探した後合流した。

合流するまで彷徨っていた時間イコールクミクミが一人でいた時間だ。このタイミングで何者かに身柄を攫われ、入れ替わりが発生した可能性が高い。

では誰がやったか。

あの時、山の中は間違いなく修羅場だった。腕に覚えがある魔法少女でさえ命の保証はない。とんでもない数のホムンクルスが敵対的意思をもってぎゅうぎゅうに詰めている。

その一人一人が魔法少女の劣化コピーだ。劣化とはいえ、グリムハートや森の音楽家が混ざっていたと聞くし、フレデリカを悩ますプキンまでいたという。

この場でクミクミを攫うことができたとすれば、それはただ強いだけではない。場を作り上げた何者か、だ。ホムンクルスに襲われないという保証があるからこそ自由に動ける。なんならホムンクルスに手伝わせれば、クミクミ程度どうとでもできる。

初代ラズリーヌとは思えない。彼女の配下二名も矢面に立ち、内一名は入院までしている。偽装の可能性はゼロではない、が、目は薄いと見ている。

初代でないとすれば魔法少女学級の職員か。関係者に魔法使いは二名。カルコロ、ハルナ。カルコロは生徒達と一緒に戦っていたという報告を受けている。ならばハルナか。

元々オスク派に目星をつけていた。ホムンクルスに関する優れた技術を持っているのがオスク派であり、それを使っているのが魔法少女学級だからだ。状況が怪しく、機会があるのであれば、それはフレデリカでなくとも疑うだろう。

クミクミを入れ替えた犯人の最有力候補は魔法少女学級及びハルナとして、今度はプキンの気配について考える。

プキンの気配については、あれから何度か襲撃現場を渡り歩いたが「これはプキンだ」と確信できるほどのものはなく、かといって「これはプキンではない」というわけでもない、手応えのない結果しか得られなかった。

これがフレデリカを誘い出すための罠であるという可能性も少なくはなかったため、どこの現場にでも好き放題出入りして入り浸るというわけにはいかなかった。基本、行動はこそこそとしたものになり、フレデリカ自身がじっくり検分することはできず、ある程度他人任せにせざるを得ない。だが、クミクミの時もそうだったが、こういう微妙かつ繊細な案件にはフレデリカ当人の感覚が必要になってくるのだ。フレデリカでなければリリアンまで変化していたことを確かめるまで更なる時間を要したことだろう。

ピティ・フレデリカにとってプキンとは心的外傷であるだけでなく、頼もしい仲間であり、尊敬できる友であり、愛すべき魔法少女だった。たとえ短い付き合いではあっても様々な感情が交錯し、プキンへの思いを形作っている。なにをもってプキンだ、と断言することはできないが、それでもプキンらしさというものはある。

結局断定することはできないまま襲撃の回数は減っていき、自然、検分の回数も減っていった。魔法少女学級がプキンのホムンクルスを使っていたということは、こちらの最有力容疑者もハルナということになるのだろうか。だがそんな気はしない。じゃあ誰が、といえばプキンだ。そうじゃないんだけどなあ、とフレデリカは独り言ちる。

◇スノーホワイト

外野のアーデルハイトが内野のメピスにパスを飛ばし、メピスは髪の尻尾を使い外野のクミクミへパス、クミクミから内野のリリアンへ、リリアン編みのネットでスリングのようにメピスへ投げ、メピスからまたアーデルハイトと流れるようなパス回しが続く。スノーホワイトの隣、壇上に腰掛けたラッピーが「あれ相当練習してんでしょ」と呟いた。

流れるようなパス回しに対応し、ボールを持たない二班は狭いフィールドを逃げ回っていたが、徐々にフォームと陣形が乱れ始めた。ランユウィのような特に素早い者はともかく、それ以外がパスに反応し切れていない。

そこでメピスが叫んだ。

「さあ投げるぞコラァ！」

メピスはボールを持ってはいない。いってるだけで投げられないことは皆が知っているが、ギャラリーも参加者も全員が一斉にメピスの方に注意を向ける。メピスの魔法は、短い時間であっても彼女を無視することを許さない。

既にフォームが崩れていた出ィ子の背中に向けてアーデルハイトが全力で投球し、スピードボールがなにもない空間を飛んでいった。一瞬遅れ、ボールが通り抜けた空間に出ィ子が出現する。魔法によって回避したのだ。

「インチキだろ出ィ子！」

メピスは騒いだが誰も取り合おうとはしなかった。ボールを奪った三班外野のプシュケから内野に向けてパス、だがそれを横から跳んできたメピスが髪の尻尾をいっぱいに伸ばして掴み取る。が、取り損ねてボールが転がった。ボールに触れたメピスの尻尾、それにボールもよく見ればてらてらと光っている。プシュケが水鉄砲から発射した潤滑油をボールに塗って緩いパスを放ち、インターセプトしたところで取り落とさせた。

「メピスアウト！」

「くそが！　インチキだろプシュケ！」

二班にボールが戻り、サリーからアーデルハイト、アーデルハイトからカナにボールが渡った。カナは大きく振りかぶってボールを投げたが、立派なフォームのわりに球威も球速も全く大したことがなく、笑顔のライトニングに受け止められてしまった。

「もうちょっとまともな球投げえや！」

「しかし、だ。全力で投げつけ、それが命中すれば大きなダメージとなるだろう」

「そういうゲームなんだよ！」

ライトニングからサリーにパス、サリーが天井すれすれにボールを上げ、そこにいたカラスが両足でがっちりとキャッチ、徐々に下降しながら旋回し、逃げ惑う二班内野勢を上から狙う。

「サリーインチキだろ！」

「メピスそればっかりね。もうちょっとバリエーションないの？」

「手前コラライトニングちょっと来いや！」

ラッピーが首を振り、呟いた。

「三班ヤバくない？」

ミス・リールが小声で相槌を打つ。

「次やるの私達ですよ」

更に小さな声でテティが応えた。

「作戦立てようか」

ドリィとアーリィは二人で騒ぐ。ドリルで突く、殴りつける、蹴りつける、彼女達が提案する作戦は物騒で使えそうにない。

スノーホワイトは二人を嗜めながら心の声を聞いていた。ドッジボールの最中とはいえ、ゲームに没入しきっている者はいない。球を投げたりかわしたりしながらも日々の問題がふと頭によぎったりする。それを聞き取る。魔法少女学級では基本的に変身せず人間の活動しているため、遠慮なく皆の前で変身していられるレクリエーションの時間は得難い機会だ。

フレデリカは遺跡から遺物を奪取しようと二班を送り込んでいる。そして送り込まれた各人が、それぞれに中庭が重要ポイントだと目星をつけていった。なぜなら中庭以外に遺跡の入り口がありそうな場所はないからだ。そして中庭は厳重に封鎖されている。そこに入ることができるのは、通学に使用しているテティと、いまいちどんな人物かわからない用務員。恐らくは総責任者である校長も入ることはできるはずだが、心の声からは中庭に関することが伝わってこない。

二班、それに三班も中庭の存在を探り、どうにかして入ることはできないかと困っている。テティの下校や登校のタイミングで無理やり押し入る、ということを考える者もいたが、それはそれで難しそうだ。入り口にかかっている封には魔法がかかっているため、住人に張り付いてオートロックのマンションに忍び込もうとする空き巣のようにはいかないだろう。

遺跡についてはプク派から押収した資料にも記述があった。「プク・プックが計画の中で使用を検討し、そして断念した。遺物の力は外部からでも感じられるくらいに強いが、遺跡そのものの危険性が高い」——記述は以上だ。

使用を断念するだけの危険性があったことはわかるが、具体的になにが起こるのかはまったく読み取れない。一般的基準に照らし合わせて「不備がある」もしくは「不備しかない」という資料は「プク・プックが理解していればそれでいい」という理由で当たり前に存在し、問い合わせるべき相手は既にいない。

その情報を踏まえればこの校舎における中庭の異様な存在感が理解できなくもない。結界で封じられ、スノーホワイトの魔法も届かない。それなのに、結界に阻まれているはずの中庭が、なぜかそこにあるのだと存在感だけ伝わってくる。誘われているような感覚さえある。異様だ。

中庭を挟み、校舎の端から端でスノーホワイトの魔法がどう働くか、という実験をアーリィと二人でやってみたこともあった。結果は、中庭を挟むと魔法が歪む。エコーをかけたように聞こえ辛くなり、耳鳴りまで始まってスノーホワイトは変身を解除した。中庭を挟まなければそこまで酷いことにはならないため、結界以上のなにかがあるのだろう。

テティはそこを通学路としている。なぜ魔法少女学級はそんなことをさせているのか。ハルナの心の声からは、それに関してなにも聞こえてこなかった。こちらも異常だ。

それにフレデリカだ。プク・プックでさえ諦めた危険な場所と知りながら踏み入ろうとしている。なにをどうするつもりなのか。彼女と接触したメピスやアーデルハイトの心の声からだけでは推測することさえかなわない。

「あーあ、終わっちゃった」

「結局作戦決まりませんでしたね」

「頑張ろう！　とにかくガッツで乗り切る！」

「ファイトファイト」

「デストロイ」

コートへ向かう一般班員達からワンテンポ遅れてスノーホワイトも立ち上がった。

◇プリンセス・デリュージ

デリュージは、「魔法の国」の管理下にない、いわばモグリの魔法少女だ。そのため、魔法少女にとっての公的機関「門」をいたずらに使用することができない。そのため、遠い場所に行くなら自前で走るか乗り物を使うか、ということになる。そしてこれまた一般の魔法少女とは違い、デリュージは魔法少女に変身し続けるために薬物による補給を必要とする。なので矢鱈に変身するわけにはいかず、ある程度距離が離れると飛行機か電車を使うしかなくなってしまう。

このように、デリュージにとって遠隔地への移動は手間暇とお金を費やす。その辺の事情を心得ていてくれる相手であれば、デリュージと待ち合わせをしようという時に遠く離れた場所を指定したりはしない。たとえばスノーホワイトと待ち合わせする時は、時間も場所もこちらに都合を合わせてくれる。

ラピス・ラズリーヌとの会合場所に指定された某県某所のカフェは新幹線を乗り継いでいかなければならないくらい遠かった。少しもこちらの事情を慮ってくれる気配のないラズリーヌに、腹が立つよりもなんとなく安心した。デリュージの知る魔法少女「ブルーベル・キャンディ」であれば、本人は気を利かせているつもりなのにやらかしてしまう、というのが、いかにもありそうに思えたからだ。

新幹線に揺られ、乗り継ぎを間違えないよう注意して指定の駅で降り、そこから歩く。歩き始める前、少し悩んだが人間のまま行くことに決めた。変身して出向く、というのが臨戦態勢を思わせたのと、地下研究所でさっと変身解除してみせたスノーホワイトのことが頭に浮かんだのと、最後は向こうにとっても予想外ではないかと思った、だ。

驚いた顔で出迎えるブルーベルのことを思うと少し面白い。

田舎三割、都会七割くらいの商店街を歩き、五分で到着した。デリュージは店構えを見て「ふむ」と呟いた。予想していた店とはずいぶん違う。密談に向いている個室のある純喫茶ではないか、と思うでもなく思っていたが、ファンシーなカタカナのフォントで「マジカルティーータイム」と表記されている看板はなんだか安っぽい。

呼吸を整え、意を決して扉を開いた。やる気のなさそうな「いらっしゃいませ」の挨拶、ちょび髭に蝶ネクタイのマスターがこちらを見ている。店内は、紙の輪を繋げた飾り、フィギュアの並んだケース、壁にはアニメのポスター、アニメ雑誌が並んでいる本棚、と所謂「オタクショップ」的だ。

「コスプレご希望ですか?」

「あ、いえ……結構です。それより連れが先に来て……」

「はあい、こっちこっち」

声のする方を見ると、大きく、かつカラフルなアフロヘアの少女が座っていた。緑色の髪をツーテールに結んだ少女と向かい合って何事かを話し合っている。どちらも魔法少女だ。

「そっちじゃないって。こっちこっち」

アフロヘアで隠されそうになりながら青い魔法少女が手を振っていた。デリュージは小走りでそちらに向かい「奥の個室とってあるから」というブルーベルの後を追った。

個室はどんなものかといえば、店内と大差ない。キューティーヒーラーの小さなぬいぐるみが並び、魔法少女のコスチュームがハンガーにかけてある。ブルーベルは「さて」と席に腰掛け、デリュージを見た。表情に険がある。

別に予想通りの驚き顔でなければ嫌だ、というわけではない。だがこちらの事情を無視して遠方に呼び出した挙句にそんな顔というのはいただけなかった。

結局ブルーベルではない、ということなのだろう。当然だった。がっかりする方が馬鹿、というだけだ。デリュージは特になんの感情も込めることなく相手を見返した。

「この店はコスプレ喫茶ってやつでね。魔法少女が変身せずにお茶会できる数少ないお店なんだ」

「ふうん」

「この店を愛好している魔法少女は少なくない。で、揉め事起こして店が使えなくなったら困るから仇敵同士がこの店で出会ったとしても争っちゃダメっていう暗黙の了解……というかローカルルール？　があったりする」

「だから密談には都合がいい、と」

「ああ、密談ってことは理解してくれてたのか。ならあまりいい心掛けじゃないね」

「……なにが？」

「仲間に見張らせておくっていうやり口がさ。一人で来いっていったよね？　いざとなったら腕にものいわせてやろうって腹だったりするの？　おすすめできないなあ。私は約束通り一人で来たけどさ、簡単に負けてやるつもりはないよ」

　デリュージは無表情から困惑に顔を変えて相手を見返した。相手の顔も似たような表情を浮かべて首を傾げた。デリュージも傾げた。

「どういうこと？」

「いやどういうことじゃなくて。仲間待機させてるでしょ」

「させてないけど」

「とぼけるの？　させてるじゃん」

「させてないって」

「え？　なに？　ひょっとして気付いてない？」

デリュージは立ち上がり、変身した。この店の中なら魔法少女に変身していても問題はないらしい。この格好で出入りしても許されるだろう。そう考え、個室を出てから真っ直ぐ店の外に向かい、耳を澄ませた。人間の時と違い、魔法少女に変身していれば気付くものもある。

二分後、デリュージは電柱の陰に隠れていたキャサリンとブレンダの二人を連れてブルーベルの前に戻った。「心配だった、あとカフェに行くと聞いて美味しいものを食べるのかと思った」という二人を謝らせ、その間ブルーベルは腹を抱えて笑っていた。

「いやごめん……違う……悪気はないんだけど……がっ……ぐっ……ちょっと面白過ぎて……あんたらなにやって……ぐふっ……デリュージも人間のままだったから尾行に気付かないって……本当……がはっ……」

彼女がまともに会話できるようになるまで更に五分を要した。

◇リップル

細波華乃(さざなみかの)は話すことが苦手だという自覚がある。基本誰に対しても自分から話しかけることはなかった。小、中、高と一貫して友達ができることはなかったが、それで別に困ったことはないし、複数いるより一人の方が気楽で面倒がない。

家族に対しても自分から話したことは少ない。物心つく前はあったのかもしれないが、そんなことは覚えていないし、物心ついた後は「鬱陶しい母親」と「新しい義父」しかいない家族に話しかける必要は感じなかった。

トップスピードはリップルに繰り返し話しかけてきた。返したのは主に舌打ちで、言葉を返した記憶はあまりない。それでもトップスピードはリップルから離れることはなく、今思えば、それをいいことにリップルも態度を改めなかった。彼女が自分の友達だったと気付いたのは、彼女が死んだ後のことだ。

スノーホワイト相手には比較的普通に話すことができたのは、きっとトップスピードに対する後悔があったのだと思う。自分からなにも話さず、ある日相手がいなくなってしまい、こんなことを話せばよかったと思ってももう遅い。

別に話すことが得意になったわけではない。話さないことのデメリットを覚えただけのことだ、と自分では思っている。ひょっとしたら違うのかもしれない。

スノーホワイトと離れてからは本当に話す機会が減った。だからルールルー相手に話したのは久々だった。なにからなにまで話したものかもわからず、どう表現すればいいか、そもそも口はどう動かすものだったのか、そのレベルでリップルは戸惑っていた。

ルールルーはぺらぺらと話した。恐らくは話す意味もないであろう子供時代の頃から話した。宝石を使って詐欺のようなことをしていた父親が恐ろしげな大人達に連れていかれ、残った母親は金とルールルーを交換、ルールルーは初代ラズリーヌの元で修行の日々を送ることになり、自分の師匠も含めて誰一人信用することはなく、そして誰にも信用されることはなく、当然ラズリーヌにもなれず、ごみを拾うような仕事を押し付けられている。

そこまで話してから「あっ」という顔でリップルを見てすぐに目を逸らした。ごみを拾うような仕事、というのが、つまりリップル係であるということ、いわなくてもいいことまで口にしてしまいしくじった、と思っているのだろう。

なぜか腹は立たなかった。なにからなにまで包み隠さず話そうという彼女の言葉が証明されたといえなくもない。それに、口に出してから気付いたけれど誤魔化すこともできないルールーを見ていると無性におかしさがこみ上げ、リップルは数度の咳払いによって笑いを誤魔化した。なぜかリップルの方が誤魔化しているという事態におかしさは加速し、リップルは数度の咳払いを追加した。

そういえば話を聞くことも得意ではなかったのだと思い出した。そんなことも忘れてしまうくらい会話から離れていた。ルールーの話を咀嚼し、理解しようとしていると、話はもう次に飛んでいる。ついていくだけでも必死だ。

ルールーが余計なことまで話したからにはリップルも余計なことを話さなくてはならない。向こうは本当に包み隠さず話してくれた。リップルだけ隠しているのは、なんというか、リップル自身が気に入らない。普通なら絶対に話すことがないこと、家族のことやクラムベリーの試験で起こったこと、フレデリカに操られていた時のことまで話すはめになった。ルールーが話すのだからこちらも話さざるを得ない。

形としては殴り合いが近い。殴られたから殴り返す。話されたから話し返す。

数時間後、ルールーは仰向けになり、足だけをベッドの外に放り出しいた。口から漏れてくるのは言葉ではなく、呻き声だ。

リップルは俯き、額に手を当て、ベッドの上に腰掛けていた。どうにか横にはならず、座っていた。体力はともかく気力が尽きかけている。

勝った、のかどうかはわからない。ルールーの思うようになったというならその通りで、ならば負けたのかもしれないが、しかしリップルの気分としては「殴り合いに勝利した」というのが一番近い。

天井を見上げた。そんな物に目があるのかは知らないが、スプリンクラーと目が合った。

自分自身が嫌になる、というのが長い間続いていた。

ピティ・フレデリカが洗脳を解除したタイミングから、リップルを怒らせようとしているということははっきりわかった。まんまと乗せられてリップルはフレデリカに無謀な突撃を敢行しようとし、ラズリーヌに止められた。

リップルは、まあまあ複雑な思いを抱えつつ、一応はラズリーヌに感謝している。そのまま感情に任せて突っ込めばただ死んでいた。きっとフレデリカが喜ぶことだろう。

確実に殺したい。それが今のフレデリカに対する素直な思いだ。

なにもできず、死んだように生きていた頃はこんなことすら考えられなかった。だが、こんなことばかり考えている今も、同じといえば同じだ。死なないから生きている。そして生きているからにはやらなければならないことがある。スノーホワイトはまだ戦っている。ピティ・フレデリカは生きているだけで大勢の人達を傷つけ、苦しめる。スノーホワイトに戦う手段を与えたのはリップルだ。後は死ぬだけだったピティ・フレデリカを助けたのもリップルだ。

トップスピードがいれば、少し落ち着けよ相棒と肩に手を置いたかもしれない。だがトップスピードはもういない。ルールーと話している間に思い出した。

リップルの肩にはなにもない。死んだように生きていたのだから死ぬことも容易い。ただ死ぬよりは少しでも意味のある死に方をすべきだ。自分自身の生命を使ってピティ・フレデリカを滅ぼす。

ここに来るまで無駄に時間を費やしたが、実戦の感覚はすぐに取り戻した。敵と戦う。敵が強ければ強いほどいい。強い敵、つまりフレデリカにとっても大切な存在だ。枝葉を払うだけでも意味がある。ここ死んでもかまわないという気持ちで戦う。

全く見えなかったフレデリカの背中がようやく見えてきた頃、リップルは自分の変化に気付いていた。生きているだけで苦しかったのに、今は違う。苦痛が和らいでいる。安いビジネスホテルで喘いでいても苦しみはない。

理由はわかっていた。0・ルールーだ。こいつがいるから多少は安心できるか、と思っている。

ルールーが怪しい魔法少女であるということはなにも変わっていないのに、少し話しただけでリップルの感情が主の意に反して変化している。トップスピードの時も、スノーホワイトの時も、勝手に変わる。

第六章　邂逅

◇サリー・レイヴン

創立祭に参加することが決定した。そこまではよかった。そこから先がよくなかった。予想できていたことではあったが、参加に際して校長からつけられた注文は数多く、けっこうな縛りになっていた。

公序良俗に反する振る舞いはすべからず、梅見崎中学及びその生徒教師に迷惑をかけてはならない、魔法少女ではないかと疑われるようなことをするな、一致団結して事に当たれ、それくらいは当然として不満はない。

版権ものを扱うべからずという項目に「キューティーヒーラー禁止ってことじゃん」とサリー個人は大いに憤慨したが、冷静になって考えてみると確かに禁止した方が無難であるため、怒りは飲み込むことにした。魔法少女としての力を使ってはならないという注文も、不満に感じるクラスメイトは少数いたが、サリー自身は「そりゃそうでしょ」の範(はん)

疇に入ると思っている。軒先を貸してもらう方が好き勝手していいわけはない。

問題はここからだ。

入っていいのはグラウンドまでで本校舎の方に立ち入ってはならないというのは「我々はなんのために参加するのか」という気しかしないし、梅見崎中学の生徒教師と会話すべからずというのは「じゃあ話しかけられたら無視しろってことですか」となるし、飲食物を扱うべからずという一文にはプリンセス・ライトニングが平手で机をバシンと叩いた。

その場にいた全員がライトニングを見たが、見られた当人は「なぜこちらを見るのか」という涼しい顔で司会進行のテティに掌を向けさっさと進めるよう促した。

皆、多かれ少なかれ不満を持っていた。差があるとすれば、それを口に出すか出さないかというだけだ。アーリィドリィ姉妹は絶えずキィキィと怒り、プシュケの悪態は回数と深度を増し、アーデルハイトやミス・リールのような普段大人しい生徒達も周囲を上手く宥めることができず、なんなら本人が困ったような表情を浮かべている。いつもなら文句たらたらであろうメピス・フェレスはなぜか黙ったままだったが、それでもなんとなく屈託のようなものは感じ、彼女もこの事態をよく思ってはいないのだろう。

当然のように話は纏まらなかった。一日目、二日目、学級会の時間が無為に消費されていき、カルコロは案山子のように動かず、これはもうどうしようもなかろうとテティが諦めた。といっても創立祭への参加を諦めたわけではない。

校長からの申し渡しについて不満点をつらつらと書き連ね、上申書の形式にして提出しようということになり、これにクラス全員満場一致で賛成した。正確にはカルコロは慌てて反対したが、先生に迷惑はかけません、我々の責任において提出します、と引き下がらせ、出来上がった上申書をテティが持っていくことになった。

◇ハルナ・ミディ・メレン

ふざけるなと叩きつけてやりたがったが、ハルナは耐えた。渡されたぺら紙を三読し、溜息を吐き、魔法少女達の欲深さに眩暈(めまい)がした。

創立祭への参加を条件付きで認めるというだけでも驚きの大譲歩だったのに、今度はその条件が気に入らないと騒ぎ立てる。なにをどう許可しても彼女達が満足することは永遠に訪れないのではないかと思った。認めれば認めただけ調子に乗り、もっともっとと新たな餌を要求し続ける。度し難い。

カルコロを呼びつけてこのぺら紙が提出された経緯について説明させた。怒鳴りつけてやりたかったが、ここで怒鳴ればハルナは怒っているということがカルコロに知られ、後々許可を与えた場合、怒っていたのになぜ許可したのかと不自然になるため、精一杯の無表情で淡々と「事実だけを話せ」と命じた。

それでもカルコロは怯えていたが、ハルナの前に立つ彼女が怯えていなかったことはないため、気にせず話させた。誰がどんな発言をしたか、どんな反応をしたのかを説明させ、充分に聞き取りを済ませた後下がらせた。

誰もいなくなってからハルナはデスクを拳で叩いた。

「ゴミども」

ハルナは全ての魔法少女をゴミだと断じているわけではない。魔法の国にとっても魔法少女は必要であり、尊敬に足る有能な者もいる。ただ全員ではない。むしろ害悪な存在の方が多い。鍛錬を怠っているだけならマシな方で、魔法少女の力を違法行為に使って喜んでいるような連中が本当に多い。逆に、有能さを持て余して燻ぶっている者もいる。だからこそ魔法少女を教育するための機関が必要だった。

まだ新人の頃にクラムベリー事件の調査を命じられ、目を覆いたくなるような惨劇をいくつもいくつも目の当たりにした。生き残っていればきっと大成したに違いない綺羅星のような魔法少女達が、戦闘能力と小賢しさだけに長けた連中の犠牲になった。

調べれば調べるほど憂鬱になる事件だった。出世の足掛かり程度にしか認識していなかった調査班での毎日は、魔法少女について考え直すきっかけになった。ぼんくらスカウト達が多少は真面目に働くようになり、魔法少女の数も増え、それに強力な魔法の使い手も増えてきたのに、精神が追い付いていない。強いが心は歪んでいる、なんて魔法少女はいない方がマシなくらいだ。このままでは正しい運用など出来ようもない。

クラムベリーの起こした事件でさえ氷山の一角だ。解決しました一件落着でお仕舞にしていいわけがない。魔法少女全体の教育レベルを三段階は引き上げ、顕在化したもの、そうでないもの、あらゆる事件の発生率を一割以下に抑え込み、やがてはゼロにする。

そう考え、プク派の失策に付け入り、連中がキープしていた遺跡を一つ奪い取ってようやく立ち上げた魔法少女学校は、最初の一歩からほぼ躓いてしまった。ハルナの想定する「無垢で無知だが将来有望な魔法少女達」の受け入れ先ではなく、ろくでもない魔法少女達の集まりになってしまったのだ。派閥の権益拡張を目論んで送り込まれた尖兵的存在ならまだマシな方で、潜入工作員だったり現役のテロリストだったりという不埒者たちが正しい資質を持つ魔法少女のような顔をして学級に通っている。

尖兵も、工作員も、テロリストも、魔法少女学級の生徒達は皆、自分こそが選ばれた存在だと思っているのだろう。だから全てを自分の望むように動かしたくて仕方ない。その挙句にこんなものを提出する、とデスクの上に置いてあったぺら紙に拳を叩きつけた。

カルコロの説明によれば、スノーホワイトは積極的に賛成することはなかったという。多少なりとも救われた気持ちにさせられた。魔法少女学級という神輿の上に座っていてもらわなければならない魔法少女が有象無象と一緒になって騒いでいるようでは困る。

——それにしてもゴミども……。

拳を振り上げ、振り下ろす前に深く息を吸い、五度に分けて息を吐く。魔法のデスクは多少の衝撃程度ものともしないが、だからといって感情に任せ乱暴に扱うのは教育者がすべきことではない。

拳を開き、ゆっくりと下ろし、紙ぺらを持ち上げ、目の前に持ってきた。空いている左手で眼鏡のフレーム位置を整え、愚にもつかない内容と知りながら読み返した。魔法の眼鏡は、どんなに下らない内容の文章でもはっきりくっきり映し出してくれる。

許可を出すとして、いきなり全て認めますというのは駄目だ。規律に厳しいはずの校長が生徒の圧力に屈するとしても、いきなり全ては不自然が過ぎる。見る者が見れば疑問を抱く。ハルナが創立祭への参加を許可したというだけで既に不自然さを嗅ぎとっている者もいるはずだ。

ピティ・フレデリカやラピス・ラズリーヌ一派は不自然さに気付いた上で、創立祭(これ)を好機だと捉えているだろう。現在、ホムンクルスの防衛機構は失われ、監視カメラのみが防犯の役を担っている。たとえ監視カメラに見咎(みとが)められたところで、防衛部隊が駆けつける前に押し込みを済ませてしまえばいい。そこに創立祭という条件が加われば、調査も容易ければ潜入も可能だ。

盗人(ぬすっと)にとって都合が良過ぎる、罠かもしれない、そう考えるに違いない。だが、それでも、この機を逃せば地下遺跡から遺物を持ち出すことは難しい、と思ってくれれば、七対

三、否、八対二で連中は動く。ハルナが隙を見せてやることで釣り出しを狙えるのなら腹立たしい思いの一つや二つは安いものだ。

フレデリカやラズリーヌ以外にもネズミはいる。実験場のカルクトン、プク派のティッツ、人事のジューベ、あたりは火事場泥棒か漁夫の利を狙っているかもしれない。その辺は脅威度も有害度も優先度も前二者に比べて低いため今は置いておく。

魔法少女刑務所から送り込まれたカナについても同様だ。彼女と会話をした中でただならぬ気配を感じ、情報局の力を使って調べようとしたが、どう調べても刑務所で止まってしまう。前歴が全く出てこない。フレデリカが送り込む前に前歴を消したのだとすれば、それこそ油断ならない敵だ。だがカナを調べることに力を入れ過ぎ、他を怠ってしまっては元も子もない。そのため、今は置いておく。

とりあえず創立祭だ。テティを通して校長が迷いながらも許可を与えたという情報を流す。生徒達との折衝（せっしょう）を一度では終わらせず、お互いに妥協を繰り返したところで妥結する。少しでも不自然な匂いを消す。

これは必要なことだ。いちいち怒っていては身体に悪い。自分にそう言い聞かせ、羽ペンを手に取り、赤字で注文を付けくわえていった。魔法の羽ペンはハルナの感情を無視してすらすら動く。派閥の尖兵、潜入工作員、テロリスト、そういった魔法少女達にとっては最後の祭りになるのだから、大らかな気持ちで許可を与えてやらねばならない。

全てを綺麗にしてから、魔法少女学級は、本来の理念、それに正しい資質を持った生徒を取り戻すのだ。

◇プシュケ・プレインス

何度かの書類による遣り取りを経て、お互いに妥協しつつ、創立祭への参加条件が決定した。魔法少女の力を使うべからず、梅見崎中学の生徒との度を超えた接触を慎むべし、出し物は梅見崎中学と被らないよう注意せよ、版権ものは禁止、といった「まあこれならいいか」と思える程度に落ち着いた。

カナなどは「いざとなれば俺が直談判に行かねばと考えていた」ということを真剣な顔で口にしていた。どう考えても揉め事の種、というより揉め事そのものになるとしか思えず、顔も知らない校長に「よく妥協してくれた」と感謝した。

プシュケはいつものようにぶつくさと愚痴をこぼし、不機嫌な表情を保っていたが、内心はかつてなく浮かれていた。まともな学校生活は魔法少女になる十歳までのこと、なって以降は学校生活を切り捨てて魔法少女活動に邁進していた。そうでなければフリーランスとして身を立てることは叶わなかったし、後悔をしているわけではない。だが、少しだけ、学校生活の楽しそうな部分に惹かれないわけではない。それは修学旅行だったり、遠足だったり、そういう行事だ。当然仲のいいクラスメイト達の存在が必須となる。

　プシュケがクラスメイト達と仲がいいか否かは意見の分かれるところだろう。だが最近は以前ほどぎすぎすすることもなくなったし、創立祭に参加しようと全員で意見を出したりするのは――たとえカナのような危なっかしいものであっても――楽しかった。同じ班のメンバーも、見た目がいかつ過ぎるやつだったり、自由にも程があるやつだったり、空回りしているやつだったり、隙あらばアニメの話をねじ込んでくるやつだったりするが、つまらないやつらではないし、むしろ面白味は強い。

　以前サリーと交わした約束にしても、当時は傭兵として功利を重視した口約束のつもりだったが、こうなってくるとクラスメイトとの秘密の約束というのがいかにも普通の学校生活らしくて「いいかもしれない」と思えてくる。

　プシュケの内心は、創立祭への参加が決定し、それから徐々に形が定まっていく中で悪くない方に流れつつあったが、なにをするか決めようというところまでいくと徐々に怪しくなってきた。校長との交渉がようやく終わった翌日の学級会でクラスメイト間の対立が表面化した。

　プリンセス・ライトニングは絶対に飲食関係にすべきと主張した。

「学園祭といったら模擬店でしょう。それ以外ある？　私はないと思う。これはもう絶対よね。譲るつもりは一切ないから」

クミクミは皆で力を合わせてものづくりをしようと提案した。

「人気のある……模擬店は……もう……梅見崎がやると決まっている。マニアックな……物を……売ろうとするより……全員……一致団結して……なにか、こう、記念になるような……見る者を感動させるようなオブジェを……」

他にも「町のマップを作る」「学校の七不思議を調べる」「ジェットコースター」「ティーカップ」「お化け屋敷」「楽器演奏」「演劇」「固有名詞を伏字にしてキューティーヒーラーの歴史を纏める」「コスプレ撮影」「朗読会」「腕相撲」「お菓子作り」「占いとおまじない」「漫画喫茶」「ペットの飼い方講座」「漫画の描き方講座」「可愛いリリアン編み講座」「格闘術講座」「詰将棋」「刃物研ぎ」「ボールプール」「法律に引っかからない範囲で所持できる武器について学ぶ」「サンドバッグカフェ」「映画観賞会」「メリーゴーランド」「液体を科学的に学ぶ」といった様々な案が出ては消え、最終的には曖昧でふわふわした「オブジェ制作」と本人の欲望が隠しきれていない「模擬店」の二つが残った。

この時点で相当な時間と熱量が消費されていた。プシュケとしては「もうなんでもいいから早く決まって欲しい」という気持ちでいっぱいだったが、ここからが本番だった。ライトニング案とクミクミ案が残ったということは、つまり三班と二班の対決という構図になってしまうのだ。こういう時、後ろに退くことを恥と考えている二班班長、そして譲るつもりはないと最初に明言している三班班長、どちらも折れる未来が見えない。

最近元気がなかったとはいえ、メピスはメピスだ。見た目が文学少女でも気質はヤンキーそのもので喧嘩上等だ。ライトニングはどこまでもライトニングだ。自由であるが故に阻(はば)むものの存在を認めない。

時間切れのためその日のホームルームは終了、後日の話し合いでも決まらないなら投票で、ということまで決まった。この決定により、二班、三班ともに一班へ照準を合わせることになった。一班の票があれば勝ちとなる。

クラス内の過半数を確保するため、工作が行われた。給食のデザートを横流ししたり、掃除当番を代行したり、そういった利益供与によって決選投票時の協力を要請する。言葉に出して頼めば違法行為になってしまうため、あくまでもただの親切であるという建前の元に行われる袖の下は、むしろ一班の班員達を戸惑わせているようだった。そしてプシュケはげっそりした。

放課後、いつものカフェテリアでサリーと待ち合わせをし、プシュケは魔法少女学級では口にできない類の愚痴をこぼした。

「せっかく、こう、クラスの雰囲気がよくなってきてたのに。またぶつかり合うとか、そういう方面に向かっていって本当嫌になる。どっちか折れりゃいいのに、どっちも折れやしないし。班長がいかれてるから班員が苦労させられる」

プシュケの愚痴を聞き、サリーは笑った。

「いやあ、それはちょっと違うんじゃないかと思うねえ」

「は？　違うってなにが」

笑われたことにむっとして言葉を荒げかけたが、サリーは表情を引き締めて「いやいや」と右手を振った。

「以前のそれに比べればね、じゃれ合いみたいなもんだと思うねえ」

「そう？　そうかな」

「なんだかんだ楽しんでやってるよねえ。プシュケも一緒に楽しんじゃえばいいよねえ」

「楽しむ……ねえ」

サリー・レイヴンは、変身前の姿からして見るからにリアルが充実していそうで、いかにもスクールカーストが高そうだった。そして見た目だけでなく実際にコミュニケーション能力が高く、三班の変人達ともごく普通に会話をして笑ったり窘(たしな)めたりすることができる。広報部門というコミュニケーション強者の集まりの中でやってこれたのだから、まあ色々と慣れているのだろう。

そのサリーが大丈夫だというのだから大丈夫なのだろう、と多少の反発を覚えながらもプシュケは納得した。翌日の学級会では、決戦投票までいくことなくあっさり決定した。テティの提案した「オブジェで飾った模擬店」案だった。

学級会終了後、プシュケは「こんなことなら無駄に揉めるんじゃねえ」といった愚痴をこぼし続けた。

◇奈落野院出ィ子

魔法少女学級は創立祭参加に向けて浮き立っていた。出ィ子も単なる一生徒という立場であれば、口数は少ないながら一緒に浮き立つことはできただろう。しかし本来の役割である潜入工作員という立場を考えれば、心底から浮き立ってはいられない。創立祭への参加がいよいよ本決定になったということは、Xデイへのカウントダウンが始まったということと同義だからだ。

だが、出ィ子と同じ役割を担っているはずのプリンセス・ライトニングは明らかに浮かれていた。彼女は表情をころころと変えるタイプではないが、思っていることを殊更隠そうとはしない。まるで思いを隠すことが不自由であると考えているようだ。

ライトニングは創立祭の出し物を自分の望むものにすべく全力で戦い、テティの仲介によって二班の案と合わさった時も全力で喜び、メピスと握手をしている時も形ばかりのものには到底見えず、力を合わせて頑張りましょうという言葉にも偽りの響きはなかった。

信じられないことに彼女は本気だった。放課後、ランユウィ、出ィ子、ライトニングの三人でカラオケボックスの一室を借りて定期的に行っている会合——報告であったり、方針の擦り合わせであったり——でもとんでもないことを口にした。

夜の学校でまたしてもアーデルハイトと接触し、創立祭のタイミングで事を起こさないように釘を刺しておいたのだという。あまつさえお互いに情報を提供し合おう、創立祭が問題なく行われるよう協力しよう、と申し出たのだそうだ。

ライトニングは「二重スパイなのか？」と疑われるようなことを堂々と話した。出ィ子は内心困惑しながらも最後まで聞いた。ランユウィは見るからに動揺しながらも最終的には「なるほどそういうのもアリっすね」と頷いていた。

アリなわけがなかった。

ランユウィ、出ィ子、ライトニングと三人の魔法少女がいて、本来リーダーをやるなら単独行動を任されていたライトニングだろうと思っていた。出ィ子、ランユウィは同じラズリーヌ候補生であり、形の上では同格であるため、出ィ子がリーダーになればランユウィは気に病むだろうし、ランユウィがリーダーになれば上手く回せないのではないかと思える。

だがライトニングはリーダーに選ばれず、出ィ子が押し付けられることになった。ランユウィは明らかに気にしているし、これは失敗人事ではないかと疑ったが、プリンセス・ライトニングという魔法少女と付き合えば付き合うほどに「こいつにだけはリーダーをやらせてはならない」という思いは強くなった。

彼女は一見すると有能そうに見える。度外れて美しい容姿はそのまま押し出しの強さに繋がり、堂々とした態度で怯みも弱気も一切露呈させず、見るからに只者ではない。魔法少女学級に通うクラスメイト全員が例外なく「プリンセス・ライトニングは只者ではない」と考えているのではないか、と出ィ子は思う。

だが彼女にはリーダー適性もなければ潜入工作員適性もない。クラス内に不和を撒き散らしてやろうとしていた方針をくるりと変更し、今はただただ創立祭を成功させようとしている。アーデルハイトに接触し、襲撃するにしても創立祭は避けるよう忠告するなど立派な利敵行為ではないか。

見た目を重要視する者が多いことを知っているからこそ、出ィ子は髪形や服装にも気を遣う。一目見て「只者ではない」と思ってもらえば、それだけでスムーズに進むこともある。ライトニングがやっていることも、生まれ持ったものを利用しているという点を除けば、要するに同じだ。だから出ィ子は騙されない。冷静さをもって観察し、彼女の行動を評価する。

見た目に騙される者もいる。ランユウィがそうだ。彼女は、容姿の美しさであったり、自信ありげな振る舞いであったりにころりと騙される。かといって「騙されている」と指摘するのも障(さわ)りがあった。ランユウィは精神的に強いとはいえず、始終悩んでいる。間違っている点を素直に「間違っているから直しなさい」といえば、それを気に病み、期待された仕事を果たせなくなってしまうかもしれなかった。

ランユウィは便利至極な固有魔法を持ち、戦闘もこなせる有能な魔法少女だ。しかし当人は、適性があるとは思えない「ラズリーヌ」という現場リーダーに憧れている。言葉遣いまで真似てラズリーヌになろうとしている様は、滑稽を通り越し、悲哀が見えた。

そこまでわかっているのに指摘はできない。ランユウィのメンタルを保たせるのもまた出ィ子の仕事だからだ。プリンセス・ライトニングを制御し、その上でランユウィが仕事をできるようにしておかなければならない。

出ィ子は自身の能力を理解しているつもりだ。戦うことはできる。それ以外のことは得意とは言い難い。人間関係の調整役は任されたところで手に余る。

ライトニングがラズリーヌの手の者であると明かされた時点で、師匠には「自分には難しい役割だ」ということを伝えたが「あなたは自己評価が低い」と一蹴(いっしゅう)された。

ライトニングは美しい声で朗々と話す。

「ホムンクルスが暴走した時にね、私は楽しかったの。アーデルハイトだったり、他の二班メンバーだったりと協力して敵と戦っていてね、ああ楽しいなあって思えたのよ。創立祭でも同じように一つの目標を目指して協力したらきっと楽しいでしょう。勿論それで済ます気はなくて、手順を踏んだ上でいざとなった時、みんなを倒してやったらもっと楽しくなるのよ、きっと。だから今は溜めの時間ってところね。ほら、私は一度アーデルハイトにしてやられたでしょう。正直、強さの序列とかどうでもよかったんだけど、いざ負けてみるとこれが案外悔しくて。このままで終わらせるのはちょっとないなって感じで。そういうわけで決着自体は絶対につけるから安心して。エンドマークに繋げるためのモチベーションを高めるために創立祭は必要って話ね。それにそうやって触れ合う機会を増やすことでいざ戦う時に動きを見切ったり弱点を見つけたりなんてことができたりとか、まあそこまで上手くいくかはわからないけど」

まくしたてられるとランユウィの脳は働きが鈍くなり、目の前の人物の容姿であったり態度であったり地位であったりにより強く惑わされるようになって、判断能力を喪失する。

出ィ子は水飲み人形のように頷くランユウィを横目で見て「流石にこれを放置しておくのはまずい」と考えた。カラオケボックスを退出後、ランユウィを学校への偵察へ誘い、「ライトニングも誘わないいんすか」という疑問にははっきりと首を横に振った。元々夜間の偵察任務は出ィ子とランユウィに課せられている。ライトニングは無関係だ。最近は色々あって回数を減らしていたが、今日やるのは悪いことではない。

「二人で行きたい」

出ィ子が言葉を口にすることは滅多にない。それを知っている者であれば、出ィ子がいうことをある程度重んじてくれる。ランユウィはどうしてそんなといったことをぶつぶついいながらも出ィ子の誘いに応じ、二人の魔法少女は夜の学校へと走った。

カラオケボックスを出た時点で薄暗くなっていたが、学校に着く頃には日は沈み、部活動に励む生徒も創立祭の準備をする生徒もおらず、特に魔法少女学級がある旧校舎側は人気どころか生き物の気配もない。

今日はライトニングもアーデルハイトもいないようだ。まだ来ていないのか、それとも今日は休業日なのか、どちらにせよいない方がやりやすい。

出ィ子はハンドサインで指示を出し、ランユウィは同じくハンドサインで了解した。表情はカラオケボックスに居た時よりも引き締まり、緊張感がほの漂っている。とりあえず任務に誘って気持ちを引き締めるという出ィ子のやり方は間違っていなかったようだ。

校舎入口近くまで近づく。当然中には入らない。監視カメラの範囲外で二手に別れ、ランユウィは右手、出ィ子は左手に向かい、校舎に沿って駆け出した。

魔法少女の走力であれば、旧校舎の半周程度、秒で終わる。見ただけでわかるような異常があるはずもなし、すぐにランユウィと合流するつもりで出ィ子は走った。しかし意に反して出ィ子の足は早々に停まった。明確な異常があった。

壁と窓が等間隔で続く普段通りの校舎の外壁に、唐突に穴があった。大人の男でも屈むことなく悠々通れるくらい大きな穴がぽっかりと開いている。壊れたとか、朽ちたとか、そういう類の穴ではない。綺麗に刳り貫かれた、正真正銘の「穴」だ。

出ィ子はその場で即魔法を行使した。驚きと恐怖で反射的に使っていた。どこでもない場所を経由し、近距離を一瞬で移動する。日陰のせいで育成不良の樹木の陰に飛び、身を隠しながらそっと穴を覗き見た。

昼間はこんな穴はなかったはずだ。今日の放課後、誰かが大工仕事をして刳り貫いたにしてはあまりにも馴染んでいる。旧校舎がまだ旧をつけずに呼ばれていた新築の頃からずっとそこに穴が開いていたかのようにしっくりときている。

風が吹きつけた。雲が動いたのだろう、薄暗い穴の奥にすっと陽光が差した。

――太陽……？

日は沈んでいる。だが自然に「日が差した」と感じた。矛盾している。

向こう側に緑色が見える。風に枝葉が揺れている。綺麗に切り揃えられた立派な庭木だ。芝生の淡い緑色が目に優しい。

――中庭。

遺跡の入り口がある場所として最も疑わしいのは中庭とされていた。場所を特定し、入る方法を確保することが出ィ子に課せられた任務の一つだ。

また風が吹いた。雲によって日が翳り、中庭が見えなくなる。出ィ子は息を止めたまま、足音を殺し、一歩ずつ穴に近付いた。そして穴の手前、手を伸ばせば届く距離で止まった。身体はまだ前に出ようとしていたが、強い意志の力をもって足を止めた。

全てが異常だ。ここに穴があることもおかしいし、日没後に中庭にだけ日が差しているのもおかしいし、まるで誘蛾灯に寄っていく昆虫のような自身の動きも理に適(かな)っていない。なんらかの罠である可能性が高い。それもただの罠ではない、強力な魔法の罠だ。

出ィ子は魔法の端末を取り出した。初代にメッセージを入れなければ。そしてすぐこの場を離れてランユウィと合流し、というところまで考え、はたと気付いた。なぜここで足を止めているのか。移動しながらでもメッセージは入れられるし、速やかにこの場を離れるべきだ。なぜか出ィ子の身体がまだこの場に留まろうとしている。

動かなければ、と移動に移る寸前、腕を掴まれた。穴の中から突き出した手が出ィ子の腕を凄まじい力で握り締めている。指は細く、長く、透き通る白さだ。紫色のネイルが深々と食い込み、一筋の血が垂れた。優美でたおやかな手が魔法少女の腕に傷をつけている、即ちこの手の持ち主が魔法少女であることを示している。

手は恐ろしい怪力で出ィ子を引きずり込もうとしている。戦闘強者ばかりのラズリーヌ候補生でさえここまで力の強い者はいない。到底耐えられるものではないと直観した出ィ子はほぼ反射的に魔法を使い、どこでもない空間を経て移動、芝生の上に降り立った。

移動したその場で出ィ子は混乱した。とにかく穴から離れた地点を目標地点にしたはずが、見覚えのない場所に立っている。庭木、煉瓦の小道、東屋(あずまや)。ここは……中庭なのか。魔法が正常に作動していない。出ィ子は離れるように移動しようとしていたはずだ。中庭に入ろうとはしていない。

「ここは魔法少女が学ぶための場所だ」

背後から声をかけられた。耳にしたことのない声——甘さを含みつつもよく通る声だ。魔法少女の声だ。

「お前のように学ぶ気のない者は」

出ィ子は魔法を使おうとしていた。だが動かない。振り返って相手の顔を見ることさえできない。肩に手が置かれた。身動きができない。なされるがままだ。

「いるべきではない」


カラスの群れが大きな羽音を立てて飛んでいった。出ィ子は足を止めず、カラスが飛んでいった方、東の空を走りながらちらちらと仰ぎ見た。ただのカラスだ。別になんということもない。それ以外に特段の異常はないまま校舎の裏に到着する。ランユウィは両手を首の後ろに回して壁に寄りかかり、不満そうな顔を出ィ子の方に向けた。

「遅いっすよ。いったいなにしてたんすか。なんか異常でもあったんすか」

思い返してもカラス以外にはなにもなかった。待ったとしても半秒ないだろうに、大袈裟な物言いをするランユウィに呆れて出ィ子は右頬を持ち上げた。

「で、これからどうするんすか」

顎で校舎の外を示す。帰ろう、という意味だ。

「帰るぅ？　じゃあなにしに来たんすか」

出ィ子は自分が来た方を振り返った。別になにがあったというわけではない。カラスが不吉だ、というつもりもない。そんな迷信を信じているようではサリー・レイヴンと付き合うことは難しいだろう。

なにもなかった。だがなんとなくいい予感がしなかった。魔法少女の予感というものは馬鹿にしたものではないということは、魔法少女であれば、特にラズリーヌ候補生であれば、誰でも知っていることだ。

ぶつくさいうランユウィを促し、出ィ子は足早にその場を去った。

◇スノーホワイト

二年F組の梅見崎中学創立祭での出し物は、アーデルハイトの提案した「ラーメン屋」ということになった。こちらは揉めることなくあっさりと決定した。根強い人気がある普遍的メニューであり、梅見崎の本校とは品目が被っていない。なによりアーデルハイトの先輩魔法少女が最近作ったというブランド物の即席麺を安く卸してもらえる、というのが最も大きなポイントだった。様々なオブジェで飾り付けられた模擬店の中でそれを供する。

食に対して貪欲さを剥き出しにしていたプリンセス・ライトニングは、即席麺という作り甲斐のないものでは納得しないのではないかと思われたが、それは杞憂だった。スノーホワイトと比べて数ヶ月付き合いの長い他のクラスメイト達は、プリンセス・ライトニングが作ることに拘っているわけではなく、あくまでも食べることが大好きな食道楽であることをよく知っていた。一班の班員達、テティやラッピーからそれとなく教えられて「なるほど」と頷いた。

ライトニングがごねないのであれば即席麺はいい選択だ。オブジェ制作で手間を取られることは確定しているため、料理の方を楽にすればそれだけ負担が減る。

それに即席麺といっても馬鹿にしたものではない。魔法を使わずに作られた双龍ブランドのラーメンは、試食会に参加した皆が――「本当に美味しいのかしら」と疑わしげだったライトニングも含め――「これなら充分いける」と太鼓判を押す味だった。

「コシガチガウ」

「オカワリ」

「ひゃっはあ！　これ美味しい！　マジ美味しい！」

「スープ三種類？　へえ、トンコツ味噌醤油ね。次は味噌をいただこうかしら」

「俺はラーメンなるものを初めて食べたが中々奥深い味わいだ。狼どもの餌に相応しい」

「お前さあ、誰もが知ってるって前提で漫画の台詞混ぜんのやめろよ」

「具はもうちょっと工夫したいところだねえ」

「あまり……やり過ぎる……と……単価が……上がる」

「定価の十分の一で回してもらえるって聞いたけど先輩の方は大丈夫なんすか？」

「本格志向かなんか知らんけど、そもそもが高過ぎんねん。十パーでちょうどいいとこや」

「高いなら猶更(なおさら)申し訳ないですね」

「宣伝とテスター兼ねてるからおまけしてもらってウィンウィンやね。あとは後輩にいいとこ見せないいう先輩の意地いうか本能みたいなもんや」

「なんか……その……先輩の優しさを悪用してるような……」

「普段はこっちがへこへこしてんのやからたまには優しくしてもらわんと」

「どこも先輩ってのは……本当に……思い出しただけで腹が立つ」

「いやそんな悪い先輩やないからね？」

「これなら絶対成功すると思う」

テティが噛み締めるように、しみじみと呟き、思い思いに話していたクラスメイト達がしばし静まった。きっと皆それぞれに思うところがあるのだろう。スノーホワイトが思っていたことは「自分の仕事をしなければ」だった。

中庭は依然として空白地帯だ。スノーホワイトの魔法が届かない。全容どころか端緒さえ掴めない。

中庭絡みでは「佐藤さん」の調査も進まない。テティの心の声は佐藤さんに関わるものを殆ど伝えてこないため、何者なのかさえよくわからない。そして彼女の心の声は佐藤さんについて質問するスノーホワイトを警戒していたため、これ以上踏み込むのも危うい。

上手くいかないことはとりあえず置いて、別方向からのアプローチを狙うことにした。魔法少女学級が創立祭に向かっているならそれを利用する。

ラーメン屋はラーメンだけで終わりではない。店内を飾り付けるためのオブジェを作る。概念のみでふわふわした「オブジェ制作」というクミクミの提案は、ラーメン屋というガワを与えられたことでがぜん具体性を増した。ラーメンどんぶりを縁取っているような龍を作り、教室の内周をぐるりと取り囲ませる、「ちょっと大き過ぎるんじゃないか」というアイディアをスケッチだったり構想案だったりで原稿用紙数十枚に纏めてきた。

目の下のクマや虚ろな瞳から当人の疲労が推し量られ、つまり魔法少女に変身して作業したのではなく、人間のままやったのだろう。魔法少女の力を使うべからずという言いつけを愚直なまでに守ったクミクミの行動を愚かと馬鹿にする者はだれもおらず、むしろ学級内の士気を高めた。

校長からのお達しによりクミクミは魔法を使うことができない。しかしクミクミのような創作系の固有魔法を持っているということは、元々その方面の素養があるという場合が殆どだ。設計図からは熱意と意地だけではなく、確かな技術を感じられた。空き缶、鉄パイプ、自転車、テーブル、ブラウン管テレビ、その他様々な廃材を集め、洗浄消毒し、それらを組み合わせることで形作り、色を塗り、ドラゴンに仕上げるという壮大な計画だ。

中学生の一クラスに課せられたオブジェ制作としてはあまりに立派過ぎたが、魔法少女学級のエリート達は、たとえ変身せずとも優秀だった。まずは材料の準備と各人が様々な場所を回って廃材を集めてくる。この場合、サリー・レイヴンが広報部門で不用品を集めてきたりしても魔法少女の力を使ったことにはならない。これが魔法少女の力を使ったとしてカウントされてしまうと、そもそも先輩の助力でラーメン屋を開くことができなくなってしまう。

ホームルームの時間、レクリエーションの時間、放課後、魔法少女達は精力的に行動した。洗い、解体し、刻み、組み立て、塗る、それらの前段階としてとにかく集める。他の魔法少女達が地元であったり所属する部門であったりに向かう中、誰にも見咎められないタイミングを狙い「門」の近くでスノーホワイトはミス・リールに話しかけた。

「ちょっといいかな？　お話したいことがあって」

「はい。なんでしょう」

ほんの少し訝しげに見えるのは、誰もいない場所で話しかけたことを疑問に思っているのだろう。

「ミス・リールって魔法少女管理部門から推薦されているんだよね」

「ああ、そうらしいですね。私はその辺詳しくなんですけど……推薦してくれたという方にもお会いしたことはありませんし」

　彼女との会話はスノーホワイトに、姫河小雪に、強く疲労を自覚させる。相手を気遣う彼女の心の声が聞こえてくるとそれだけで頽れそうになる。だがスノーホワイトは彼女に嘘を吐き、利用しなければならない。

「魔法少女管理部門の部門長には以前会ったことがあってね」

「ああ、そうなんですか」

「で、とても失礼なことをして怒らせちゃって」

「ああ、それは……」

「前から謝りたいと思ってたんだけど、会ってもらうことができなくて。で、その、お願いなんだけど。サリーやドリィが推薦してくれたところから廃品をもらってきてるでしょう」

　サリーは広報部門から大量のダンボールを運んできた。あまりにも多過ぎて運びきれず、プシュケ、ランユウィ、出ィ子も手伝わされている。ライトニングも手伝おうとしたらしいが、丁重に断られたとのことだった。プリンセス・ライトニングを広報部門に連れていきたくない気持ちはわからなくもない。

　ドリィは実験場からよくわからないものを抱えてきた。よくわからないものはよくわからないものとしかいえず、人肌の温もりがあったり、粘液でぬらついていたりした。全部捨ててしまうのも可哀想だとテティがついて仕分けしている。

ミス・リールがおっとりとした仕草で首を傾げた。スノーホワイトが昔の失敗を明かしたことで、人がいないタイミングを狙った理由を察したのだろう。訝しげな気配は消えたが、今度は困惑しているようだった。

「協力できればいいんですが……さっきもいいましたけど、推薦されたというだけでどんな方からどんな理由で推薦されたかも知らないんです。だから連絡先も知りませんし」

「それは大丈夫。あそこは公的機関だから連絡先は調べればすぐわかる」

「そうなんですか？　じゃあ私は必要ないんじゃ」

「スノーホワイトが連絡を入れましたなんてことになっても話は聞いてもらえないし、いきなり訪ねていっても門前払いになるから……それは過去にやらかしたことが原因なんだけど、それを謝ることもできないからずっとそのままで……お願い！　ミス・リールの付き添いってことにすれば一緒に行けるから」

ミス・リールはやはり困っているようだったが、スノーホワイトは彼女が頼まれると弱い人であること、困っている誰かを放置してはいられない魔法少女であることを知っていた。善人の弱みにつけ込むような真似をしているという罪悪感に苛(さいな)まれながら、小雪はいよいよ頭を低くして手を合わせた。

◇ラギ・ヴェ・ネント

　魔法少女学級に格別な思い入れがあったわけではない。ただ設立の経緯は知っていた。そして「これは理念の通りにいくものではないだろう」とラギは思った。魔法少女の教育を謳い文句にしてはいても、推薦する側がそのまま受け取るわけがない。派閥の権益を拡張すべく息のかかった魔法少女を送り込むに決まっている。そうなれば権謀術数の延長線上に魔法少女学級が置かれるだけのことになり、教育も養成もクソもない。

　ラギは「理念ばかりが立派なだけの事業だ」と最初から全く期待していなかったが、かといって割り当てられた推薦枠の一つをいい加減に消費してやろうとは思わなかった。建前上は魔法少女の専門家として魔法少女学級の推薦枠を押し付けられたのだから、責任は果たさなければならない。

　元より魔法少女管理部門に「息のかかった魔法少女」などというものは存在しない。ラギはあくまでも中立な立場、目線をもって魔法少女を選定した。この魔法少女はどうでしょう、などとラギに阿る連中の声は一切無視した。

　経済的に恵まれていない、優れた知性、高い学習能力、飽くなき向上心、優しさ、円滑な人間関係を築くコミュニケーション能力、あらゆる組織と柵を持たないこと、熱意、根気、強靭さ、礼儀作法、年齢、家族、親族、賞罰、資格、様々な角度から検討し、これぞという者を一人選んだ。それがミス・リールという名の魔法少女だ。

各派閥から送り込まれた者でいっぱいの魔法少女学級は伏魔殿となるだろう。「いい魔法少女」のままそこで生きていくのは苦難を伴うことになるはずだ。所謂悪い大人というやつが横槍を入れないよう監視しておく必要があるだろう。

と、思ってはいたのだが、選んでからどうなったかを把握していない。ラギはしばらく前、ミス・リールへの心配りを忘れるくらいに大変な目に遭った。ただの遺産相続会だったはずが、複数の死人が出る大惨事となった。その大変なあれこれが終わってからしばらくが経ち、ミス・リールから連絡が入った。会いたいのだという。

顔を合わせて推薦してもらったお礼をいいたいというのと、廃材があれば分けて欲しいという。創立祭なる学習成果発表会で使うのだそうだ。

久々に魔法少女学級のことを思い、ラギは腕を組み天井を見上げた。天井、といっても管理部門室に境はない。どこまでも続く漆黒の空間が天井だ。

どうやら真面目に学生生活を送っているようだった。なにやら行事に参加し、積極的に協力しているということは、友人もできたのだろうか。それが友人の振りをした悪い魔法少女でなければよいのだが、果たして区別はついているのか。心配事は多い。忘れていたという罪悪感も手伝い、ラギはミス・リールからの連絡にすぐさま返事をした。

ここしばらくの間、ラギはずっと打ち沈んでいた。楽しくなる要素は一切なかった。嫌なことが嫌なことを呼び、以前のラギであれば怒りで打ち消していたが、それもできず、言葉は少なくなり、必要最低限のことすらせず、静かに生きていた。

ミス・リールに返事をしてすぐ、ラギは作業用にゴーレムを作って廃材を集めさせ、さらにまだ足りぬかと他所からも貰ってきた。そして管理部門室のセキュリティを下げてスムーズに入室できるようにしておく。

まるで孫のために働く馬鹿爺だと鼻を鳴らし、世間の孫と祖父が皆このような間柄であるというのなら、やはり家族を作らなかったことは正解だったと一人で納得した。

そこからも諸々の準備を重ね、ようやく人心地ついたところで管理部門室の入り口扉がノックされた。ラギは二度の空咳で喉の調子を整え、入るよう促した。

初めて目にする、といっても姿を見たことがないわけではない。それも含めての資料なのだから当然だ。挨拶をする金属製の魔法少女に対して中空から重々しく頷き、彼女の背後にふと目を留めた。ミス・リールは一人ではなかった。

白い花飾りがふわと揺れ、ラギの表情は見る見るうちに険しくなった。ミス・リールが無表情ながらに驚いているようだったが、後ろの魔法少女が気にしている余裕はない。

「お久しぶりです、管理部門長。スノーホワイトです」

声に出して挨拶を返しはしなかった。睨みつけることでそれを返事とした。

◇０・ルールー

シンディ・ネックチョッパー。生体のみに触れ、それ以外は全て擦り抜ける魔法の超大型剃刀(かみそり)を持つ傭兵魔法少女。刃渡り一メートルを超える剃刀を振るって攻撃、武器や防具で受け止めようとする敵の努力を嘲笑(あざわら)い肉体のみを傷つける。主な業務は貴族の護衛。仕事の外でも剃刀を振るっているらしいともっぱら噂のサディストは、クナイと手裏剣の集中攻撃を受け、全身がハリネズミのようになって倒れた。無生物に触れられない剃刀は、彼女を守る盾になってくれなかった。

コッティ・リエール。触れたティッシュペーパーの強度と性質を変化させる魔法を使う傭兵魔法少女。全身に隠し袋を吊るし、ティッシュボックスを備えている。どこかユーモラスな魔法、見た目に反し、当人は合理性の塊。彼女を甘く見た敵はティッシュに切り刻まれ、あるいは叩き潰される。シンディとは違い、クナイと手裏剣の嵐には硬化ティッシュで対応したが、逆方向の茂みから飛び出したリップルに斬り倒された。

亜魔宮(あまみや)たてる。大工モチーフで魔法の大工道具を多数所持。通常の三千倍の速度で家一軒建築することが可能といわれている。大工仕事で生計を立てればよかったのだろうが、戦いを好む性情を捨てることができず傭兵になった。釘、金づち、鉋(かんな)、鋸(のこぎり)、鑿(のみ)、墨壺(すみつぼ)、危険な魔法の大工道具を用いて敵を仕上げてしまう。倒れようとするコッティ・リエールの身体を目隠しにして死角から斬りつけたリップルに反応できなかった。

黒騎士グィネフィリア。漆黒の甲冑、大剣、彼女の所持品全てがコスチュームであり、魔法がかかっている。固有の魔法は「魔法の馬を所持している」と比較的地味だが、剣術の腕は魔王塾卒業生の中でもトップクラス。特に一対一での戦いに拘り、ルールーから見れば無駄でしかないその拘りを押し通すだけの実力を備えている。シンディ・ネックチョッパー、コッティ・リーエル、亜魔宮たてると立て続けに倒したリップルが彼女の前で足を止め、真っすぐ向き直って頭を下げた。全てルールーの指示によるものだ。

「一対一での勝負を願いたい」

グィネフィリアは兜の下でくくと笑った。

「不意打ちを決めてから一対一を望むか」

「嫌なら……やめておけばいい」

リップルの声に挑発の響きはない。どこまでも淡々としている。だが事実を事実のまま告げている、といわんばかりのその声は、ルールーにはなにより挑発的に聞こえた。

しかしグィネフィリアは怒りも苛立ちもなく、むしろ機嫌がよくなっている。

「いや、かまわん。シンディ達がやられたのは鍛錬が足りなかった故よ」

ほんの十秒前まで一帯にクナイと手裏剣が雨あられと降り注いでいた。だがグィネフィリアの肉体どころか鎧にさえ傷一つない。大剣を振り回して手裏剣とクナイを弾き落とし、愛馬まで守ってみせた。ラズリーヌ候補生であるルールルーの目をもってしてもぎりぎり視認可能な早業だった。

手裏剣とクナイがキャンプ場一面に場所を選ばず突き立っている中、グィネフィリアはひらりと馬にまたがり、リップルに向けて剣を突き付けた。

「我が名は黒騎士グィネフィリア！」

顔は兜に覆い隠され、外に出ているのは隙間からこぼれた白金色の長い髪のみ。表情は窺い知れない。だが声は隠しようもなく浮き立っている。

「リップル」

こちらは底なし沼のように沈んだ声だ。だが動きは素早い。

手裏剣が飛ぶ。クナイが飛ぶ。忍者刀が翻り、巨体の馬がいななく。手出しし難い戦いが始まった。もとより手出しする気はない。手出しできないことが肝要なのだ。二人の魔法少女は移動しながら戦いを繰り広げ、キャンプ場から外れ奥地へと向かっていく。樹木が飛び、土砂が飛び、姿が見えなくなってからも嫌というほど存在を主張していた。

ルールルーはゆっくりと立ち上がり、茂みを揺らして身体を見せた。葉擦れの音を聞かせることで自分の存在をアピールする。リップルとグィネフィリアは全く気にせず戦い続けていた。気にしているのは残った魔法少女達だ。

ここ、山奥の使われていないキャンプ場に集まっていた魔法少女は合計六名。カスパ派に雇われ、指示を待っていた傭兵魔法少女達だ。リップルの不意打ちによって倒されたのがシンディ、コッティ、たてるの三名。リップルと一対一で戦っているのがグィネフィリア。残る二名、魔法の歌による支援を得意とする「ショックシンガー」と機械の右腕に備わる各種機能が自慢の「サイレント・ウェーヴェ」が剣呑（けんのん）な表情をルールーに向けている。

シンガーの腕がそろそろと動き、背中のリュートに手を伸ばす。

「やめときな」

シンガーの動きが止まった。訝しげな目でルールーを見ている。

「なんでやめなきゃいけないのぉ？　あんたが二対一で戦いたくないからってさぁ」

「お互いに得をするからだよ」

「お互いぃ？」

「あの二人の結果を見てからどうすべきか決めた方がいい。こっちは鬼でも悪魔でもないから無抵抗で降伏してくれれば処遇も変わってくるよっていう話」

「はあ？　グィネフィリアが負けるとでも思ってんのぉ？」

「うちの相棒だって負けずに強い。森の音楽家クラムベリーの最後の試験、クラムベリーさえ命を落とした激戦であの子は生き残った」

上から三段目、右から二列目の内ポケット内に仕込んである紫色の石、アメジストに魔法をかけながら話している。「誠実さ」を強調し、その上で「心の平安」を望ませる。

実際嘘は吐いていなかった。もしリップルが勝利して戻ってきた場合、彼女達はルールーと戦わなかったということによってよりよい処遇で拘束される。逆にリップルが負けたとしてもルールーと急いで戦わなければならない理由はない。グィネフィリアに元気が残っていれば二対一どころか三対一になるだろう。

二人の表情から苛立ちが消えた。いわれてみればもっともだと思っている。どうしたものかと戸惑いつつ攻撃してくることはない。やんわりとした形でこちらの停戦協定に応じているも同然だ。本心から戦いたいわけではない相手に「戦わなくていい理由」を提示し、合理的な判断を促す。場はルールーがコントロールしていた――が、問題はここからだ。

今回は全てがぎりぎりだ。なにせ敵の人数が多い。何人かをリップルの攻撃で瞬く間に沈黙させ、最大敵戦力であるグィネフィリアを一対一にのせる。撃ち漏らした敵はルールーが相手をし、一対一の戦いに間違っても介入はさせず、彼女達の雇い主に襲撃を知らせるような真似もさせない。

ここまでは奇跡的に上手くいっている。だがここから先も上手くいくものだろうか。作戦自体が相当に無茶だったが、それでも選んではいられなかった。恐らくは敵(フレデリカ)が対抗策を出すなりしてきたのだろう、送られてくる情報が少なくなり続け、これはそろそろ任務打ち切りかというところで来た久々の仕事だった。スノーホワイトのこと、フレデリカのこと、それらに挟まれ動きたくて仕方ないリップルが飛びついた。

脚には自信がある。二人が戻ってくる前に逃げた方がいい。と損得勘定が得意なルールーは訴えていたが、義理人情を重んじるルールーはその場に留まらせた。ルールーは頭を捻って作戦を立てた。自分でも無茶だと思う作戦だったが、それでもリップルは文句一ついわず、不愛想に「やろう」とだけいった。あれはルールーを信じてくれたのだと思っている。

互いに感情を爆発させた後、話せることは全部話し、聞けることは全部聞き、丸一日かけて話し合った。リップルがどう思っているのかはわからない。彼女にとってのルールーは「とりあえず利用できるやつ」なのか「背中を任せるに値する相棒」なのか、本人の態度からは全くわからない。だが、どんな形であれ、あれだけ嫌い抜いていたのに、それでも信じてくれた。ならルールーもリップルを信じなければならない。この一時的な協力体制はどちらが欠けても沈没する。ルールーはまだ終わりにするつもりはない。

はっきりいって余計なことまで話したと思う。父親のことも母親のことも、話す必要はなかった。一時期自販機で小銭を探すのが癖になっていた、学校へ通っている子供達へのコンプレックス、ラズリーヌ候補生とはいまいち仲良くなれない、気付けば相手の粗探しをしている気がする、そんなことまで話してしまった。

勢いに任せていたのは間違いなくあったが、それだけではない。リップルの話を聞きたかった。彼女がある意味フェアであることは短い付き合いの中でわかっていたし、ルールーが話すのなら彼女も話す、そう考えた。

そして彼女から話を聞くことができた。悪名高いクラムベリーの試験のこと、カラミティ・メアリ、ピティ・フレデリカといった敵のこと、トップスピードやスノーホワイトのこと、母親のこと、ねっとりといやらしい義父が手を伸ばしてきたと聞いた時には「いるんだよそういうやつが！」とベッドを殴りつけてやった。

大事なことからつまらないことまで、きっと話した意味はあった。リップルは今、ルールーの事を少しくらいは信用して戦っている。

一分後、甲高い金属音を最後に山奥は静かになった。戦いが終わったのだろう。

余裕を見せつけねばならないはずのルールーが、音を立てて唾液を飲み込んだ。

魔法少女が一人、足を引きずりながら木立の奥から現れた。髪はざんばら、髪飾りの手裏剣もなくなっている。頭から血を滴らせ、顔は流血で赤く、全身に大小の切り傷があった。頬骨が折れて変形している。肋骨、左肩、外から見てわかる骨折がそこかしこにある。

「向こうに……倒れている」

顎で示した。グィネフィリアのことだろう。

リップルが残った二人を睨みつけた。ルールーは制止しようとし、なにもいえないまま半歩下がった。いつの間にかリップルは口にクナイを咥えていた。じりっと足を前に出す。

リップルは全く戦意を失わず、殺す気で向かっている。根性でどうにかなるとかそういう状態ではないはずだ。はっきりいって戦力にカウントできる怪我ではない。なのに、現在、残った魔法少女全員が、リップルの一挙手一投足に注目している。

リップルが脚に力を溜めた。もう悩む時間はない。ここで止めなければ彼女は死ぬ、という間際、ショックシンガーが両手を挙げた。

「降参する」

リップルが構えを解き、クナイを吐き捨てた。ルールーは泣きそうになるのを堪(こら)えながらリップルの元へ駆け寄った。

第七章　バレるヒト、バレないヒト

◇O・ルールー

　グィネフィリアとの戦いはリップルの肉体を激しく痛めつけた。立っていることが不思議、というのは今までに何度かあったが、今回のは死んでいないことが不思議、だった。ルールーは「流石に次の仕事は先になるだろう」と予想し、ビジネスホテルに籠っての治療生活に入るだろうと考えていた。

　だが師匠からは大振りな魔法の宝石（マジカルジェム）が届けられた。魔法の国のエネルギー源兼通貨としても使用されている魔法の宝石には石言葉などという風雅なものはなく、ただただ使えばエネルギーを得られる、という無粋でわかりやすい効能だけがあった。

　これが意味することは、つまり、早く治せということだ。

　リップルにはいつも以上に包帯を巻き、ビジネスホテルのベッドに寝かせた。隣のベッドにルールーが腰掛け、魔法の宝石からエネルギーを抽出、怪我の治療に向かわせる。

ルールーは俯きながら考えた。

今回はいつも以上に激戦だった、という理由で特別扱いをしてくれるような師匠ではない。魔法の宝石を届けてくれたのにも理由がある。つまりリップルに早く怪我を癒してもらわなければ困るという理由がある。それが意味することは一つしかない。

「ルールー」

顔を上げるとリップルが心配そうな顔でこちらを見ている。

「どうした」

「どうしたじゃないよ。なんで私がそんな心配されなきゃいけないの。どう考えても心配されるべきはあんただっての。自分の怪我理解してるの？」

いいたいことをいい、一息つき、そのタイミングでリップルが口を開いた。

「なにがあった」

「あんたは……そうだよ、あったよ」

ルールーはまた俯き、今度は勢いをつけて顔を上げた。

「うちの師匠にはね、理由のない特別ボーナスなんてものは絶対にないの。こんだけ大きな魔法の宝石寄越すってことは相応の理由があるってことなの。つまりリップルの力が近いうち必要になるかもしれないって考えてるんだよ」

体を起こしかけたリップルに対し、ベッドから立ち上がって「寝てろ」と押さえつけた。

「これだけ立派な魔法の宝石っていったらまあ値打ちものよ。私の魔法は宝石が必要だってのはご存じの通りだけどね、給料は安いし臨時配布なんて滅多にないから使うのはもっぱらクズ宝石よ。良い宝石ならもっと役に立てるけど一回ごとに良い宝石使うとかコスパ悪いとでも思われてんじゃないかね。で、そんな私に立派な魔法の宝石くれるっていうのはかなり差し迫っているってことになる」

　ふう、と呼吸を一つ入れた。

「たぶん、もうすぐフレデリカとやり合ってもらうことになる」

　リップルの表情から、すっ、と温かみが抜けた。冷たく、研ぎ澄まされている。

「そして、それは魔法少女学級が危機に陥るってことでもある」

　リップルの顔に温度が戻る。怒り、戸惑い、悲しみ、複数の感情がない交ぜになっている。体を起こそうとしたため、ルールーはまた立ち上がって押さえつけた。

「リップルの肉体は一つしかない。両方に行くことはできないし、許されない。魔法少女学級とフレデリカの住処は距離にして数十キロ離れてる。リップルの足だって向こうから向こうへ簡単に移動できるはずがない」

　藻掻くリップルに顔を近付けた。がつん、と額をぶつけ、上から押さえつける。

「一つ、手がある」

　抵抗する力が弱まった。ルールーは徐々に身体を離し、元居たベッドの上に腰掛けた。

リップルはシーツの端をぎゅっと握り、縋るような顔でこちらを見ている。

——そんな顔するなっつの。

心の声は喉の奥に押し止め、ルールーは話した。

「さっきもいったけど私は大して重要な存在だと思われていない。いよいよとなればリップルの傍に絶対いなければいけないわけじゃない。要するに……リップルが私のことを信じられるなら、私が魔法少女学級に行く、という手がある」

あんたの大事なスノーホワイトを私に任せられるか、と続けようとしたが、食い気味に出てきた「頼む」というリップルの言葉により、ルールーは最後まで口にすることができなかった。

◇テティ・グットニーギル

その日、カナがもたらした情報は魔法少女学級に大きな衝撃を与えることとなった。

「クラスユニフォームとしてオリジナルTシャツを作る学級がいくつかあるそうだ」

「マジか！」

「そういうのって体育祭とか運動会でやるもんじゃないの？」

「いやあ、学園祭でもやるとこはやるんじゃないかねえ」

「なんかこう、ずるい……ような」

「完全に……死角……」

「くそくそ……こっちが場慣れしてないからって好き勝手を……」

「うちのクラスでも作りましょうか？」

「ラーメン屋にとってTシャツはマストアイテムやからね」

「そういうものなの？」

「あとはタオルで髪の毛纏めておけば文句なしや」

「マストマスト」

「エーラッシャーイ」

「ていうかお前、なんで梅見崎の情報入手してんだよ」

「以前起こった予期せぬアクシデントを逆に利用し情報源を作った。犬には犬の、狼には狼の流儀がある」

「Tシャツかあ。そういうのって作るとお金かかるんすよね？」

「まあそんな高額にはならないはずだから。デザインどうする？」

「キューーティーーヒーラーとか駄目かねえ？」

「版権アウトだってば」

「魔法少女であることがバレてはいけない……というのは大前提として、多少なりとも魔法少女っぽさを入れてみたいとこだよね。そんなパーッと派手な要素じゃないにしろさ」

Tシャツを作るということはなし崩し的に決定し、話題はデザインをどうするかという方へ移っていった。テティも会話に加わりながら、しかし内心ではじわじわと心配が大きくなっていった。

揃いのユニフォームを作るという発想がなかった。テティに限ったことではない。魔法少女学級の魔法少女達全員が思いつきさえしなかった。発想力がないとか、知性が劣るとか、そういうことではない。全員がこの種のイベントに慣れていないせいだ。

Tシャツを作ることにはなったが、後追いだ。梅見崎の学生達は他にも工夫を凝らしているかもしれない。そして独自の工夫があったとしてもカナには教えてくれないだろう。彼らが教えてくれたのは一般的なアイディアである「揃いのユニフォーム」までだ。

別に勝負をしているわけではない。優劣を決めるための創立祭ではないのだ。しかしテティの中に「負けたくない」という思いがあることは否定できない。負けたくないというか、正確には見くびられたくない。

テティは級長として格別有能ではないという自覚がある。しかしクラスメイト達は違う。皆、魔法少女であることを抜きにしても素晴らしい生徒達だ。メピスはぐいぐいと引っ張っていくリーダーシップがあるし、ミス・リールほど人間ができた中学生には会ったことがない。クミクミの慎重さ、カナの行動力、ラッピーの明るさ、アーリィの好奇心、ライトニングの底知れなさ、出ィ子の迫力、こうやって優れたところを一人ずつ挙げていけばきりがない。

そんな彼女達が「学園祭、文化祭に不慣れだった」という理由で「大したことないな」と侮られたら、と考えるだけでも無念極まる。

テティは有能ならずとも級長だ。クラスをよりよい方向へと導く義務がある。級長としての通常業務、ホームルームの司会やクラスメイト達へのフォローをこなしながら考えた。海千山千の梅見崎本校にも負けない工夫はないか、と。

しかし残念ながらテティは独力で素晴らしいアイディアを思いつくことができそうになかった。動画投稿サイトと連動させる、店内で生演奏、などといった案をいくつか考えたものの、実際やるとなるとどれも問題が出てきそうだ。

期日はまだあったが、一日考えてみて思いつかないことは大体にして期日ギリギリまで考えても思いつかないものだ。経験則で理解している。

以前までのテティならばここで諦めていただろう。しかし魔法少女学級の級長という重責を任せられて数ヶ月、泣きたくなるくらい個性的なクラスメイト達に揉まれてきた。すぐに諦めはしない。

放課後、テティは中庭で仮称佐藤さんに話しかけた。テティ単独では思いつかず、クラスメイト達もアイディアを出し尽くした。だが佐藤さんにはまだ聞いていない。恐らく魔法使いである佐藤さんならば、魔法少女達では思いもつかないような良案を閃いてくれるかもしれないのだ。

創立祭に参加できるのは佐藤さんが校長に口利きしてくれたお陰であり、それだけでも毎日拝んでまだ足りないくらいの恩を感じていた。これ以上のお願い事はいくらなんでも図々しいと思うだけの恥じらいもあった。だが、ここで更に一歩踏み込み、図々しいことを承知で質問する。

唐突な質問を受けた佐藤さんは「ふむ」と呟き、抜きかけていた雑草から手を放した。首にかけていた白いタオルで額の汗を拭い、耳の先を拭き、作業着の裾についた土を掃い、「なるほど」と呟き、優しいお爺さんを思わせる仕草で頷いた。

「工夫をする、といってもやれることには限りがある。まず君達の作業量だったり負担だったりが極端に増えるようなものはお勧めできないし、梅見崎の方に予め申告した出し物以上のなにかをするというのはルール違反だ」

聞きながらテティは徐々に項垂れていった。

「だから店舗以外の部分で、誰にも迷惑がかからないなら工夫できるということだね」

テティは跳ね上げるように顔を上げた。

「それは、つまり、どういうことを」

「店舗は旧校舎……つまりここの教室になる。そこまで行くには廊下を通らないといけない。その途中に中庭があれば、それはちょっとした工夫ということにならないかな」

佐藤さんは声に出して笑い、耳の先をひくりと震わせた。テティにも素晴らしいアイディアに思えたが、すぐに喜ぶことはできなかった。

「え、でも、いいんですか？　中庭には許可がないと入れないって」

「逆にいえば許可があればいいんだよ」

メピスを招待してはどうかといわれたことを思い出した。残念ながらテティの勇気が不足していたのもあって招待する機会には恵まれなかったが、テティと佐藤さん以外が絶対に入ってはいけないというわけではないのだ。

「その日は特別な日だからね。きっと許可だって下りる。美味しいラーメンを食べようと楽しみにしている人、お腹いっぱいで満足した人、そんな人達の目をほんの少しでも楽しませることができれば、手入れをしている者としてもこれ以上なく嬉しいからねえ」

しばし遅れて喜びが心の内から溢れ出し、テティは感極まって佐藤さんの両手を握り締め、震える声で「ありがとうございます」と呟いた。

◇ラッピー・ティップ

魔法少女学級では、ドラゴンのオブジェを作るための材料、ペットボトルだったり、ポリタンクだったり、鉄板だったり、ダンボールだったり、といった廃材を集めている。数があればあるほどいい、ということで、近衛隊だったり、広報部門だったり、外交部門だったり、各人の所属先に頼っている者もいた。

ドリィが実験場から二抱えもあるゴム製なのか金属製なのかもよくわからないガラクタを持ってきたのには驚かされたが、ミス・リールが管理部門からゴーレムの廃材という石や鉄の塊を貰ってきたのにはもっと驚かされた。管理部門の長がこういうイベントで協力してくれるというのはちょっと思いつかなかった。

テティが情報局からなにか持ってくるということはなかった。どんなゴミでも機密扱いになっていそうな部門であるため、ラッピーも「まあそうだろう」と思う。

そしてラッピーも人事部門からなにか貰ってこようとは思わなかった。役割としてはスパイが近く、他の魔法少女達にも「へえあたしって人事部門所属なんだー」ととぼけているラッピーが、気軽に行ったり来たりしていいわけがない。はずだったが、ここに来て状況が変わってしまった。ラッピーは大変に不本意ながら「廃品を貰ってくる」という名目で人事部門に帰還せざるを得なくなってしまった。

「失礼します」

「おかえり」

人事部門は魔法少女文化の最前線にある。つまり生き残るだけでも四苦八苦という渦中の中の渦中だ。何度となく改革の波に飲み込まれ、その度に「刷新」してきた。前回の「刷新」は今までになく苛烈なもので、血も流れたと聞いている。

現在の人事部門長は血を流させた側に所属しているはずだが、少なくとも外面は常に穏やかだ。声を荒げているようなところは見たことがない。それ故に恐ろしい。

大きく武骨な楢の木のデスクの向こう側、紫がかった銀髪にそばかすという魔法少女が座り、じっとラッピーの方を見ている。現人事部門長のジューベだ。見られているという事実だけでラッピーは自然と緊張し、右手中指の腹を親指で撫でた。

横の来客用ソファにちょこんと腰掛けた副部門長は憐れみを込めてラッピーを見ていた。彼女の手にしているラッピーそっくりのパペットが「お気の毒に」と口を動かしてくれたが、それがなにかの助けになるというわけでもない。

「スノーホワイトが協力を要請しています」

これが状況が変わってしまった大原因だ。ラッピーの報告にジューベは頷いた。

「それは聞いたよ。随分急な話だよねえ」

子供に対して話しかけるような言葉遣いにぎょっとして相手を見返した。ラッピーの知るジューベの口調はもっと固い。ジューベは「ああ」と手を打ち、頷いた。

「失礼、本物だったな。最近パペットの方のラッピーと話す機会が多くてね。ちょっと気を抜くと口調が変わるが気にしないように。では続きをどうぞ」

ラッピーは空咳を一つ入れ、何事もなかったかのように続けた。職員の奇行を一つ一つ気にしていては人事部門で生きていくことはできない。

「創立祭が迫っています。輩連中が動く可能性が高い、と考えたのではないでしょうか」

こいつはどうせ全部わかっているんだろうな、と思ってはいても、報告すべきは報告しなければならない。勝手に推し量って黙っていれば、黙っていたという事実だけが残る。

「なぜ今になってこちらにコンタクトを取ったんだと思う？　不思議だよね？」

口調が早くも元に戻っていたが、ラッピーは無視して返答した。

「スノーホワイトはミス・リールと共に管理部門に出向いたそうです。その時、管理部門長から私と……それにジューベ部門長の経歴を見せてもらい、これならと考えたのでは」

「なるほどね。私は元々研究部門に所属していた。ラズリーヌの息がかかった者かもしれない、と疑うのも道理だ。それならば協力要請にも二の足を踏むだろう。絶対確実な管理部門のデータを見て、ラズリーヌとはろくな関係性を持たないと確認したからこそ、人事部門に声をかけたというわけだ。人事……というか、私の評判は監査じゃあまりよろしくなかろうから、きっとスノーホワイトの独断だろう。いやあ、本当に怖い魔法少女だなあ……そう思うよね？」

プフレ亡き後、人事部門を塒にしていたピティ・フレデリカの尻を蹴り飛ばして追い出したのはジューベだ。フレデリカと敵対しているのが確実である以上、スノーホワイトはより早く声をかけてもよかったはずだが、ラズリーヌ側と通じているか疑っていたらしい。なんならフレデリカとの争いが八百長で、実はフレデリカと手を握っている、まで考えていたかもしれない。彼女は心の声を聞くそうだが、ラッピーの声だけでは確信に至らなかったのだろう。確かに怖い相手だ。

ラッピーは表情を変えず、合いの手を入れることもなく、黙って聞いていた。が、ジューベは突如デスクの上に身を乗り出し、悪戯っぽい表情をラッピーに向けた。

「ところでラッピー？」

「はい」

「スノーホワイトへの協力についてだが」

ジューベは指を組み、デスクのなにもない場所をしばし見下ろし、顔を上げた。

「緊急時はスノーホワイトの指揮下に入って指示に従うように。なにがあろうとスノーホワイトの命じたことが最優先だ。部門の利益や損失を忖度する必要はないからね」

「はい」

「他の陣営が戦っていても可能な限りどちらかに肩入れしないようにしてね？　もちろんスノーホワイトの命令があれば別だからね？」

「はい」

「あとそう、君の先輩ダークキューティーはまだ帰ってきてないんだよ。困るよねえ。まだ籍が抜けたわけではないんだから戻ってきてもらわないと。スノーホワイト周りにちらほら出没しているらしいから、見かけたら帰ってくるよう声をかけてくれると嬉しいな」

「はい」

「それと、創立祭はたっぷり楽しんできなさい」

同じように「はい」と返しかけ、口を噤み、思わず見返した。ジューベは笑顔をラッピーに向けていた。

「当然油断は禁物だ」

ラッピーはなにもなかったかのように「はい」と返した。

「まったく、世の中には『魔法の国』をどうにかしてやりたい革命家ばかりで困っちゃうよねえ。とにかく自分の力で成し遂げなければ、と血道をあげている辺りが救えない。監査部門がいつまで経っても忙しいわけだよ、嫌になる」

あなただってどうにかしてやりたい革命家の一人じゃないですか、とは思っても口にしてはならない。彼女は怖い。人事生え抜きではなく研究からやってきた正体不明の魔法少女で、にも関わらず人事のトップにいるという事実がとても怖い。

協力要請を受ける代わりにスノーホワイトからなにをしてもらうのか、とか、余計なことを口にすればラッピーは生きていけない。思っていることがバレているのは仕方がない。ジューベを相手にするというのはそういうことだ。

ラッピーは深々と頭を下げ、部屋を退出した。副部門長のパペットがひらひらと手を振っているのに、小さく振り返した。

ここから先が正念場だ。上司の命を受け、スノーホワイトの指示を聞き、その上で自分が生き残るように立ち回る。それができなければこの年齢まで人事部門で生きていくことはできるはずもない。そして余裕があれば無辜(むこ)のクラスメイトも助ける。別に必要なことではないが、地獄の一丁目と呼ばれた人事部門にも義理人情くらいはある。

「ああ、そうだ」

呼び止められ、振り返った。まさか心を読まれたわけではあるまい、と理性では理解していても無駄に脈拍が早まっている。

「なにか」

「廃品をいっぱい集めておいたからねえ。持っていって自慢するといいよ」

ラッピーはたっぷり十秒かけて頭を下げた。

◇スノーホワイト

オリジナルTシャツを作るのは確定として、デザインはどうするのか。各人それぞれに譲れない拘りがあり、ホームルームは紛糾した。

「別に我々は魔法少女であると文字にしてプリントするわけじゃないからねえ。多少魔法少女らしくした方が魔法少女学級っぽいっていってるだけであって」

「そんなこというてサリーのそれキューティーヒーラーやん」

「いやそんなことはないよねえ。シルエットだけじゃ確定しないし」

「しかし……これでは……ほぼ……二次創作……」

「版権もの禁止って話でしたよね……」

「ほら、あれだよねえ。なんだったら広報部門に許可貰ってくれば」

「校長が禁止してんだから広報部門が許可しても駄目だろ」

「じゃあサリー案はこれでボツとして」

「いやあちょっと待っててちょっと待って。もうちょっとこうシルエットでもわかんないようにするからねえ」

サリー以外全員がボツ確定と思っていたであろうデザインを推して、彼女は粘りに粘り、本来予定されていたホームルームの時間の三分の一を消費した。だがこれは前哨戦に過ぎなかった。

「ラーメン屋なんだからラーメンどんぶりのイラストが無難でしょうか」

「どうせならラーメンの匂いもあれば素敵じゃない？」

「いやでも創立祭終わったら普段使いとかするもんじゃゃね？　それで匂いあるのはちょっ

と勘弁って思うんだけど」

「他の洗濯物に移ったら最悪……死ね」

「そもそも技術的に難しくない？　ラーメンの匂いって」

「ええと、これはスポンサー……ってかラーメン提供してくれる先輩からのお願いなんやけど、ブランドのロゴをどこかに入れてくれると嬉しいないう話やね」

「三つ首竜……双龍ブランドっすよね？　なんで首が三本になるんすか？」

「龍を二匹出せる魔法が三匹出せる魔法に進化したんやけどね。改名が通らないせいで名前は双龍のまま、自称で超龍いうてるけどブランド名も変えられんらしいねん」

「お前の内輪話はいいんだよどうでも」

「ウチワワ」

「ミンナバカ」

「キューティーヒーラー……」

「では……教室に飾る……オブジェの……ドラゴンも……三つ首に……すべきでは……」

「作り直している時間は……ちょっと厳しいのではないかと」

「そうだ。俺達には時間がない。こうしている間にも死闘狼怒（デッドロード）が」

「ねえ、良いこと思いついちゃった。ラーメンの匂いが難しいならバニラアイスの匂いならどう？　たぶんラーメンの匂いよりも簡単だろうし、これなら洗濯物に移っても問題ないでしょう？　柔軟剤の匂いでそういうのもあるから」

「出ィ子！　そいつ廊下に出して頭冷やさせろ！」

ホームルームの時間は魔法少女に変身することはできない。そのためスノーホワイトならぬ姫河小雪が心の声を聴くこともない。彼女達の態度、それに魔法少女に変身している時に聴こえた声と合わせて推測するしかない。

メピスはきっと今でも悩んでいる。だがそれをおくびにも出さず、二班班長として場を取り仕切ろうとしていた。人事のため働いているラッピーも、外交のため働いているアーデルハイトも、今は普通の中学生のように振る舞っている。

小雪は適度に会話に混ざりながら考えた。自分はどうすべきか。

メピスは説得できるだろうか。するなら一人では駄目だ。彼女には強い責任感がある。下手に話を持ち掛けても上手くいかず、それはフレデリカに伝わるだろう。

フレデリカはスノーホワイトの魔法を知っているはずなのに、当たり前のように魔法少女学級にも絡んでこようとしている。カスパ派を実質乗っ取っているフレデリカは今のスノーホワイトにとっても大き過ぎる敵だ。メピスやアーデルハイトの声から伝わるフレデリカの情報は断片的で、やろうとしていることの全容まではわからない。こちらに伝わらないようぎりぎりまで情報を絞るつもりだ。

フレデリカのことを思うと、同時に別の魔法少女の顔が思い浮かぶ。リップルはどうしているだろうか。潜伏し続けるにも限界がある。誰かが支援しているか、それとも誰かがリップルを捕らえて監禁しているか。もう生きてはいないかもしれない、という結論に毎回至り、その度にスノーホワイトの背筋を薄ら寒いものが駆け降りる。幸子の首を切り裂き、走り去ったリップルの心の声は、もう二度とスノーホワイトに会うつもりはない、というものだった。そんな勝手なことはない、というのにもリップルにまず会わなければいけない。

頭を右へ揺らし、左へ揺らし、元の位置に戻した。目的を見失ってはいけない。リップルも、きっと繋がっている。ピティ・フレデリカを打倒する。

◇カルコロ

魔法少女学級の誰もが忙しく働いている。創立祭に参加するのは生徒達であるため、カルコロが手伝う雑事はない。が、忙しく働く生徒を見張るのはカルコロの役割であるため、教室にいなければならず、これが非常に面倒臭い。

創立祭が近いせいか、ハルナがほぼ常時学校に詰めているらしく、下手なサボりは即身の破滅に繋がる。職員室でコーヒーを一杯くらいでも難しい。

本当に皆よくやるもんだと呆れ八割感心二割で作業を眺め、既に終わってしまった小テストの採点をもう一度確認し、ちょっとトイレへと席を立った。トイレの個室でスマホを取り出しソリティアを一戦くらいしか娯楽がない。

一度学術書か呪文書でも読んで怒られるかどうか試してみようかと悩みながら廊下を歩いていると、向こうから歩いてくるプリンセス・ライトニングが目に留まった。魔法少女学級に赴任した当初に比べれば随分とマシになったが、それでも思わず目がいってしまう。彼女の容貌は中々慣れることを許してくれない。

今の彼女は家庭用のクーラーを抱えてよたよたと歩いていた。カルコロは駆け寄り、端を支えた。ライトニングは瞬きをした。長い睫毛が音を立てそうだ。

「あら先生。手伝ってくれていいの？」

「このままだと怪我をしそうなのでやむなく……ということでお願いします」

「案外融通利くのね。ありがとう」

ごく気軽な微笑み一つでも物凄まじい圧を持つのが普段のライトニングだが、今日は頬に黒い汚れが一筋走り、印象を和らげていた。カルコロは曖昧な笑顔を返し、二人は連れ立ってクーラーを運んだ。

「頬に汚れがついています。教室に戻ったら拭いておきなさい」

「気付かなかったわ」

それだけ熱中しているのだろう。ライトニングも創立祭への参加には期するものがあるのだ、と思うとなんとなく可愛らしく思える。学級活動には大した興味もなく、達観してここにいるというか浮世離れしているというか、とにかく冷めている生徒という印象は、きて大きく変化していた。

これはカルコロに見る目がなかったというより、ライトニングが変わったのだろう。どれだけ大人びているようでもまだ中学生なのだから、クラスメイトと触れ合う中で成長していくのは当然だ。むしろあるべき姿だ。

いつになく教師らしいことを考え、感じ入り、思わず呟いた。

「あなたも変わりましたねえ」

口にした直後、躓きかけた。見れば、ライトニングが足を止めている。

「変わった？　私が？」

カルコロを食い入るように見詰め、その双眸は窓から差し込む日差しを受けてきらきらと光り輝くようだった。カルコロはこれ以上ないくらい気圧されながら「いえ別にそんな大した意味では」と言い訳し「とにかく足を動かしましょう」と誤魔化した。

ライトニングは誤魔化されてくれなかった。足を動かしながらも口は止めない。

「変わったってどんな風に？　いつ頃から変わったように思ったの？　いい意味での話よね？　悪い感じではなかったし。どんな理由で変わったと思ったの？」

矢継ぎ早に質問を繰り出してくる。感情を表に出すことが滅多にない彼女にしては珍しく、とにかく嬉しそうだ。カルコロは適当な返事であしらいながら早く教室に到着し、解放されることを願った。余計なことをいうのではなかった。

◇雷将アーデルハイト

メピスの態度がおかしい。リリアンも言動が不審だ。クミクミは作業の方に集中している。

アーデルハイトとは違い、隠し事が苦手な連中だ。口には出せないことを腹に収めているせいで態度がおかしくなっているのだろう。アーデルハイト自身の経験したことと照らし合わせてみれば、彼女達の身になにが起こったのかは予想がつく。フレデリカに呼び出され、恐らくはアーデルハイトと同じ命を受けた。たとえ同じ班の班員といえど明かすべからずという言いつけを守っているせいでおかしなことになってしまっている。

これではばらしているも同然だ。いっそのことアーデルハイトの方から教えてやろうかとも思ったが、結局は憶測でしかないし、無駄に命令違反を犯して責めを受けるのは腹立たしい。アーデルハイトのみならず他のメンバーまで責められれば藪蛇以下だ。

魔王塾の方か、それとも外交部門を通して真意について問い質すという手を考えはしたが、親に言いつけているような格好の悪さはどうしても拭い切れない。実際、アーデルハイトの母は魔王塾卒業生かつ外交部門に所属しているため、親に言いつけているような、というよりは、親に言いつけているそのものだ。

どうしたものかと考えながら作業していたせいでクーラーのパーツで指を挟んだ。痛たと指を振って見せたが、クミクミは一心不乱にクーラーを解体していてアーデルハイトの方は見ようともしない。恐らく気付いてさえいない。

「俺達に明日は必要ない」

どこかで聞いたようなことを口にし、カナが絆創膏を差し出した。そういえば彼女こそがフレデリカに最も近い生徒のはずだが、言動は全く普段と変わらない。嘘を吐くことができるタイプにも見えないが、特になにも命じられていないのだろうか。もしそうだとすれば、なぜ彼女だけがなにも命じられていないのか。

アーデルハイトは周囲を見回した。こちらに注意を向けている者はいない。クミクミでさえ作業に集中して声が届いていない。絆創膏を受け取り、小声で問いかけた。

「なあ、あんたなんでここに送り込まれたん？」

ストーブの外装を引き剥がしていたカナは手を止め、腕を組み、頷いた。

「俺にもわからない」

「まあ……そういうもんやな」

上に命じられればどんな理不尽でもやらなければならない。魔法少女だからではなく、生きとし生けるもの全てに通じることだ。

◇メピス・フェレス

とりあえず創立祭まで動くことはないらしいとして、別にほっとしていられるわけではない。フレデリカに「このままいけばいつかやることになるかもしれない」と明かされたカスパ派の学校襲撃に手を貸さなければならないという大きな問題が、放置されたままで先送りになっているだけだ。先送りになっているなら当日になるまでに解決策を見出すことができればいいのだが、メピスは漫画の主人公達に共通する素晴らしい発想力は持たないため、時間だけが過ぎていく。

ただでさえ時間がないのにやることが多い。皆が忙しく働いている中でメピス一人が考え事に没頭しているわけにはいかず、怪しまれないように作業を手伝い、それによって考える時間が奪われていく。苛立つが、苛立ちを露わにすることもできない。

なにかに仕えて給料を貰うというのはこういうことだ。責任を負わされて常に不自由を強いられる。自由に学級と本校を行き来して情報を仕入れてくるカナを見ると羨ましくなるが、カナがメピスになることはできないように、メピスはカナになることができない。

今日はいつもの作業以外に鬱陶しい仕事が控えていた。梅見崎に出向いて創立祭実行委員会に参加し、決め事を確認したりプリントを貰ってきたりする。級長であり一班班長でもあるテティ、二班班長のメピス、三班班長のライトニングが行く。

二班班員達はとても心配そうだった。梅見崎の生徒に喧嘩を売ったりしないように、なにかいわれても怒ったりしてはならない、といった説教めいたことを口にしていた。メピスは怒鳴った。あたしをなんだと思ってるんだ、と。

魔法少女学級に溶け込むため入学直前に髪を黒く染め直し、野暮ったい眼鏡をかけ、三つ編みに結い、指定通りの制服に身を通した。結果的にやらなくてもよい努力だったかもしれないが、任務のために己を殺した。ここまでやったメピスが、どうして梅見崎で問題を起こすと思うのか。心配するならライトニングの方だ。

見れば三班の方でも班員達が「あれをするな」「これをするな」「可能な限り黙っていろ」といったことをライトニングに命令、というかお願いしているようだった。彼女達の方が余程物事の道理を弁（わきま）えている。

結局、特にアクシデントはなく実行委員会は終わった。メピスは真面目ぶった顔で挨拶し、真面目ぶった顔で話を聞き、つまり始終真面目ぶった顔でいただけだ。梅見崎の生徒達が注目したのはライトニングだった。そりゃそうだとしか思えない。彼女は班員の注文通りに無駄口を叩くことはなかったが、座ろうが歩こうがなにをしようと目を惹（ひ）いていた。

元々魔法少女という「変身してしまえば例外なく美しい」ということになっている存在

であり、数ヶ月の学校生活を共にしたことでメピスは慣れたが、慣れていない人間にしてみれば、こんなのが動いていれば見るに決まっている。

委員会の最中は溜息であったりひそひそ声であったりが常時聞こえ、終了後は直接声をかけようとしてくる者に頭を下げつつかき分け、どうにか旧校舎まで戻ってきた時にはぐったりと疲れていた。今後も委員会の度にこれをしなければならないと考えるだけでもやってられない気分になる。

迷惑の根源であるライトニングは「クミクミの手伝いをしないと」とスキップ混じりで教室に向かい、同じように教室へ戻ろうとしたテティをメピスは呼び止めた。

「ちょっといいか」

「えっなに」

「これさ、級長一人で事足りるだろ。梅見崎の方も一クラスにつき代表者一人じゃん。なんであたしらだけ各班から一人ずつ代表者出してんだよ。次からテティ一人で行けよ。まさかお前一人じゃ心細いからとかいわないだろうな」

テティは目を見開いた。驚いているようだった。一呼吸息を吸い、小さく吐いた。

「ええとね。それは……ライトニングを連れて行くための方便っていうか」

「なんだよそれ」

「梅見崎の人にね、どうにかしてあの子連れてきてもらえないかっていわれたらしくて」

聞いてみればあまりにも馬鹿らしいことでメピスは溜息を吐いた。

「なんだよそれ……いいよ、そんなの気にしないで。次からテティが一人で行けよ」

「えっ、メピスも来ないの？」

「ただでさえ忙しいのに作業人員減らしてどうすんだよ」

「いやあ、でもそこはほら、梅見崎の皆さんの好意で参加できたみたいなとこがさ」

テティは言い訳を口にしながらなぜか口角が上がり、表情がほころんでいた。メピスは訝しげに眉根を寄せた。

「……なんで嬉しそうなの？」

「え、嬉しそうだった？　いやあ、ほら、メピスが普通に話しかけてくれたなあって」

いわれて、ああ、と思い出した。そういえばメピスとテティは仲違いをしていた。最近あまりにも考えなければならないことが多く、それどころではなかった。

どちらかといえば自分の方が悪い、ということは理解していたが、だからといって謝るのは嫌だというメピスのせいで長引いていた。アーデルハイトを筆頭に班員があぁだこうだというから意地になってしまった。こうしてふにゃふにゃしたテティを見ると、なんで怒っていたのかもよくわからなくなり、メピスは溜息を吐き、ズレた眼鏡の位置を戻した。

「なんだかなあ」

「なんだかなあ？　……あっそうだ、話しておきたいことがあって」

「なんだよ」

「中庭の話」

　思わず背筋が伸びた。テティは楽しそうに話している。自分が今どれだけ重要な言葉を口にしたのか理解している風ではない。

「お店に行って帰る通り道で中庭を利用していいって許可をもらって。素敵な場所だからお客さんへのアピールポイントになると思うんだけど」

「許可って……誰が？」

「魔法少女学級の用務員さん」

「用務員？　いるの？」

「いるよ。よく中庭で仕事してるよ」

　中庭にはほぼ確定で遺跡への入り口があり、遺物が護られている。メピス達がこの学級に遣わされた目的は遺物の奪取だ。盗み出すことができれば襲撃はなくなる。メピス的には本来の任務は遺跡の位置を特定しつつ、中に忍び込んで盗み出すことだった。その時点で襲撃の可能性を全く考えていなかったわけではないが、今となっては話が変わる。

　盗み出せれば襲撃はない。問題は盗み出すことができるかどうかということになる。

「……それ、今見ることできるか？」

「今はちょっと……あ、そうだ。前にメピスを誘って中庭に来てみればっていわれたんだ。

ということは、つまり私が一緒にいればメピスはオッケー……なのかな?」

「ああ、うん。いんじゃゃね、それで。じゃあちょっと見せてもらおうかな」

涼しい顔で話しているが、心臓はかつてなく高鳴っていた。上手くやれば、これで全て終わらせることができる。かつてない好機だ。そこまで上手くいかずとも情報が手に入る。今は無理でも襲撃前にどうにかしてやれるかもしれない。先導するテティの背中を睨みながらメピスは下唇を強く噛んだ。成功したとしてもメピスは魔法少女学級にいられなくなるだろう。だが襲撃なんてものがあるよりは断然いい。いいはずだ。そう、かえって上手くいき過ぎない方がいいかもしれない。メピスは位置と潜入ルートの特定を終わらせ、別の専門家がその情報をもとにして忍び込み、盗み出す、というのがいい。それなら変わらず学級に通い続けるという目もある。

入り口から渡り廊下を通って一階を右回りで抜け、中庭の前に出た。テティが引き戸に手を当て、思うそうな金属の扉がするすると開いた。魔法がかかっているようだ。恐らくはテティに反応しているのだろう。メピスでは開くことができない扉の中に、今入っていく。

「あ、こんにちは」

面倒なことになった。先客だ。テティが手を振っている。話に聞く用務員だろうか。中庭の茂みの向こうにしゃがんでいた何者かが立ち上がった。作業着、首からタオル、という典型的なスタイルだ。髪をひっつめにして纏め、長い耳の先が尖っている。メピスは顔を顰めた。校長か、と思ったが、よくよく見れば顔立ちが違う。なぜ校長と見間違えたかといえば、耳の先が尖っている以外にも、全体的に線が細く顔かたちが整っているという物語に登場するエルフそのものの女性だったからだ。

——いや、でも……。

どこかで見たことがある顔だ。どこで見たのか。女性は左手をこちらに伸ばした。気が遠くなる。立っていられない。これは——

「まあ、でも仲直りできてよかったよ」

「いや、まあ……そうか」

並んで廊下を歩きながらメピスは左の頬、テティから見えない方で笑みを作った。単純に嬉しくて笑ったわけではなく、どうしてメピスが普通に話をするようになったのか、その理由を気にする様子もないテティの能天気さに笑った。

とはいえ嬉しさがゼロだったわけではない。

「そういえば……」

「なんだよ」

「ええと……なんだったっけ。なにかメピスにいおうとしてたことあったはずなんだけど」

「またクソたるいことを……お前本当変わってねえな。いいよそんなの、思い出したら話せば。そんなことより早く教室戻ろうぜ。ライトニングはさっさと戻ってもう作業してんだろ。こっちが遅れていったらサボってると思われてムカつく」

二人は歩く速度を上げ、教室へ向かった。

◇カナ

創立祭実行委員があった日、メピスとテティが歴史的な和解を果たしたことが、翌日、学級内に知れ渡った。和解の理由は不明。ミス・リールがテティに訊いても「よくわからない」で、アーデルハイトがメピスに訊けば「うるせえ」となる。カナが訊けば魔法でわかるが、それはあまりに野暮だ。

どうやら委員会の帰り、プリンセス・ライトニングがいなくなった隙になにかが起こったらしく、現場を見逃したライトニングは「急いで帰らずもうちょっと残っていればよかった」と彼女なりに悔しがっているようだった。

カナは帰宅後もメピスに訊ねようと思ったが、カナが訊ねれば魔法が発動してしまうため訊ねることができず、質問抜きでそのことに触れるだけでもメピスはだんだんと不機嫌になっていき、機嫌の悪さを肌で感じ取ったカナはメピステティ和解問題に触れることを止めた。

詳細は気になったが、カナは世の中の全てを知ることができるわけではない。諦めねばならないものは少なからずある。それよりも今は二人の和解を喜び、そしてメピスの機嫌を感じ取った自分の成長を喜ぶべきだ。そう結論付けた。

結局のところは仲直りをしたという結果があればよい。それによって魔法少女学級がよく回るようになるのであればクラスメイト全員が得をする。勿論その中にはカナも含まれる。この「カナも含まれる」というところがいい、と夕食のパンを齧りながら笑っていたため、メピスに気味悪がられてしまった。

多少失敗しつつも概ね上手くいっている。この調子であればきっと創立祭も上手くいくだろう。翌日も授業を受け、休み時間は荷運びを手伝い、レクリエーションの時間はラーメンの味見をした。

「食べるたびに新たな発見がある。身体に悪そうな味だということに気が付いた」

「もうちょっとなんかいい感想ないんか。そんなんいうたら先輩泣くわ」

味見役は早々に馘首され、クミクミの手伝いをすることになった。常時魔法少女でいるカナは他のクラスメイトに比べて当たり前だが腕力に優れる。機械類の解体だったりペットボトルの圧縮だったりといった力の要る作業はカナの独壇場だ。厳密にいえば「魔法少女の力を利用すべからず」という掟に触れているのかもしれないが、杓子定規に適用するとカナだけが参加できなくなってしまうため、皆が見ないふりをしてくれている——見ないふりをしていると明言されたことはないが、まあそういうことだろうとカナは考え、クラスメイト達とその優しさに感謝をしている。

クミクミが中心となったオブジェ制作は日ごとに深度と進度を増していき、廃品によって作られたドラゴンは今にも動き出しそうな躍動感を湛えていた。

「素晴らしい出来栄えだ。これほどの物は刑務所にもなかった」

「褒められた……気が……しない……」

「不思議だ。俺はこんなにも褒め称えているというのに」

いち早く給食を食べ終えた後は全速力で走って梅見崎の本校へ出向く。移動中のカナを人間が目視することは不可能だが、速度を落として停止したところを見咎められても魔法少女の存在発覚に繋がりかねないため、誰の目もないことをしっかり確認してから止まる。こうした心配りの一つ一つに魔法少女らしさを感じ、無法者の囚人だった自分が成長したものだ、とカナは一人頷く。

「ああ、カナちゃん。いらっしゃい」

「うむ。こんにちは」

「そっちはどんな感じ？　上手くいってんの？」

「ラーメンは身体に悪いのではないかと考えている」

「そりゃあまり健康的ではないかもしれないけど……でも美味しいでしょ」

「生命を賭して美食に耽る(ふけ)とはあまりに退廃的ではないか」

「そんな大袈裟な話なの？」

　梅見崎中学、その中でも二年Ｃ組の生徒達とは随分仲良くなることができた。人ならぬ存在であることが露見しないよう会話には細心の注意をし、魔法少女学級のように遠慮会(え)釈(しゃく)なしで話すというわけにはいかないが、カナの知らない情報は魔法少女学級以上に溢れていて楽しみは多い。彼らと話しているだけで休み時間が潰れてしまう。

　ダンボール製のジェットコースターの動力について質問していると魔法の端末が震えて着信を知らせた。クラスの外からこちらを見てひそひそやっている立ち見客的な生徒も数多く、そんな中で魔法の端末を取り出すわけにはいかない。カナは「ちょっと失礼」とその場を後にし、素早い動きで立ち見客の間を抜け、誰もいない踊り場に出て魔法の端末を取り出した。

　吉岡からメッセージが入っていた。魔法少女学級に来てから初の連絡だ。そこには「これから大勢で伺いますので怪我をしないよう大人しくしていてください」とあった。

第八章　midday party

◇三代目ラピス・ラズリーヌ

梅見崎中学を監視していたチームから連絡が入り、「カスパ派動く」の報を受けた初代ラズリーヌは、当初の予定通り指示を出した。魔法少女学級へは追加の戦力を割(さ)かず、ランユウィ、出ィ子、そしてプリンセス・ライトニングらに一任し、ラズリーヌ候補生を軸とした主戦力、数十名の選抜チームは梅見崎中学から数十キロ離れた、カスパ派本拠地である郊外某所の屋敷に突っ込む。目的はそこに居残っているフレデリカの首だ。

周囲ではチームの皆が忙しく働いていた。これからカチコミをかけるというのだから当然だ。師弟二人、オールド・ブルー(初代ラピス・ラズリーヌ)と三代目ラピス・ラズリーヌは、周りが忙しく働く中、部門長室で差し向かいで座り紅茶と御茶菓子を楽しんでいた。

「みんなが忙しくしてんのにのんびりティータイムって申し訳なくなるなあ」

「どうせすぐに忙しくなります。あなたと私がのんびりしているのは既に準備が整っているというだけのことです」

平日の真昼間、創立祭まではまだ日があるというのにフレデリカは事を起こした。創立祭がいかにも都合よく構えているのならばフレデリカは外してくるだろう、という師匠の読みは当たった。しかしそれを周囲に教えて指示していれば、こちらの動向に勘付いたフレデリカが動きを変えてくる可能性がある。ならば多少慌ただしくなっても他の者には教えず、個人的な準備を整えておくべき、と師匠は考えた。

「最悪の場合、遺跡から遺物を奪われたとしてもかまいません。ピティ・フレデリカさえ排除してしまえば悪用されるにしても想像の範囲内に収まります」

「魔法少女学級の守りに戦力を集中させるべきじゃないの？」

ラズリーヌの問いは、魔法少女学級を囮として使うやり方に対して婉曲的に抗議するも同然だったが、師匠は笑顔で首を横に振った。

「フレデリカが生きていれば結局は元の木阿弥になるでしょう。私の最終的な目的、魔法の国からの離脱、魔法少女システムの破壊……フレデリカは絶対に阻止しようとする」

真面目な表情で一旦引き締め、また笑顔に戻る。

「それにね。あなたが考えているようなことにはならないと思いますよ」

「私が考えていること？」

「囮とか、見殺しとか、そういうことを考えているのでしょう？　きっとそんなことにはなりません。あなたは魔法少女学級に送られた仲間達の戦力を見誤っている。侮っている」

「そんなことは……」

　あるかもしれない、と思い、口を噤んだ。しかしフレデリカが魔法少女学級に送り込むくらいの面子だ。きっと腕利きの傭兵だろう。ランユウィ、出ィ子が弱いとはいわないが、一線で活躍するバリバリのプロ魔法少女、更にその中の上澄みと比べればまだ足りない。

　ラズリーヌを見て師匠はなぜか嬉しそうに頷いた。

「彼女達の力は本物です。特にプリンセス・ライトニング。あなたは好きになれないようですが」

「別にそんなことは」

「彼女の出自が気に入らない？」

「いえまったく」

　ラズリーヌ麾下の魔法少女で家族に恵まれている者はいない。二親と死に別れているのはまだ良い方で、追い出されたり、殺されかけたり、売られたりして初代の元に引き取られたという魔法少女が大半を占める。

　その中でもプリンセス・ライトニングは飛び抜けて悲惨な身の上だ。彼女は文字通りの商品だった。倫理観を狂わせた魔法使いが生み出したデザイナーチルドレン——ただただ美しくあればいいという目的で開発された愛玩用の人間だ。商品としてさえ不適格だったため流れ流れて師匠の下へやってきた。

ラズリーヌが彼女を気に喰わないのは出自が理由ではない。可哀想だから同情しようとは思わないが、並とは違う生まれだから嫌おうとも思わない。

彼女が好きになれない理由は中々言語化し難い、と今までは思っていた。だが師匠の口ぶりでようやく思い当たった。師匠の彼女に対するスタンスが気に入らない。

ラズリーヌの思いを知ってか知らずか——恐らく知っているのだろう。そういう魔法少女だ——師匠は笑顔のまま続けた。

「プリンセス計画はライトニング、そして他所から頂戴した人造魔法少女の骨子を合わせて結実しました。今までの人造魔法少女とは……いえ、私を含めたあらゆる魔法少女とはものから違う。彼女達が学校を担当するのであれば心配は無用です」

「はあ。まあそう仰（おっしゃ）られるなら『はい』としかいえませんけど？　それよりもよっぽど心配してることがあるんだって話はご存じです？」

「おや。なにを心配しているんです」

「お師匠様、あなたまで一緒に出張る必要はないでしょ。無駄に危険だし、大人しく研究部門なりどこかのアジトなりで潜んでいればいいじゃないって思うんだけど」

「それはできません」

柔和な笑顔で、しかし断固として首を横に振った。

「私が行かねばかえって危ない」

「それは弟子には任せられないとかそういうこと？」

師匠は言葉を返さず、ミルフィーユの上にフォークを落とした。一切の抵抗なく、輪切りのレモンも含めてミルフィーユが綺麗に両断された。分割されたミルフィーユをフォークで突き刺し、口へ運び、実に美味しそうに、食べた。釣られてラズリーヌもミルフィーユに手を付けた。

「魔法少女学級に手勢を繰り出し、守りが薄くなったカスパ派の本拠に私が攻め入る、くらいのことはフレデリカの想定にもあるはずです。ひょっとしたら魔法少女学級への急襲はそれが理由、ということまである。怨敵初代ラピス・ラズリーヌを誘（おび）き出してやろう、そのため敢えて本拠を手薄にして隙を見せる、というね」

そんなことまでわかってるなら猶（なお）のこと行くべきではない、といおうとしたが、ミルフィーユが邪魔になってもごもごとしか喋ることができなかった。ラズリーヌの言葉は到底聞き取れたものではなかったはずだが、師匠は頷いた。

「私を誘い出すためにフレデリカは己の身を囮にしている。そして私自身もまた囮です。隠れたところにいれば、多少は安全性が増したとしても、それに気付いたフレデリカは己を囮にする意味がないと姿を消してしまうかもしれません」

詰まるところ、師匠とフレデリカはお互いを人質にして殺し合いの担保としているらしい。大人ならもっと大人らしく振る舞ってほしいものだと鼻を鳴らし、ラズリーヌは噛み砕いたミルフィーユを飲み込んだ。

◇ピティ・フレデリカ

「というわけで、恐らくはここが襲撃されるはずです」

テーブルの向こうに座るアスモナは、相槌を入れず、頷きさえせず、ただフレデリカを見返していた。心底あきれ果てた、という内心を隠そうとしていなかった。ゆっくりと首を横に振り、眼鏡の位置を整え、深々と溜息を吐いた。

「大人のやることですか」

「魔法少女のやることです」

「魔法少女であればなにをしても許されるわけではない」

「許されるとは思っていませんとも」

「他人の迷惑を考えるべきだ。どれだけ死ぬことになるか考えたくもない」

「死亡者名簿に加わらないようお互い頑張りましょう……それに」

「それに？」

「メピス・フェレスが入れ替えられました。これで三人目です」

アスモナの小鼻が膨らみ、ふうと息が抜けた。

「……アーデルハイトは？」

「そちらはまだ無事でしたが、いつまでもつかどうか。このまま手をこまねいて手勢が減るに任せるくらいなら事を起こすべきだ、と私は考えました」

「しかし……それならもう少し防備を……そうだ、今から結界でも張っておけばいい」

「そんなことをしても間に合いません。城攻めは守る方が有利にできているものですよ。多少罠を張るくらいのことはしていますし、たとえば爆撃機で爆弾を投下するとか、爆発物を抱えた魔法少女を送り込んで内側で起爆させるとか、そういった無粋な真似に対する対抗策は充分です。問題なく魔法少女同士が大規模な戦いを行えるよう整えてありますよ」

アスモナは眼鏡を外し、テーブルの上に置き、天井を仰ぎ見、眉間を揉み解し、また溜息を吐いた。一度目の溜息よりも大きかった。

フレデリカに向き直り、人差し指を突きつけた。彼女にしては無作法な振る舞いに、フレデリカはむしろ満足感を覚え、笑顔で応じた。

「なにか？」

「頭がおかしい」

「そんなことはありません。向こうも同じように考えて攻めてきているわけですから」

「なんですかあなた達は。お互い随分と理解し合ってるようだ。気色が悪い」

「性格が悪い者同士、理解度はまあ高いと思いますよ」

「そこまで仲が良いなら共に手を携え魔法の国に歯向かえばよろしいでしょう」

「残念ながら倶に天を戴かずという関係なもので」

「馬鹿馬鹿しい」

「まことに馬鹿馬鹿しい話ではありますが、現実に迫る脅威ではあります」

「なぜ私がここに残されたのかようやく理解できました。てっきり魔法少女学級に行かされるものだとばかり」


アスモナを学校に向かわせる案もあるにはあった。本来行かせる予定だったエイミーともな子が都合により使えなくなってしまったからだ。あの二人の気まぐれは愛すべき要素であると同時に扱い難い理由そのものである。

使えなくなってみると惜しい、と思う。だが惜しんでばかりもいられない。

将来を嘱望された魔法少女達と人でなし二人の戦いは確実に楽しいものになるはずだったが、残念ながら諦めざるを得ない。そして、検討はしてみたものの、エイミーもな子の代理にアスモナを使うのもどうだろうか、ということになった。そもそも役割が違っている。エイミーもな子がいないのであれば、彼女達なしでどうにかしてもらうしかない。かなり不確定な存在とはいえ、一応隠し玉もないわけではないのだから。

フレデリカは顔の前で右手を振ってみせた。

「いやいやまだ完全に理解したとはいえません。あなたをただの護衛として残すだなんてもったいないことしませんよ」

今でも克明に記憶している。きっと生涯忘れることはないだろう。プク派の占拠する遺跡の前で敵と戦う青い魔法少女。洗練された体術、極めた身体能力、触れれば終わりという魔法。現身、魔王塾、それら「強い魔法少女」とは別のアプローチによって高みへ至った到達者だ。彼女が新しいラズリーヌであったことは後から知った。納得しかなかった。

手に汗握って彼女の活劇を見守る幼子のようなフレデリカがいた一方、冷静に値踏みしている汚い大人のフレデリカもいた。将来敵対した場合、彼女への対策を講じておかなければ確実に痛い目を見る。戦いになる前に処理しておくというのはもったいない。彼女のような魔法少女は戦いにおいて対処することで美しさが完成するのだ。

「恐らくは最高の暗殺者が私――ピティ・フレデリカに差し向けられることになるでしょう。三代目ラピス・ラズリーヌ。偶然、戦っているところに出くわしましたが、目も心も奪われました。数で抑えようとすればいたずらに被害が大きくなるだけです。あれにぶつけてどうこうしようというのは同じような怪物でなければなりません。魔王パム最古の弟子にして魔王塾で最も恐れられる七大悪魔の一角『大姦婦(だいかんぷ)アスモナ』ならば、きっといい闘いになることでしょう。それに強さもさることながら多少不利になっても逃げたりはしない任務に対する忠実さが素晴らしい」

これではまるで「捨て石になってくれるところがいい」といっているようにもとれるが、それはフレデリカの本意ではないし、アスモナも理解してくれているだろう。フレデリカの本意は、滅茶苦茶に強い魔法少女二人を戦わせてみたい、だ。実際に戦ってみればどちらが勝つかは全くわからない。長々と戦った結果引き分けてもおかしくはないし、一瞬で勝負が決してもやはりおかしくはない。だからこそ楽しい。

アスモナはまた溜息を吐き、眼鏡をかけ直し、キャスケット帽の庇に手を当てより深く被り、上目遣いで恨めしそうにフレデリカを見て、何事かを呻いた。

どうやら褒められて照れているらしいと気付いたフレデリカは内心の笑いを抑えるため右手の甲をぎゅっと抓(つね)った。

◇雷将アーデルハイト

フレデリカからのメッセージを受け取った時、冗談かなにかではないかと疑った。あの魔法少女は相手が慌てふためくのを見て喜ぶ悪趣味なところがある。まさか真昼間、梅見崎の本校にも大勢の人間がいるというこの状況下で魔法少女学級を襲いますからフォローよろしくなどと本気でいう者がいるとも思えない。

魔法の端末に着信を受け、アーデルハイトは一人教室を抜けて誰もいない踊り場の階段に座り、送られてきたメッセージを何度も読み返した。階段に腰掛けながら、魔法少女に変身する。冗談だと思いたいが、ピティ・フレデリカという得体の知れない怪人ならばやってもおかしくはないとも考えている。

頭を抱えてしまいたかったが、溜息に留め、廊下の方に向けて声をかけた。

「なんか用事でもあるんか。今忙しいんやけどな」

向こうにも足音を隠そうという意図はなかった。アーデルハイトはクラスの魔法少女一人一人の足音を把握している。思った通りの人物、既に変身しているクラシカル・リリアンがひょいと顔を出した。

「顔色を変えて廊下の方に走っていったので追いかけてきました」

顔色を変えたつもりはなかった。感情表現がわかりやすい他のクラスメイト達に比べて心の動きを制御できるつもりでいたが、所詮は「つもり」だったらしい。恥ずかしさを感じながら表情も態度も変えていない「つもり」でリリアンを見た。変身した後の彼女は、常時びくついている普段の様子が嘘のように落ち着いている。

「追いかけてこられても困るわ」

「なにかあったのでは？」

「あん？　そっちはなにもないんか」

「別になにもありません。で、なにがあったんですか」

これ以上誤魔化すのも難しそうだ。アーデルハイトは渋い表情で、中指、人差し指、親指で魔法の端末を掴み、リリアンに差し出した。リリアンはしばらく画面を眺め、きつく目を瞑り、ゆっくり開いた。

「メピスとクミクミは反応していませんでした。彼女達には連絡が来ていないようです。ここ最近の様子を見るに、我々と似たような指示を与えられていたのは確実と思われますが、なぜか事ここに至って外されているようです……私にもこんな連絡は来ていない」

「わけわからんな。なにが起こっとんのか理解不能や」

なぜアーデルハイトだけ連絡が来ているのか、全く思い当たらない。近衛隊の三人抜きでやれという指示すら受けていない。上でいったいなにがあったのか。

「わからん……けど時間がないわ。とにかく働くしかないやろ」

「その場合の働く、というのはつまりそういうことですよね」

遺跡に隠された遺物を奪いに来た者をサポートする、ということになる。それをすればアーデルハイトにしろリリアンにしろ盗賊と変わらない。つまり魔法少女学級に戻ることはできない。

当然そのつもりで魔法少女学級に入った。意識としては潜入したつもりだった。今でもそう思っているはずが、油断すると「惜しい」と思ってしまう惰弱な感性が憎い。レクリエーションで三班にも一班にもしてやられたり、給食のデザートをライトニングに奪われたり、アーリィとドリィの喧嘩に巻き込まれて転んだり、カルコロの授業は一貫して退屈だったり、嫌なことも多く、創立祭もきっと楽しいことばかりではないと思うのに、それでもやっぱり惜しい。一端の傭兵魔法少女であれば、一秒前まで談笑していた相手であろうと必要が生じれば即攻撃するくらいはできて当然なのに、だ。

　自分の中の弱気を殴りつけるくらいの気持ちでアーデルハイトは表情に力を入れ、「つまりそういうことや」と頷いた。

「リリアンの方はちゃんと仕事できんのか」

「やります」

　被せるように肯定された。変身した後に見せる超越的で柔らかな表情とは違い、険がある。多少気圧され、一拍の間を置いてアーデルハイトが話そうとした直後、教室の方から声が聞こえた。叫び声だ。二人は言葉に出すことなく教室に向けて走り出した。

◇カルコロ

生徒達の作業を見るのにも飽きて、なんとなく外を見ていた。本来の業務を考えればずっと教室の中に目を配っていなければならないのだが、それでは気が詰まる。空を飛ぶ鳥を見て「いいなあ」と溜息を吐くくらいの自由がなければやっていられない。

なので生徒達に先んじて気付いたのはカルコロだった。見る見るうちに空の色が黒ずみ、グラウンドに張られたネットの向こう側、道路や住宅地が霧を通して見るように朧になった。なにが起こったかはわからないが、なにかが起こったことはわかった。ホムンクルスの暴走事件が無ければ戸惑うだけだったかもしれないが、今は違う。カルコロはすぐに立ち上がり、同時に変身し、生徒達の方へ向き直った。

「全員変身をしなさい！」

生徒全員がこちらを見ている。まだ変身をしていない。あっという驚きの表情をカルコロに向けていた。カルコロは振り向きざまに計算機を繰り出したが、窓を割って入ってきた侵入者は悠々と右手のみで受け止めた。

魔法少女だ。コスチュームはフリルでひらひらとしている。しかし顔には、縁日で子供が親にねだるようなプラスチックのお面、恐らくはアニメ化された魔法少女のものをつけて正体を隠していた。

彼女の背後からも後続が、同じように魔法少女のお面で顔を隠した連中が入り込もうとしている。カルコロは混乱していたが身体は反応してくれた。計算機を受け止めた相手の足を踏みつけようとし、かわされ、同じ足で蹴りつけられた。計算機を盾にして直撃を防いだが、片足では踏ん張りが利かず、それ以前に軽く蹴りつけられただけなのに威力が凄まじい。後方へ吹き飛ばされ、受け止められた。

見上げる。カルコロを受け止めてくれたテティの顎が見えた。顎のラインが美しい。魔法少女に変身していた。

「あなた達なんなんですか！」

テティの問いに答える者はいなかった。お面の魔法少女が杖を振り上げ、あるいは両拳を握って顔の前に構え、前に出た。いつの間にか薙刀のような武器を手にしていたスノーホワイトが突きを入れ、横合いから彼女を殴りつけようとしたステッキにラッピーが魔法のラップを張ってカバーする。ドリィが奇声をあげて突撃し、アーリィがスノーホワイトに追従して敵へ向かっていく。

「くそったれ！」

罵りながらプシュケが水鉄砲を乱射、銀色の液体を敵に向けて噴射した。拡散する液体という回避し難いはずの攻撃を、杖を振るい、身を捻り、目の前に盾を生み出し、誰一人として食らってくれる者がいない。それどころか乱れ撃った液体がミス・リールの後頭部に直撃、銀色の滴が彼女の身体を伝って垂れ落ちていく。

ミス・リールはぐらりとよろめき、液体と同じ銀色に溶け落ちた。最悪の誤射が発生してしまった——わけではない。プシュケの水銀を受けてミス・リールが魔法を発動、身体を水銀に変化させ、教室の床を這いまわりながら敵の足を刈り取らんと攻撃する。

アーリィ、ラッピー、テティという盾を前面に置き、スノーホワイトとドリィが後ろから突き、天井近くではサリーのカラスが上方向から隙を狙い、下方向からは不定形のミス・リールが足を攻撃し、プシュケが最後方から狙撃を試みる、という間(ま)に合わせにしては形になっている陣形を組んだ。

カルコロは計算しながら呪文を詠唱するが、魔法が完成する前に敵の動きが消極的になっていることに気付いた。振り下ろした杖をテティに握り潰されてしまっても格別動揺することなく後方へ下がり、次の攻撃に備えている。敵の動きを加えて魔法の計算機の石をぱちぱちと弾き、すぐに答えが導き出された。

——時間稼ぎ……?

爆発と思(おぼ)しき物凄まじい音が校舎を揺らした。蛍光灯のカバーからばらばらと埃が落ちてくる。学級の魔法少女達は攻勢を強めたが、敵は粘り強い防御陣形で致命打をもらうことなくじりじりと教室窓側へ下がりつつあった。

時間を稼いでなにをするか。恐らく狙いは遺跡だ。だが狙いがわかったところで、遺跡に向かう余裕など全くない。この教室に攻め込んだ魔法少女達は全員強い。ただ身体能力に優れているわけではなく、年季を感じさせる。生徒達の魔法にも余裕をもって対応しているようだ。各人の情報を下調べしていると見ていいだろう。突発的な凶行ではなく、準備を経た上での学校襲撃、テロだ。

カルコロは考える。今、遺跡の守り手はいない――否、いなくなった生徒達がいる。ライトニング、メピス、クミクミ、ランユウィ、出ィ子、ついでにクミクミが作っていたはずのドラゴンオブジェがいつの間にか消えている。敵が現れたときにさっさと逃げる面子かというと疑問だし、ひょっとしたら別口から攻めてきた敵を迎撃に向かったのかもしれない。

あまりにも都合が良過ぎる考えだったが、今は縋るしかない。校長は無事だろうか。校長室の方にも敵が向かっているのだとすれば、魔法少女ならぬハルナには為す術がないだろう。そしてハルナが命を落とせば、仮にカルコロがこの騒動を無事に潜り抜けたとしても、確実にろくなことにはならない。

これ以上考えても仕方がない。とにかく敵を撃退し、遺跡とハルナを守り、できれば生徒達も無事なまま、事態を収束させるのがカルコロに課せられた任務だ。結論に至ったところで詠唱が完了した。魔法少女同士が高速で戦う中、魔法使いの詠唱は絶望的にすっとろいが、そこは魔法少女兼魔法使いであるカルコロの高速詠唱術がものをいう。

掌の上に睡眠と昏倒の力を溜め、敵の顔面めがけてぶつける直前、潮が引くように敵集団は窓の外へと飛び降り、カルコロの魔法は発動先を見失った。

タイミングがあまりにも良過ぎる。敵は生徒達の情報を調べてきている、という推測は、そのままカルコロにも通じていたということか。魔法使いの魔法を使う魔法少女、ということで、得意な魔法の種類がチェックされていたのならば、この動きにも納得がいく。違う。納得している場合ではない。ようやく敵が隙を見せた。この機に乗じるべきだ。

「皆さん！　一旦後退して一階の方へ移動を」

ぽん、ぽん、と外から妙にカラフルな林檎（りんご）が投げ込まれ、直後一斉に爆発した。

◇ランユウィ

敵の襲撃と同時に後方へ下がった魔法少女達がいた。ランユウィはライトニングからのハンドシグナルを受けて出ィ子と共に教室の外に出、少し遅れてメピスとクミクミも外に出てきた。

「どうしてあなた達も出てきたの？」

状況に全くそぐわないライトニングの優雅な問いかけに対し、メピスは舌打ちを返した。

「アーデルハイトとリリアンがさっき教室を出ていった。呼びに行く」

「呼びに行ってどうするつもり？　今来た連中、あなた達のお仲間じゃないの？」

メピスの表情が困惑で曇った。出ィ子が僅かに右目を細めた。違和感を覚えている印だ。ライトニングの声もトーンが下がった。

「あら、本当にお仲間じゃないの？」

「知らねえよ。そっちこそどうなんだよ」

「知るわけないでしょ」

　二人は睨み合った——といってもメピスが一方的に睨んでいただけで、ライトニングの方は興味深げかつ無遠慮にメピスの顔をじろじろ眺めていたというのが正しいだろう。クミクミが小さく咳払いをした。彼女は大きな風呂敷包みを背負っている。風呂敷の隙間から例のドラゴンのオブジェが見えていた。こんな時でも見捨てはしなかったらしい。

「こんな……所で……立ち話……してる暇は……」

「ああ、そうだ」

　メピスは思い出したようにライトニングから視線を剥がして走り出し、クミクミがツルハシを振りながら続き、ライトニングが躊躇せず続いた。彼女が行ったからにはランユウィも行かねばならない。後ろから足音が聞こえているので出ィ子も来ている。誰にも聞こえないよう安堵の息を吐いた。

「なんでついてくんだよ！」

　メピスが鬱陶しそうに怒鳴る。

「私達の勝手でしょう！」

　ライトニングが楽しそうに怒鳴り返す。

　また喧嘩になるか、そうなればランユウィはなにをすべきか、考える間もなく、曲がり角の向こう側から二人の魔法少女が走ってくるのが見えた。アーデルハイトとリリアンだ。二人はぎょっとした顔でこちらを見て足を止めた。

「ちょっと待てや！」

　アーデルハイトの要請に従いメピスは足を止めた。彼我の距離は凡そ十歩。足は止めたが、メピスは不満そうだった。

「なんで待つんだよ」

「お前らなんで一緒にいんねん」

「こいつらが勝手についてきてんだよ」

　メピスは右手の親指で背後を示した。指差された側としてはなんともいえない。ライトニングの真意もわからない以上、本当になんで一緒にいるんだという気しかしない。だが一人で戸惑っていてもみっともないことにしかならないため、どうにかして自信いっぱいという顔つきを作り、メピスの後ろで腕組みをした。そんなランユウィの所作一つにもアーデルハイトは眉を顰め、小さく舌打ちをした。

「なんだ手前今舌打ちしやがったな」

「舌打ちの一つや二つ大目に見ろや」

「ねえ、アーデルハイト」

メピスとアーデルハイトの会話にライトニングが割り込んだ。

「物騒な連中が教室に来ているけど、あれってあなた達のお仲間かしら？」

アーデルハイトは不味い物を無理やり口の中に押し込められたような表情を浮かべた。

その表情がなにを意味するか、ランユウィが思い至る前にライトニングはころころと笑った。

「その顔。どうやらお知り合いみたいね。じゃああなた達も賊の一味ってこと？　今ここであなたのことを叩いたりしても私の方が正義の味方ってことになったり」

アーデルハイトが答えようと口を開いたが、今度はクミクミが割り込む。

「待て……どういうことだ。そんな話……聞いていない」

更にメピスが続く。

「ふざけんなよコラ。なにが起こってんのかちゃんと説明しろやボケが」

アーデルハイトは言葉に詰まっていた。なにをどういったものか迷っている。他の者はアーデルハイトが迷っていることでより感情的になっていく。メピスが怒鳴り、クミクミが問い詰め、ライトニングが肩を竦めて笑った。

「ちょっと待つっす」

皆がランユウィの方に意識を向けた。ランユウィはそのことに満足を覚えつつ、アーデルハイトとリリアンの方に掌を向けた。

「なんにしろまずは事情を聴くべきっす。さっきから皆が割り込むせいでアーデルハイトが話せなくなってるじゃないっすか」

「事情もなにもある？　賊と繋がってるって時点でアウトでしょう？　メピスやクミクミに話が通っていないというのは別に私が知ったことじゃないし」

「いや、それは、まあ、でも、聞いてみないとわからないことだって……たぶんあるっす」

ランユウィも本気でアーデルハイトを擁護しようとしていたわけではない。このまま押し問答を続けているわけにはいかないという危機感に、ほんの少しのスパイスとして「上手く言葉を話せないアーデルハイトがまるで普段の自分を見ているようだった」というのが加わり、結果として彼女を擁護する形になった。

ランユウィの発言を受けてか、それとも別の意図があるのか、とりあえず全員が一旦黙り、アーデルハイトの方を見た。アーデルハイトは口から息を吐き、右手は軍刀の柄、左手は後頭部を掻き、幼児がいやいやをするように首を振った。

「連絡は入っとったよ。これからそっちに行きますいうて」

劈（つんざ）くような爆発音が響き渡り、校舎全体を揺るがした。教室の方だ。ランユウィはそちらに気を取られたが、そうではない魔法少女もいた。プリンセス・ライトニングが十歩の距離をコンマの時間で縮め、アーデルハイトに向けて雷の剣を振り下ろし、アーデルハイトは抜き打った軍刀でそれを受けた。

「やっぱり賊の仲間じゃない」

バチバチと音を立て、二人の周囲に雷が光った。メピスが走り、出ィ子が塞ぐように前へ出、リリアンを抑えようとランユウィが動く。クミクミは一人戸惑った様子で周囲のクラスメイト達を見回していた。

ライトニングが呟いた。

「風雷棲魔暴流（フラズマボール）」

ライトニングとアーデルハイトの二人を中心に瞬いていた雷が、明るさ、大きさ、音、全てを一気に増やし、周囲で戦いを始めんとしていた魔法少女達は、戸惑っていたクミクミ含め全員が影響圏内から逃れるべく跳んだ。

◇ハルナ・ミディ・メレン

創立祭が始まる前、しかも白昼、襲撃を受けるのは全くの想定外だった。たとえ無法者といえど損得勘定をするくらいの知能は持ち合わせているだろう、というハルナの評価は過剰だったらしい。ちょっとやそっと意表を突くために破滅へ直結している道を突っ走ろうなどと狂気の沙汰だ。

襲撃に気付き、外部への連絡を試み、それは当然失敗し、ハルナは怒った。外部に連絡をさせないよう事前に仕掛けを施すくらいならば、もっと成功する目があるタイミングで襲えばいいのに、全てにおいて度し難い。

怒りながらも冷静でいるというのは大変に難しいことだが、慣れれば、そしてハルナの才をもってすれば、どうということはない。腹を立てながらも行動は最適を目指す。敵の主目的が中庭、その先に続く遺跡であることは明白だが、ついでに校長室も占拠しておこうとするのは充分に考えられる。このままここに居残るのはまずい。大勢で押しかけられても困るし、外から爆弾を投げ込まれたりしたらひとたまりもない。

まずハルナは校長室から外に出た。廊下を右に行こうと左に行こうと中庭に繋がっているが、右側から足音が聞こえてきたので左側へ走る。足音はついてくる。走っている。数が多い。ハルナのブーツには走力強化の魔法がかけられているが、流石に魔法少女が相手では速度不足だ。なにかが撃ち込まれたらしく、背中を守るローブが眩（まばゆ）く光った。更に連続して光る。守護の魔法は充分に練り込まれているが、あまり数を受けるようだといつまでもつかわからない。

とにかく走る。後ろは見ない。足音は離れない。それどころか近づいてくる。身体能力に差がある。ローブは間を置かずに光り続け、最後に一度大きく輝いてからボロボロに崩れて落ちた。最後の一撃は、飛び道具ではない。走り寄られて一撃浴びせられた。敵はすぐそこにいる。ハルナは前へ跳んだ。中庭の入り口に手を翳し、戸を開いて中に転がり込む。石畳の上で前転、そのままハナミズキの幹に背中からぶつかった。

「なんだ、案内してくれた」

「馬鹿だねえ」

背後から浴びせられる下卑(げび)た罵声の方へ向き直り、顔を掌で隠して叫んだ。

「馬鹿な真似はやめろ！　情報局に喧嘩を売るつもりか！」

なけなしの脅し文句に対し、さざめくような嘲笑が返ってきた。

「馬鹿が」

「死ぬんだよ、お前は」

「最期まで戦おうとしてみなよ。無駄だけど」

「あはは」

仮面の魔法少女が三人、顔は隠していても品性は声と態度でわかる。ハルナは自分のやろうとしていることが間違っていないのだと再確認した。彼女達のような終わっている魔法少女達が我が物顔でのさばっているからこそ、魔法少女学級は必要なのだ。弱い者いじめが大好きなサディストの無法者ではない、己の成り上がりしか目に入らない派閥の尖兵でもない、正しいことを正しく行える本物の魔法少女を養成する。森の音楽家が起こした悲劇は二度と起こさせない。エピゴーネンは残さず駆逐する。

そのためならなんでもする。犠牲が出ても構わない。ここで百人が死んだとしても将来百万人が救われることになれば、無駄ではない。犠牲者にとっても幸いだろう。

悪党魔法少女達はげらげらと笑っていた。彼女達は相手を速やかに始末しなければならないことを忘れてしまっている。というより忘れさせられてしまっている。ハルナはゆっくりと立ち上がり、彼女達に向かって歩いたが、それに反応することもない。ハルナが丹精を込めて作り上げた中庭は魔法の森だ。この中にいる時のみ、あらゆる魔法を詠唱も動作もなしで完成させることができる。

敵の全体数は現時点で把握できておらず、少しでも消耗を避けるためトドメに魔法は用いない。魔法が付与されたナイフを取り出し、笑い続ける魔法少女達の喉を一人ずつ斬り裂いた。仲間が殺されていくことも認識できないまま、魔法少女達は一人ずつ倒れ、血溜まりの中に伏していった。

この場所の秘密を知る者はハルナの他にいない。中庭には結界が張られており、外からの観測は不可能だ。精神防御の魔法によってスノーホワイトに情報が伝わることもない。詳細は情報局にさえ秘してある。秘中の秘だ。

入口へ戻り、再び封印を施した。絶対的な守りにはならないが時間稼ぎにはなる。

ハルナは眼鏡を外し、ローブの袖口で入念に返り血を拭き取り、ライラックの茂みに近付き、しゃがんだ。根元の土を掃い、金属製の蓋を露出させ、そこに手を当て封印を解除し、開く。機械類の中にあったレシーバーを手に取り、コードを伸ばして口元へ持っていく。簡易放送室の出来上がりだ。

　中庭にいる限り詠唱と動作は必要ないが、消耗はする。あらゆる大魔法を自由に行使できるわけではない。だから魔法は実戦的なものに限られ、そうなるとハルナ一人では手が足りない。今も敵が会話に付き合ってくれる気がなかったなら殺されていた可能性が高い。敵の攻撃を一時的で構わないから防いでくれる守り手が必要だ。

◇クミクミ

　出ィ子の回し蹴りを髪の尻尾で受け流し、間合いの内側へ滑り込んだメピスが掌底で顎の下から突き上げ、出ィ子はしゃがんでそれを回避、回し蹴りの勢いを殺すことなく水面蹴りで足を払いにいき、メピスはひょいと足を上げて足の裏で受け止めた。攻防を繰り返しながらも二人の魔法少女は足を止めることなく、木と木の間を縫うように移動し、旧校舎沿いに教室の方へ向かっていった。

　クミクミはランユウィに対してツルハシを突きつけ、動きを抑制していたが、向こうの方が機敏に動くことは知っているし、今は背負った荷物が邪魔だ。ツルハシを地面に叩きつけ、魔法で四角い礫に変えた土を浴びせたが余裕をもって回避された。お互いの身体能力も魔法も知っているため驚いてさえくれない。メピスと出ィ子の方もまるでレクリエーションの延長戦だ。クラス内レクリエーションで最もぶつかった組み合わせが、二班の特攻隊長であるメピスと三班の暴力担当である出ィ子だった。

ランユウィが左右にステップを効かせ、フェイントを一度入れてからローキックで牽制してきたのを大きな動きで回避し、クミクミは掌を前に出して動きを止めた。

「……待て」

「待てって、なにを待つんすか」

言葉ほど攻撃性は無い。ランユウィもまた足を止めてクミクミの様子を窺っている。

「我々が……戦う……理由は、ない」

「だって賊と繋がっているって」

「繋がっては……いない。連絡が……来ていたのは、リリアンとアーデルハイト……だ」

殴り合いを続けているメピスと出ィ子の方へ向き直り、口の横に手を当てた。ランユウィには背中を向けることになるが、敢えてそうしている。これで躊躇してしまうようなら、ランユウィは攻撃してこないだろう。

「出ィ子！　メピス！　やめろ！　我々が……戦う……理由が、ない！」

二人は手と足を止め、クミクミの方を見た。不審げであったり、怒りを抑えていたり、という顔ではない。そんなことはわかっているんだけど、という表情だ。クミクミは手応えを感じつつ続けた。

「私と……メピスには……なにも連絡が、ない……私達は……無関係だ。アーデルハイトとリリアンが……なにをしていたか……知らなかったのは……メピスの態度で……一目瞭然……」

出ィ子がフードの下からクミクミの背後に視線を送った。ランユウィに対して目配せないしそれに近いことをしている。この場にいる全員がわかっている。別に今戦わなければならないというわけではない。

「今……ライトニングと……リリアン、アーデルハイトが……戦っている。行くべきはそちらでは……私とメピスは……教室の方……爆発音……」

メピスとクミクミから目を離したくないという気持ちはないわけではないはずだ。しかし廊下で派手に魔法を発動し、そのまま離れ離れになってしまったライトニングと、恐らくはそちらについているアーデルハイトとリリアンのことはもっと気になるだろう。彼女達には迷っている時間もない。出ィ子とランユウィは合図もせずに駆け出し、先程飛び出したばかりの窓、ライトニングの魔法で破壊され剥き出しになった廊下へ跳んでいった。

二人を見送り、メピスが舌打ちをした。

「邪魔しやがって。出ィ子締めてやるいい機会だったのに」

「そんな場合じゃ……ない。今なにが起きているのか……わからない」

「そんな場合じゃないはこっちの台詞だっつうの。なんだよそれお前背中の大荷物」

咄嗟に判断してドラゴンを回収できるほどクミクミは素早く行動できない。さっきの出ィ子とランユウィへの説得も同じだ。その場で理屈を考え出して実行するには圧倒的に速さが足りていない。そんなことはクミクミ本人が誰よりもよく知っている。

だがじっくりと考えることならできなくもない。フレデリカの様子がおかしくなり、接触が極端に減ってからクミクミは考えるようになった。役立たずと見做されて切り捨てられたのではないか、と。それは悲しいことだったが、かといって否定するのも難しい。できることならクラスメイトに酷いこと、悪いことはしたくない、と考えていたのは事実だ。フレデリカの求めていた才能をクミクミが持っていないというのは、その通りなのだろう。だったらと開き直った。フレデリカがなにかをやるとして、クミクミはそこに組み込まれないとして、ではどうすべきか。黙ってなされるがままというのは嫌だった。以前のクミクミならがっかりへこんで諦めていたかもしれないが、今は違う。思った通りにいかないくらいで放り投げていたら、生命を投げ打ってまでクミクミを助けようとしてくれたカナに申し訳が立たない。そこまでして助ける価値があると思ってくれたのだから、それだけの価値がある魔法少女でいなければならないのだ。

そのためにまずやったのがドラゴンを持ち運びできるようにしておくこと、というのが情けないが、まあそれはそれで自分らしいんじゃないかということにしておいた。

「つうか出ィ子とランユウィ行かせちまってどうすんだよ。アーデルハイトとリリアンがライトニングとやり合ってるとして、あいつら行ったら三対二になんじゃねえか」

「それで勝てないなら……逃げるだろう……賊と仲間というなら……賊が助けてくれるかも……しれない。どちらかというと……心配すべきは……ライトニング達」

「はあ？　お前どっちの味方だよ」

「現状……学校側に味方すべき……我々は……なんの連絡も……受けていない……賊は、賊でしかないなら……近衛隊の構成員としても……学級の生徒としても……賊を退治しなければ……いけない」

「お前それ……なんつうか、我田引水じゃねえの？　だってあれ、そうだろ。なんでアーデルハイトとリリアンにだけ連絡いってんのか知らんけど」

「切り捨てられた……」

　メピスの表情が見る見る険しくなった。彼女の気持ちはクミクミにも理解できる。クミクミが切り捨てられるのは、自分自身でも「そうかな……」と思えなくはないが、メピスが切り捨てられるのは理由がわからない。ただ、なにかがあったのだろう、としか思えない。本人にしてみれば納得できるものではないだろう。

　だが時間は無い。納得してもらうしかない。

「なにか……あったのでは……ないか」

「なにかって……」

「学校を……襲撃したくない……そう思っていたのでは……それを見抜かれた……」

表情の険しさが増した。だが覚えがないわけではないらしい。その証拠に反論がない。

クミクミは考える。今度はじっくり考えている時間はない。

カナは本校の方に行っている。彼女の性格を考えれば本校の生徒を守るような立ち回りをするだろう。アーデルハイトとリリアンが賊と繋がっていることは確認した。二人しかいないことを心配していたが、これなら気を揉む必要はない。心配すべきは今ではなくこれから後だ。教室の方は人数が揃っていたのでアーデルハイトとリリアンを優先させたが、さっきの爆発音が気になる。多少の攻撃でどうにかなるクラスメイトでないことは知っていても、攻撃が多少でないならどうなるかはわからない。

「見抜かれたとか……そんないい加減な理由で切り捨てられるわけねえだろ！」

「そんなものは……相手次第で……」

チャイムが鳴った。あまりにも場違いな音が耳に届き、咄嗟に言葉を止め、周囲を見回した。なにが起きればチャイムがなるのかわからない。これはクミクミが想定してメモしておいた中にもなかった。

籠った声がチャイムに続いた。どこかから放送しているようだ。

『敵襲です。魔法少女学級に所属する魔法少女の皆さんは中庭に避難後、校長先生の指示を聞いて行動してください』

痺れるような感覚が頭の先から足の裏まで走り抜けた。メピスはぶるぶると全身を震わせ、両腕を掻き抱いて震えを止めようとしているが収まらない。クミクミはなにかを話さなくては、と口を開いたが言葉が出てこない。話す必要はなかった。指示の通りに動く。中庭を目指す。そこに行って校長の指示を仰ぐ。

メピスとクミクミは同時に走り出した。

第九章　人間模様戦場模様

◇三代目ラピス・ラズリーヌ

ラズリーヌはピティ・フレデリカと直接の面識を持たないが、彼女の経歴を知るだけでも狂った魔法少女であるということがわかる。頭がおかしいからこそ魔法少女学級を襲撃したし、襲撃に戦力を割いた隙を狙って師匠が動くことを承知で迎え撃とうとしているし、他人の迷惑を顧みることなどない。

初代ラズリーヌは狂っていない。彼女は狡猾で冷静だ。フレデリカの趣味的な誘いに乗ったようでいてもなにかしらの「イカサマ」を仕込んでいるだろう。負けても負けたことにはならないとか、そういうものだ。具体的になにをしているのかは聞かされていないので知らないが、だからといってなにも仕込んでいないなど絶対にないという、よくも悪くも信頼感がある。ラズリーヌに対しそれらしく語っていたことになに一つ真実が含まれていなくても不思議ではない。フレデリカの趣味に付き合わなければ尻尾を掴むこともできないからといって、真正面から真正直に戦いを挑むことだけは有り得ない。

インカムから指示が飛ぶ。現場指揮官は候補生の一人だ。声は落ち着いている。魔法少女学級の襲撃から時間を置かず任命されたのに大したものだ、と思う。

青いエネルギー球が投げ込まれ、正面玄関が爆発した。太く高い左右の柱が倒れ、それにより支えていた庇が崩れ落ち、ゴシック様式の西洋建築が秒で瓦礫の山になる。

同時に裏口でも爆発、下水から台所を目指すチーム、壁を突き崩し横腹を突くチーム、各方向から同時に攻撃を開始した。ラズリーヌ候補生、その卵、元ラズリーヌ候補生、といった魔法少女達から戦闘力を重視して精鋭を十名選抜している。初代が自分自身をどこに配置したかは、ラズリーヌも知らない。青い魔法少女の中に紛れていれば早々発見されることもないだろう。

閑静な住宅街のただ中とはいえ、常時発動している不可視の魔法を抜けるには特定の歩幅と手指の動きが必須となるため、訪問者と居住者以外にとってはどれだけ騒ごうと静かなままで空間ごと隔離されている。誰も邪魔する者はいない。

ファンシーで実用性を欠く揃いのメイド服に身を包んだ少女達がきゃあきゃあと叫びながら玄関から飛び出し、頭を抱えて逃げていく。非戦闘員とて放置するわけにはいかない。青い魔法少女の一人がメイドを蹴りつけ、しかし受け止められる。メイド服を破き捨てたその下にはトランプの兵士を思わせるコスチュームがあった。

シャッフリンシリーズだ。メイドを雇い入れるという名目でオスク派の不心得者から戦力を借り受けている、というところか。ラズリーヌにまで情報が届いていないところからみて恐らくはダミーの派遣会社、ひょっとすると他にも数社を経由している。

師匠はフレデリカを侮らない。全力をもって叩こうとしている。ならばフレデリカもこれくらいはするだろう。だが、まだ想定の範囲内だ。

青い魔法少女をカバーするように宝石のティアラという共通点を持つ魔法少女達がシャッフリンの前に出た。こちらはラズリーヌ候補生を上回る数が投入されている。とはいえ質が低いわけではない。師匠はプリンセス・ライトニングをプリンセスシリーズ決定版のように話していたが、それまでにも数多くのプリンセスが生み出された。魔法少女の才能を一切持たない普通人でも魔法少女に変身することができる。

師匠の人心掌握術、底辺から引き上げられたという恩義、実質身柄を抑えるやり方、この三点によりプリンセス達の士気は高い。彼女達の調整やエネルギー供給には研究部門のサポートが必須であるため、師匠が負ければ魔法少女である自分が死ぬも同然だ。背水の陣で戦う。シャッフリン達にも臆さず立ち向かい、味方の犠牲に目もくれずスペードのエースに飛びかかっていく。シャッフリンの数が多いとはいえ、プリンセスの数も多い。才能の有無で候補者を選定する必要がないのだから当然だ。

青い魔法少女の群れに混ざってラズリーヌも走る。門番、駆けつけた傭兵、カスパ派所属の魔法少女、近衛隊隊員、入り乱れ、炎の柱が立ち、天井が崩落し、旋風が巻き起こり、強酸性の霧が噴霧され、しかしあらゆる障害をするすると抜け、集団から離れて奥の間を目指す。

フレデリカを暗殺すればそれで終わりだ。途中、すれ違う敵戦力はラズリーヌに触れることもできず、逆にこちらから触れてやることで記憶の飴玉を奪いとる。物理的な罠、魔法的な罠、存在を全て看破し、かかることはない。ラズリーヌなら当然だ。

速度は一切落とさないまま廊下を駆け抜け、急停止した。後ろへ体重をかけ、踵で絨毯を削り、手で床を叩いて跳ね飛び、攻撃を回避、後方へ退いた。

ラズリーヌはゆるゆると息を吐き出しながら徐々に姿勢を低くし、両手を前に出した。目の前には十字路、その中央に魔法少女が一人立っている。ここまで誰一人速度を削ぐことさえできなかったラズリーヌの足を止めていた。

赤地に白水玉という派手なキャスケット帽に実用的なデザインの眼鏡、サスペンダーにショートパンツ、という装いは帽子だけ間違えた少年探偵という風情だが、魔法少女だ。フリルや宝石といった魔法少女的な装飾を欠いたシンプルなシルエットは、恐らく古い世代であることを示している。典型的な魔法少女像がアニメ等によって喧伝される以前の世代だ。

この世代は——正確にはこの世代で未だに魔法少女を続けている者は、例外なく強い。

館を揺るがす喧騒を毛の先程も気にせず、泰然とした構えを崩さない。腰を落とし、掌を僅かに開き、左手を胸の前、右手をその前に置く。どこを見ているというわけでもない一見ぼんやりとした表情はあらゆる方向からのあらゆる攻撃を想定してのものだろう。

どちらからともなく前に出、どちらからともなく突きを入れ、受けた。

ラズリーヌのゼロ距離からの頂肘、はふりだけでノールックで左膝を蹴り、脛で受けられ、右、左、しゃがんで回避、両手を床について蹴り上げ、そのまま跳び、天井で半回転、同時に天井へ到達した敵と打ち合いながら天井を駆け、照明を蹴って敵にぶつけようとし、逆に蹴り返された物を首振りで回避した。

斜めに走って壁へ、壁を蹴って逆側、二人の魔法少女は全てを同時に行い、打ち、受け、止め、払い、肘と膝での挟み受け、咄嗟に手を引いた敵へ追い縋り左の拳を簾にして左の蹴り、途中で靴を脱ぎ捨て、股、膝、足首、足指の付け根、あらゆる関節の柔軟性を十全に用いて敵の頬に掠めさせて記憶の飴玉をいただこう、というラズリーヌの目論見は、頬の横へするりと落ちたキャスケット帽によって阻まれた。

二人は絡み合いながら落下、しかし敵はコスチュームや小道具を用いて肌の接触を許さず、ラズリーヌの魔法は発動しないまま着地、靠撃とぶちかましでぶつかり合い、飛び散るのようにお互い距離をとった。

ラズリーヌの魔法を知っている者の動きだ。挙動から推測した、というレベルではない。

はっきりと知っている。つまり、彼女は対ラズリーヌ要員ということか。ラピス・ラズリーヌによる単騎駆けからの暗殺という策とも呼べないような策、しかし防ぐことは極めて困難な作戦をピティ・フレデリカは読んでいた。

ひゅっと短く息を吐き、大きく踏み出した。裸足の足指で絨毯を摘まみ、引き寄せる。廊下を覆う長い絨毯は敵の足の下にも繋がっている。バランスを崩すか、跳ぶか、踏ん張るか、逆に引き寄せるか、という読みは、絨毯ごと引き寄せられながら一切体軸がブレていないという敵の異常性によって外された。

読みを外された上で貫き手が放たれた。その場に伏せて回避、横に転がり追撃を避け、背中を地面につけたまま敵の足と打ち合い、床を叩いて股を狙うがかわされ、目まぐるしく攻防を入れ替えながら二人の魔法少女は打ち合った。

ラズリーヌは目を細めた。埃だけではない。空中になにかが漂っている。後れ毛が逆立つ。心身に僅かな異常を感じ、即座に自分の身体から飴玉を取り出した。ラズリーヌの魔法は、感情、記憶、それだけでなく魔法の効果も抜き取ることができる。これによって現身であるプク・プックの魔法も消してみせた。

魔法による異常を抜くだけではなく、敵に向かって飴玉を撃ち出すことで攻撃を兼ねる。合計六個の飴玉を撃ち出すも四個までかわされ、最後の二個は右手人差し指と中指、左手人差し指と中指の間に挟み止められた。

ラズリーヌは飛び退り、踵に触れた柔らかな感触で足を止めた。小さなキノコが床に生えている。掃き清められた洋館の中に赤と白の毒々しいキノコ、という異様な存在感に心を揺らすことなく意識を研ぎ澄ませる。床や天井が動いている。キノコだ。場所を選ばずにキノコが生えつつある。飴玉の色は濃い桃色、神経操作だ。キノコの胞子によって身体に異常を引き起こそうとしている。

「大姦婦アスモナ」

ラズリーヌの呟きに対し、敵は意外そうな表情で「へえ」と呟いた。

「古いだけで売れてもいないロートルの名を知っているとは勉強家ですね」

「名も売れてないだなんて御冗談」

爽やかで知的な装い、正統派の格闘術、「大姦婦」という名が持つイメージ、それに爽やかならぬ効果を持つ魔法が嚙み合わず、特定までに時間がかかった。本来なら毒々しいキノコをモチーフとしたキャスケット帽で気付いていい相手だ。

――こりゃ思ってたより緊張してたかな。

無駄口を叩きながらもラズリーヌの身体からは飴玉が零れ続けている。アスモナの胞子によって与えられる攻撃を食らってしまえばまともに戦うことはできない。

なんということ、と内心で天を仰いだ。難敵だ。勝つか負けるかは運の勝負になる。そしてスタイルが嚙み合い過ぎている。下手に勝負を急げば痛い目を見るのはこちらの方だ。

ピティ・フレデリカやるじゃないかと心の中で褒め、自分が楽しくなってきていることを自覚した。個人的な楽しみのためにやっている戦いではない、と気を引き締め直す。アスモナの魔法がどこまで広がるか。動けば動くほど彼女を中心にして胞子が拡散、それによりキノコが生えてまたそこから拡散していく。最大範囲次第でラズリーヌ一人が無事でも味方が全滅することも考えられる。だらだら戦っていることはできない。

ラズリーヌは足元に溜まっていた飴玉をアスモナに向かって蹴り上げた。振り上げた足を振り下ろし、力の全てを一切の無駄なくぶち込んで震脚、床がクレーターのように窪み、生えかけていたキノコ諸共壁が割れ、天井に深いひび割れが走り、残った飴玉が宙に舞い、壁や床に当たってピンボールのように乱反射した。

魔法少女二人が同時に跳ぶ。空中で飴玉を蹴り飛ばし、その反動を利用して次々とジャンプの軌道を変えていく。二人の魔法少女は無数の飴玉と共に空中で交錯した。

◇プシュケ・プレインス

こういうことがいつか起こるかもしれないと頭の片隅に留めてはおいていても、いざ事が起こってみると、それも白昼堂々とやらかされてしまうと、腹立たしくも忌々しい。命の遣り取りを覚悟しているというのと、命の遣り取りを望んでいるというのでは、天と地ほどの差がある。プシュケは戦うのが好きな連中の気が知れないし、彼女達のことを理解したいとも思えない。

そのため方針は決まっていた。逃げる、隠れる、だ。

馬鹿が教室で爆発物を炸裂させた時、端（はな）から逃げるという選択肢が前にきていたプシュケはいち早く反応することができた。回れ右で方向転換し、進路の途中に立っていたサリーの腰を抱いて掻っ攫（さら）い、教室廊下側の窓から廊下へ跳び、着地せず今度は廊下の窓を割って外に飛び出した。背後から爆風に煽（あお）られながら態勢を整え、渡り廊下の上に着地を試み、しかしプシュケの想定よりも廊下の屋根が脆（もろ）かったため貫通、トタン屋根だったり柱だったりを折ったり割ったり壊したりして残骸の中に不時着した。

プシュケは瓦礫（がれき）の中で呻いた。人間なら何度か死んでいるが、幸いにも魔法少女だ。生きている幸運に感謝し、更なる幸運に期待してこの場から撤退すべきだろう。ただしさっさと動いては敵に襲われる危険がある。周囲を確認しておくべきだ。

抱きかかえているサリーは呼吸も鼓動も異常はない。多少早くなっているが、この状況下で平時と変わらない者がいればそれこそ異常者だ。

「ちょっとサリー。お願いがあるんだけど」

魔法の端末と睨めっこをしていたサリーが顔を上げた。暗がりで下から照らされているため、魔法少女の華やかな容貌でも少々怖い。

「外に連絡できないか試してみたけど駄目っぽいねえ」

「そりゃまあこんなことする連中だから準備はしてあるでしょ。それよりお願いが」

「お願いってこの状況で？」

「このクソ状況だからお願いしてんだよクソ。カラスどうした？　生きてる？」

「あの程度の爆発で消えるわけないねえ。今こっちの上に来て飛んでるねえ」

プシュケは鋭い舌打ちで応え、抱かれたサリーがびくりと震えた。

「えっなにっどうしたねえ？」

「あんなピカピカ目立つやつ上空で旋回させてたらここに使い手が潜んでるのばらすようなもんじゃん。死ねよ本当もう。危なそうなやつ近くにいない？」

「見当たらないねえ」

「ならチャンスだ」

屋根を突き上げ、瓦礫を除(よ)ける。魔法の端末のモニターしか灯りがなかった狭い空間に太陽の光が差した。柱を蹴り飛ばし、瓦礫を除け、埃臭さに辟易(へきえき)しながら外に出、サリーをひょいと残骸の上に投げ捨てた。

雑に扱われたサリーの抗議を聞き流し、プシュケは周囲の様子を窺った。そこかしこから争っていると思しき激しいぶつかり合いの音が聞こえる。なにかが弾けるような音、爆発音、破壊音、それらが散発的に各所で渦を巻いているようだった。

——だが、これは……思ったより数が少ないか。

未来の魔法少女界を担う精鋭魔法少女がいっぱいに詰めている魔法少女学級を襲撃するからには雲霞(うんか)のような大群で押し寄せたに違いない、という絶望的な予想はどうやら外れてくれたようだった。これなら逃げる余地はある。

「なんにせよ、ここに居るのは駄目だ」

プシュケは「さっさと逃げよう」と続け、サリーの「教室に戻ろうねえ」が重なり、二人は顔を見合わせた。サリーは意外そうなものを見る目を向けていた。プシュケはもっとはっきりと、なにいってんだこの馬鹿、という顔で相手を見た。

「教室行ってどうすんの」

「他の誰かが残ってたら戦力が増えるねえ」

「今教室に残ってるやつがいるとして、それは怪我人か死人だよ」

「死んでいたら……まあ、どうしようもないけど、怪我人なら助けないとねえ」

「そんなことしてる場合じゃ」

戦闘の音に紛れて小さな足音がこちらに近付いてくる。プシュケと同時にサリーは足音の方へ向き直り、駆け出した。

プシュケは舌打ちをした。サリーは迎え撃つ気でいる。逃げた方がいいというプシュケとは方針が正反対だ。共に行動すべきではない。今のようなつまらない言い争いが生じればそれだけで命取りになりかねないということはわかっている。わかっているが、プシュケは一歩遅れてサリーの後方を走った。

ホムンクルス騒動の前、カフェテリアで結んだ約束――なにかあれば助け合おう――を守るため、などという殊勝な気持ちは欠片もない。足音は一人きりであり、それならば仲間を呼ばれるより早く二対一、カラスを含めて三対一で数の有利があるうちに黙らせてしまった方がいい。サリーと袂を分かつにせよ、説得するにせよ、その後だ。

渡り廊下の向こう側から飛び出してきた魔法少女はキューティーパンダのお面を被り、猿のように長い尻尾の魔法少女だった。サリーは忌々しそうに「気は優しくて力持ちなキューティーパンダのお面を無法者が使うなんて解釈違いもいいとこだねえ」といって舌打ちし、プシュケはそれに輪をかけて忌々しそうに「クソオタク」と吐き捨てた。

二人の魔法少女は右と左に別れ、敵に走る。連携はレクリエーションで何度もやっている。カラスも含めて三方向から攻撃すればいい。プシュケは水鉄砲を抜き、敵に銃口を向け、その時にはもうパンダ面に銃口を肩で押し上げるような形で距離を詰められていた。

――早っ……！

ここまで近寄られてしまうと水鉄砲は役に立たない。距離をとろうと後ろへステップし、敵はぴたりとついて離れず、距離を詰めたままプシュケの肩を両手で掴んだ。サリーが叫ぶ。カラスが急降下した。敵の胸が不自然に膨らみ、中の空気を全て吐き出す勢いで叫んだ。

なにも聞こえない。意識が遠くなる。視界の隅でカラスが飛んでいる。プシュケは膝から崩れ落ち、耳と目から温かな液体を流しながら受け身も取れず倒れた。

◇カナ

周囲がざわついている。空が薄暗くなり、学校の外がぼやけている。恐らくは結界が張られているのだろう。実際に触ってみるなりして外に出られないことを確かめればざわめきでは済まない。パニックになる。吉岡にメッセージを返そうとしたが、繋がらない。電波電気電磁波音波他あらゆる方法での外との繋がりを断つのはこの手の結界での常套手段だ。繋がらないのも当然だろう。問題はそれに気付く梅見崎の生徒なり教師なりがいたとして、パニックの芽になるであろうということか。

旧校舎の方から音が聞こえる。金属と金属が打ち合う音だ。戦っている。吉岡のメッセージはこういうことか。魔法少女学級を襲撃するから手引きしろ、と。

カナは吉岡によって刑務所から解放され魔法少女学級に送り込まれた。カスパ派に所属していて、派閥の勢力伸長のため身を粉にして働く。怠けたりしていては刑務所に逆戻りすることになりかねない。

だがあからさまな違法行為に手を貸せば、それはつまり刑務所に逆戻りということになるだろう。吉岡に借りがあるのと同様かそれ以上に魔法少女学級にも恩と義理がある。

心の中の天秤にかけてみる。メピスを筆頭にクラスメイト達が害されているのを想像すると天秤は一気に傾き、もう戻りそうにない。どのような大義があって魔法少女学級を襲ったのかは知らないが、吉岡には恩知らずを解放してしまった不運を嘆いてもらうしかないだろう。

カナの旗幟は鮮明となった。が、最大の問題はそこにない。クラスメイト達を助けるという方針に決めてさえここから動くことができない。梅見崎の生徒達、オブジェ制作の現場で知り合ったムラオカとコウノは「なにが起きたんだろう」といったことを心配そうな顔で話している。クロダは窓の外を見て「ドッキリかなにかじゃないか」と暢気なことをいい、サナダは「カナちゃん大丈夫？」と気にかけてくれている。

吉岡の手勢がこちらに向かってきた場合、彼ら彼女らに戦う手段はない。旧校舎側には魔法少女が大勢いる。しかしこちら、新校舎側にはカナしか魔法少女がいない。なにが起こるにせよ、魔法少女が絡む事態であればカナが必要になるだろう。

クラスメイトの危機を知りながらもこの場から動けないというのは大変にもどかしい。

しかしクラスの連中の顔ぶれを思えば、多少の困難であろうと負けることはあるまいと思える。同じように吉岡の顔を思い浮かべてみると、多少の困難ではないのではと思えてならない。カナは表情を変えずに歯ぎしりし、サナダから本格的に心配された。

とりあえずこちらに留まるとしても、この教室に居残るべきではない。吉岡の手勢がこちらに向かってくるなら迎撃できる位置、同時にこちらから旧校舎に向かおうという蛮勇を発揮してしまう誰かを止める。パニックがいよいよ大きくなった時にフォローする者が教室にいた方がいい、というのはあるが、その役目をカナが果たせるとは思えない。

まずは学校の外に出て――考えはそれより先に進まなかった。唐突に頭の中が澄み渡り、そこへ一気に情報が押し寄せてきた。カナは右手で頭を押さえ、左手で窓際の手摺を掴み、よろめく身体を支えた。

――これは……なんだ。違う。これは……記憶？　誰の記憶……俺の記憶か？

「カナちゃん！　どうしたのカナちゃん！」

声が遠い。話しかけられているのが自分であると気付くまでに時間を要した。口の端から流れる涎が拭われることなく落ちていく。喉の奥から自分の声とは思えない呻き声が聞こえる。手摺を握り潰した。怯えた声、そして肩を支えていた手が離れていく。

――俺の記憶だ。魔法少女刑務所……その前に、斬られた。刃物……精神操作。

爆発音が響き渡り、足元が揺れる。悲鳴が木霊する。ここではない別の世界の出来事のように感じる。魔法少女学級での記憶にそれ以前の記憶が混ざって溶ける。自分が何者だったのか、なにをしていたのか、思い出す。

窓に目を向けた。ガラスに反射した魔法少女がこちらを見ている。カナではない。額には四つの点、聖印が浮かび上がり、己が何者であるかを嫌味なくらい主張していた。

――フレデリカによって記憶を奪われ、その記憶が今戻った。つまり魔法を解除した。なぜこのタイミングで。ピティ・フレデリカはなにをしようとしている。魔法少女学級襲撃。遺跡。そうだ。遺跡の地下には遺物が安置されている。

肺の奥底から息を吐き出し、倒れかけていた身体を引き起こした。握り締めていた手摺だった物を床に放り捨てる。からんからんと高い音が鳴り、未だ纏まらない頭に響く。

「カナ……ちゃん？」

再び近付こうとしていた手の温かみを避けるように、カナと呼ばれた少女は窓の外に向かって跳んだ。

◇スノーホワイト

林檎が投げ入れられる直前、スノーホワイトの脳は高速で稼働した。ミス・リールとラッピーは魔法で防御が可能、アーリィも同様、アーリィの近くにいたドリィはアーリィを盾にするだろう、いち早く逃げ出したプシュケがサリーを攫っていくのを目の端で認め、カルコロとテティがどうにか無事でいてくれることを祈った。

スノーホワイトは教室の壁に肩から体当たりし、使用していない隣の教室に飛び込んだ。吹き込む爆風に煽られ、吹き飛び、黒板で受け身を取った。白墨の粉が舞い散る中、今度は窓を蹴り割って外に飛び出し、窓外の庇を駆けて外回りで元居た教室を目指す。

林檎が投げ入れられる前に心の声が聞こえてきたが、これ以上反応はできなかった。注意喚起の時間もなかった。敵は一様に素早く、魔法を含めていてさえスノーホワイトの反射神経ではなんとかついていくことしかできていない。

ぐるっと回って割れた窓から中に飛び込み、体重と怒りを乗せて一撃、斬りつけた。爆発後、敵は再度踏み入ってくるというスノーホワイトの予想は的中したが、同様にスノーホワイトの動きも読まれていたらしく、あっさりと片手剣で受け止められた。

教室の中は爆発によって半壊、床が落ちている。

味方は魔法のラップをひらひらと翳して敵の攻撃を受け流しているラッピー、三人相手に蹴られて殴られているアーリィ、黒色に変化しているミス・リールは恐らくアーリィの鎧の欠片を握っているのか、壊れている部分が元の形に戻ろうと蠢いている。

敵はアーリィを攻撃しているのが三人、ラッピーに二人、ミス・リールに二人、そしてスノーホワイトを迎撃したのが一人、更に空中に目玉の形をした金属の球体、握り拳より一回り小さな謎のオブジェクトが複数ふわふわと浮遊していた。

カルコロ、テティの二人は床下に落ちたらしい。そちらから心の声が聞こえるので意識は失っていない。小さな目玉の内半数が床の穴から下に向かっていった。落ちた二人を追撃しようとしている。

　スノーホワイトは自分がすべきこと、他者にしてもらうべきことを見定めた。

　片手剣の敵に突っかけ、刃を押し付ける。スノーホワイトは両手、しかも体重をかけていたが、敵は右手のみで悠々と受け止めていた。お面が揺れた。押し殺した笑い声が聞こえる。音に聞こえた魔法少女狩りがこの程度か、と笑っているのか。

　スノーホワイトは力不足だ。だが、力不足だからといって勝てないというわけではない。左手の剣で脇を突こうという動きに対応、武器の柄でそれを受けながら前に出、密着状態を作る。力で負け、技術で負け、経験で負けているスノーホワイトがこの形を作ったところで一秒もたない。敵もそれを承知でやらせている。

　一秒もたなくてもいい、一秒の半分あれば充分だ。

　スカートの裾が持ち上がり、スカーフがふわりと踊った。スノーホワイトの内側から巻き起こった旋風が、お面の下に潜り込み、驚きに開かれた敵の口へと飛び込んだ。

　胸が膨れ、腹が膨れ、元に戻り、敵は二本の剣を取り落として激しく咳き込んだ。

「メイはお前をいつでも爆発させることができる。前爆発させたプキンはそれが原因で命を落とした。それが嫌ならメイのいうことに従え」

　お面の魔法少女は喉の奥に手を突っ込み、しかし吐き出す前に胸が膨らみ、腹が膨らみ、先程よりも長い時間膨らみ続け、萎み、胸と腹を押さえてのたうった。

「メイは気が長いけど長くない」

ピティ・フレデリカの魔法による窃視を防ぐため、スノーホワイトはテプセケメイを借り受けた。以前起きた事件の折、フレデリカは信用を得るためその場にいた魔法少女を攻撃することができず、魔法もかけることができないという契約を結んだ。その場にいた者で現在生きているのはマナ、７７５３、テプセケメイの三名で、テプセケメイであればスノーホワイトの服の内側に潜ませることで常時フレデリカの魔法を妨害することができる。

面倒臭いのは当然として、大変に危険な仕事だ。スノーホワイトは断られる覚悟で頭を下げたが、テプセケメイはあっさりと首を縦に振り、７７５３も心配はしたものの止めようとはしなかった。彼女達にとってもピティ・フレデリカはなんとかしたい魔法少女であったらしい。

ラッピーが魔法のラップを手放した。ひらひらと落ちるだけだったはずのラップが、突風に吹き付けられて敵の武器に貼りつき、腕に貼りつき、顔に貼りつこうとした物は杖によって止められてしまったが、そちらに気を向けた隙にスライディングで股下を抜けたラッピーが両足にラップを巻き付け、敵は無様に転がった。

テプセケメイの存在はクラスメイトにも伏せていたが、ラッピーだけは例外だった。人事部門の帰り、彼女に事情を話し、その後連携の練習を何度かした。それが今活きている。

アーリィに向かっていた敵の一人がラッピーに向き直った。が、直後にアーリィが鎧を一部パージ、内側に匿われ、守られていたドリィが外に飛び出し、ドリルを突き出す。敵は背中をドリルで刺されて悲鳴をあげた。

◇ランユウィ

ライトニングが戦う場所に向かった直後、放送があった。この校舎で校内放送があったことは今までなかったが、チャイムを鳴らす設備があるのだから放送することもできるのだろう。中庭に集まって校長の指示に従え、という放送内容に、そんな場合か、とそのまま走り続けようとしたが出ィ子が足を止めた。一人で走っていくわけにもいかないランユウィも不本意ながら足を止め、出ィ子に呼びかけた。

「ちょっとなにしてんすか。さっさと行くっすよ」

出ィ子は反応しない。彼女は無口だが、ランユウィを無視したことはなかった。ひょっとして聞こえていないのかとランユウィは出ィ子の前に回り込み、その顔を見てぎょっとした。彼女はランユウィを見ていない。心ここにあらずという顔であらぬ方へと顔を向け、ぶつぶつと何事かを呟きながら今行こうとしていたのとは全く逆方向へ駆け出した。

「ちょっ、出ィ子！」

伸ばした手は空振りをした。出ィ子は魔法を使って姿を消すことでランユウィの制止を振り切り、あっと思った時には校舎の壁を蹴り破って中に飛び込んでいった。

ラズリーヌ候補はあらゆる魔法とその影響、対策について学ぶ。今の出ィ子は魔法の影響下にあった。何者かに精神をコントロールされ、どこかに連れていかれてしまった。なにかきっかけがあったとすれば校内放送が一番怪しいが、同じように聞いていたランユウィは特になにも起こらず、今も自分の意志を保っている。

どうするかと自問した。なにが起こっているのかまるで理解できない。だからといってここで足を止めていていいわけはないし、出ィ子を追いかけるか、ライトニングの支援に向かうか、どちらかを選ばなければならない。

出ィ子は恐らく中庭に向かった。だが確定ではない。ならライトニングにすべきか。そちらは場所がほぼ特定できる。一階奥の方から雷の光と音がこちらまで届いている。

ライトニングの方へ走りかけ、しかしランユウィはまたもブレーキをかけた。

「いたいた、あれでしょあれ」

「潰せ潰せ、さっさと潰せ」

お面の魔法少女が三人、こちらを指差し話している。どうすべきか迷っている時間はない。ランユウィは身を翻して逃走を選択したが、二歩目で無様に頭から地面に突っ込んだ。左足に矢が突き刺さっている。お面の一人がクロスボウを掲げ「当たった当たった」と喜んでいた。ランユウィは生き残るため必死で魔法を発動させた。場所と場所が繋がった。

◇雷将アーデルハイト

リリアンが消えた。なにかしらの狙いを持って隠れ潜み、一撃を与える機会を窺っている……かと思いきや、機会を作っても出てこない。どうやら本当にいなくなった。まさかあの内容のない校内放送に従ったわけもないだろうに、意味がわからない。二対一で数の有利を活かしてさっさと圧し潰す、というアーデルハイトの目論見は早々に瓦解し、一対一を強制されている。さっさと片をつけたいアーデルハイトにとってはなんら望むところではない。

雷光が廊下を蹂躙(じゅうりん)し、黒焦げの天井が落下してきた。アーデルハイトはライトニングに向けて天井の残骸を蹴り上げ、今まで溜めに溜めたエネルギーを足元で解放する。

「獅風迅雷(ブリッツクリーク)」

割れた床を蹴散らしながら前進、天井の欠片を弾き飛ばしたライトニングに向けて真正面から斬り下ろし、受けた短剣諸共に押し込み、肩口に浅からぬ傷を負わせた。

押し上げる力が弱まったところでアーデルハイトは更に押し込む。ライトニングはそれを嫌ってから自ら後方へ倒れ込んだ。床を背にしたライトニングがばら撒くように複数の短剣を投げ、アーデルハイトは何本かを軍刀で叩き落とし、目標を外した短剣は空しく天井に突き立った。ライトニングが叫ぶ。

「燦驒無礼紅（サンダーブレイク）！」

天井に突き刺さった四本の短剣がバチバチと音を立てた。アーデルハイトは即座に後方へ下がろうとし、しかしライトニングに足を絡められてよろめき、そこに二本の落雷が直撃した。

魔法によりエネルギーを吸収、致命傷を避ける。ライトニングの追撃、突きからの斬り払いを転がりながらいなし、膝立ちで敵に剣を突きつけた。ライトニングは右手に雷の剣を持ち、左手には指の間に一つずつ、合計四つの大振りな宝石を掴んでいる。

「羅倶珠有耗度（ラグジュアリーモード）・爆棲吐（バースト）」

凄まじい輝きがライトニングの全身を包んだ。肩の傷が見る間に塞がっていく。軍刀を翳しながらアーデルハイトは唇を噛んだ。これは夜の学校で戦った時も、ホムンクルスを潰して回った時も見せなかった形態だ。奥の手ということか。

ライトニングの右手が動いた。アーデルハイトは身構える。先手を取るか。それは難しい。一度受けてからの反撃でカウンターを狙う。問題は一度受けて無事でいられるかどうか、だ。アーデルハイトの許容量を上回る可能性が高い。

ライトニングは右手を前に出し、アーデルハイトに掌を向けた。一歩、後ろへ下がる。

「ちょっと待ってもらえる?」

「……いやなんでやねん。なにを待つねん」

現状、向こうが優勢に思える。怖気づくタイプでもない。ならばいったいなにを待つ必要があるというのか。

「私はあなたと一対一で戦いたいの」

「はあ?」

「以前敗れた相手……まあ私はあんまり負けたと思っていないけど、敗れた相手とホムンクルス戦では協力して、そして今日また一対一で戦って、勝利する。メピスが持ってくる漫画みたいだと思わない? 私が主人公って感じで」

ライトニングは更に一歩下がった。

なぜここでそんなことを話し始めるのか意味がわからない。だが元々意味がわからない魔法少女ではあった。一貫しているといえば一貫している。アーデルハイトはどうにか溜息を飲み込み、顎を動かし促してみせた。

「それでなんやねん」

「邪魔が入るのは不本意なの」

ライトニングがアーデルハイトの背後に目を向けた。アーデルハイトの意識もそちらへ向く。足音だ。クラスメイトのものではない。ということは、答えは一つしかない。

「おう、アーデルハイトじゃん」

「なんかすげえのと戦ってんな」

体高二メートル少々、直立した蜥蜴のような姿の魔法少女。連れ立っているのは二メートル近い人型パワードスーツの中央に鎮座している赤ん坊サイズの魔法少女だ。学校の廊下が狭苦しく感じる。どちらも魔法少女としてはかなりの色物だが、ご丁寧にアニメ魔法少女のお面をつけているせいでより異形が際立っていた。赤ん坊の方に至っては機械の体と自分自身、二人分のお面をつけている。状況が状況でなければ見るなり笑っていただろう。

彼女達は魔王塾卒業生で、アーデルハイトの先輩にあたる。お面をつけているということは襲撃者の一味なのだろう。

魔王塾卒業生の例に漏れず強い。アーデルハイトだけでなく、今来た二人を加えて戦えば、たとえライトニングの奥の手といえど圧倒する——かもしれない。

そこまで戦力分析をし、アーデルハイトは二人の先輩に向き直り、頭を下げた。

「すんません先輩方。ここは一対一でやらせてもらいたく」

赤ん坊の声が険悪さを帯びた。

「おいおい仕事中だぞ。お前もプロなら割り切らないと駄目だろ」

蜥蜴の方が腕を組んで頷いた。

「まあそういうのが気になる年頃ってのはあるだろうけどさ。悪いけどあたしらもあんたの拘りに付き合ってやってるわけにもいかないんだわ」

どこからどう考えても正論だ。本来ならアーデルハイトが主張しなければならないことだ。だが、それでもアーデルハイトは頭を下げた。

「すいません、そこをどうか一つ。あいつ、クラスメイトなんやけど魔王塾滅茶苦茶リスペクトしてるらしいんすわ」

「えっそうなの？」

「なんかオリジナルの必殺技とかも考えてるやつで」

ライトニングは胸を張り「まあね」となぜか偉そうに頷いた。

「ああ、さっきから二人分の必殺技聞こえてくると思ったらそれかあ」

「だから魔王塾卒業生としては魔王塾イズムに付き合ってやらんと……その、魔王様に対して申し訳が立たないなって話なんですわ」

赤ん坊は唸り、蜥蜴は「しゃあないな」と呟いた。

「魔王塾と魔王を持ち出されたら、まあ仕事よりか優先になるわな」

「ったく……さっさと済ませろよ。私らは先に中庭行ってるから。さっき放送あったし、たぶん戦力もそっちに集まってんだろ」

アーデルハイトは繰り返し頭を下げ、先輩二人はぶつくさいいながらも中庭の方へ歩いていった。途中、ライトニングとすれ違い、二人はじろじろと不躾に彼女を眺めた。

「なんで魔王塾リスペクト？　今時流行らないだろ、ああいうの」

「アーデルハイトがあんまり楽しそうなものだったから」

「へえ、やるなあアーデルハイト。普及してんじゃん。まあいいや、あんたも頑張れよ」

既に後輩に対する先輩のような態度になっている。魔王塾リスペクト勢に対する魔王塾卒業生の態度というものは、当人の人となりにもよるがこうなる場合が多い。

二人の魔法少女が去るのを待ってからアーデルハイトはがっくりと肩を落とし、両膝に手をついてそのまま倒れることだけはどうにか防いだ。

「なんやねんもう。緊張感が削がれたわ」

「悪いわね」

「ライトニングが主役になるとしてもそれはきっとバトル漫画やないね。コメディや」

「それならそれでいいわ」

ライトニングは再び宝石を掴み取り、額に翳す。薄らいでいた輝きが増した。

「無駄な時間を使ったせいでまた補給しなきゃいけなくなったわ」

「どの口が無駄な時間いうねん」

アーデルハイトは軍刀を鞘に納め、鯉口を切った。左手は鞘、右手は柄に添え、右足を前に出して半身で構える。ライトニングは嬉しそうに手を叩いた。

「その構え！　あれよね。居合術ってやつでしょう」

「そっちが奥の手使うならこっちも奥の手使うのが礼儀やろ」

「それは楽しみ」

口では緊張感が削がれるといったが、アーデルハイトは緊張の極みにあった。別にコメディを演じてみたくてライトニングとの一対一を強行したわけではない。先輩二人とアーデルハイトで戦ったとして、こちらに被害が出ないとは思えない。現在のライトニングはエネルギーに満ち溢れ、近寄っただけで痺れてしまいそうだ。

アーデルハイトの奥の手、まだライトニングに見せていない技は、乱戦の中では使うことができない。だから複数での囲いを避ける。一対一こそとるべき道だ。

そこまで考えてから自嘲気味に笑った。結局のところ、一対一で戦いたいと子供のように駄々をこねるライトニングに感化されたというのが一番大きいかもしれない。

「なにを笑っているの？」

「秘密や」

ライトニングは正眼で構え、雷の剣をこちらに向けた。大股で走っても十歩は必要とする。直接攻撃できる距離ではない。だがライトニングならば別だ。

「くそ……やってくれるわ」

「なんのこと？」

「なんや話したりしながら徐々に距離とってってたやろ。自分有利な間合い作ってたいうわけやね。すっとぼけたふりしてようやるわ」

「戦場を整えるのは基本でしょう？」

「はいはい、その通りや」

ライトニングは微笑んだ。剣先が徐々に下がり、アーデルハイトの方を向く。

「涛流樊魔（トールハンマー）」

紫色の雷光が放たれた。極太のエネルギーが奔流となり、床を、窓を、廊下を、天井を、瞬（また）き半分の時間も要せずに蹂躙し、発射と同時にアーデルハイトを飲み込んだ。

エネルギーを吸収するが、限界は接触と同時に訪れた。アーデルハイトは同時に足元からの放出を試みるが、エネルギー量が尋常ではない。呻き声が漏れる。全身が焼かれる。コスチュームが燃え上がり、髪の一本一本にまで熱が籠る。

アーデルハイトは右足を踏み締めた。全てを使うことはできない。だが全てである必要はない。今できるだけのことをすればそれでいい。ライトニングが右足を退いた。居合の間合いを計っている。アーデルハイトは心の中で語りかけた。

——安心せえや。あんたの見切り通りや。この距離で居合が届くわけあるかい。

「天衣無砲（ヴィルヘルム・ゲシュッツ）」

エネルギーの全てを軍刀に込め、解放した。威力に耐え切れず変形した鞘から、ロケットのように軍刀が射出され、ライトニングの鳩尾(みぞおち)に柄頭が突き立った。骨が折れる音、肉が潰れる音がここまで届く。ライトニングは吐血し、膝から崩れ、横倒しに倒れた。

鞘を砲に見立て、敵の攻撃から得たエネルギーにより軍刀を飛ばす一発芸のような技だ。技の性質上アーデルハイトは武器を失い、避けられるか受けられるかすれば詰みまで見える。だが構えを見て居合を想定していた敵は意表を突かれることになり、最大の必殺技を放った直後では特に大きな隙が生まれ、狙い済ました一撃を胸に受けて倒れる。

ライトニングは大きく息を吐いた。黒い煙が吐息に混ざっている。膝をつき、膝に肘をつき、どうにか堪える。生きていることが不思議なくらいだ。

二度三度と咳き込んだ。アーデルハイトではない。倒れたライトニングが咳をしている。じりじりと身体を起こそうとしていたが、上手くいかないようだ。

「無茶は……やめえや。勝負ついとるわ」

「そうね……私の負け」

大きく咳をして、起き上がるのを諦めたのか、大の字に身を投げた。軍刀、それにライトニングの短剣が音を立てて転がった。

「特別な……なにかには……なれなかった」

「そうそうなれるもん違うわ」

「なりたかった……悔しい……けど、わりと、清々してる……かもしれない」

咳を挟み、口に溜まった血液を吐き捨て、ライトニングは続けた。

「なぜ特別な……なにかに……なりたかったか……よく覚えていないけど……きっとこれは……記憶が……」

「喋んのやめえ。骨折れて刺さってるやろ。そのまま寝て助け待ってろや」

「私は……記憶になんて……未練はないけど……いや……ないと思っていたけど」

「だから喋んないうてんねん」

「でも、やっぱり……なにを忘れたのかもわからないまま、死にたくはないの」

ライトニングがなにかを取り出した、が、握力が弱っていたせいだろう。ころんと落ち、廊下を転がり、壁にこつんと当たった。青い球体、キャンディーのようだ。

「アーデルハイト……それ拾って」

「ほんまもう面倒くさい女やな」

痛めつけられた身体でひいひいいいながら休み休み進み、拾い、ライトニングのところに持っていった。罠かもしれない、とは思わなかった。ライトニングは一貫してわけのわからない魔法少女だったが、皮一枚くらいの薄さでなんとなくわかる部分もある。

「口に入れて……」

「あれやろ。本当はもうちょっと余裕あるやろ」

抱え上げ、青いキャンディーを口に含ませてやった。なぜここまでサービスしてやっているのか、自分のこともよくわからなくなっている。ライトニングは「ああ」と呟き「なるほどね」と続け、がりがりとキャンディーを噛み砕いた。

「思い出したわ」

「なにをや」

ふと気付いた。中庭とは逆の方向から足音が聞こえる。数が多い。

——誰だ？　聞き覚えのある足音じゃ……。

違う。アーデルハイトはふらつく脚を踏み締め立ち上がった。これは聞き覚えのある足音だ。

第十章　ピティ・フレデリカ

◇プリンセス・デリュージ

扉に鍵はかかっていなかった。罠もない。ノブもスムーズに回るだろうし、静かに開けることができるのだろう。

意外とは思わなかった。今までに聞いたフレデリカという魔法少女ならば、きっと鍵をかけはしないだろう。ブルーベル、それに彼女と戦っていた魔法少女、どちらか勝者がこの扉を開くのを心待ちにしている、そんなタイプだ。

デリュージは身長の倍はある大きな扉を叩きつけるように開け、部屋の中に入った。同時に部屋の最奥に向けて氷の矢を放つが、魔法少女は回転を加えて跳び、跳ね、全弾回避し、埃も立てずにソファーの上に着地、座った。

部屋の外から聞こえてくる音が遠くなる。扉が静かに閉じた。

二十五メートルプールが丸々収まるだろう、貴人の居室としても少し広すぎるように思える洋室の奥のソファーに座る魔法少女がさも意外そうに眉を上げた。星の飾り、占い師風のコスチューム、人を馬鹿にした態度、ピティ・フレデリカだ。

フレデリカは指を組んで興味深そうに身を乗り出した。

「これは意外なお客人ですね。プリンセス・デリュージ、あなたが来るとは思いませんでした。てっきりアスモナか三代目ラズリーヌが来るだろうとばかり」

デリュージは話をさせながら素早く目を走らせた。踊る魔法少女の装飾が施されたシャンデリア、サイドボード、上にはトロフィー、少女趣味の絵画、高そうな洋酒とグラス、わざとらしいくらいに大きな本棚、毛の高い絨毯、ソファー、長机、偉い人が使う執務室のイメージに魔法少女要素を混ぜている。

床に落ちている無数の御札、その中央には大きな空の布袋と鎖。意味ありげだ。だがフレデリカの手元には武器に使えそうな道具があったりするわけではない。不気味に落ち着いているのは対策があるのか、死ぬ覚悟があるのか、デリュージ如き相手にならないと思っているのか。先程の動きは、戦うことを知らない者のそれではなかった。速く、力強い。鼓動を鎮める。呼吸は深く、長く、を心がける。

フレデリカが脚を組み替えた。何気ない動作一つで心臓が跳ね上がる。

「いったいどうやってここに？　アスモナを倒したならラズリーヌもいるはず。そうでないならキノコの胞子が飛び交って……ああ、そうか。あなたは氷使いでしたね。強くしぶとい菌類の生命力をもってしても全てが凍りつく極低温下では活動できない、と」

事はブルーベルからのメッセージを受け取った時まで遡る。

デリュージは、罠である可能性も検討しながら慎重にコミュニケーションを進めた。協力してほしいという申し出を受け、どうすべきかを考えた。だが今になって思えば考える時間は無駄だった。どうせ受けるのだから考える時間を使ってなにか他のことをしていた方がマシだった。

スノーホワイトから反対されたとしてもきっとデリュージは押し通しただろうと思うし、スノーホワイトが反対しなかったなら当然のように実行しただろう。現実には反対こそされなかったものの心配された。相手の意図が見えづらいというのが最たる理由だ。

デリュージは三代目ラズリーヌというなにかの老舗のような呼ばれ方をされている魔法少女のことはよく知らない。だが彼女の中にブルーベル・キャンディがほんの少しでも残っているということは信じるしかなかった。ブルーベルが泣きついてくる、縋りついてくる姿ならば容易に想像できる。

スノーホワイトは、三代目が初代ラズリーヌに知らせず独断で連絡したということに対してても懐疑的だったが、デリュージは初代ラズリーヌ――奈美(なみ)を魔法少女プリンセス・デリュージにしてくれた田中さん――ならばそれくらいやらせるだろうと思う。そちらも容易に想像できる。

助けて欲しいというブルーベルの頼みを聞き入れた。今日、デリュージは緊急連絡を受けて大急ぎで支度を済ませ、カスパ派の本拠地に攻め込んだ。青くて宝石のついたティアラを頭に載せているデリュージはブルーベルの仲間達に混ざっても全く違和感はなく、異分子ではないという顔で先導するブルーベルの後を距離を置いてついていった。

この部屋に辿り着くまでの経緯については、ほぼフレデリカの想像通りだ。キノコの魔法少女が現れてブルーベルと戦い始めた時には「ここを抜けるのは難しいか」と思わされた。二人の戦いは完全に拮抗していた。デリュージが飛び道具でも撃てばきっと恐ろしい反撃を貰うことになるが、それをきっかけにして拮抗が崩れるかもしれない。

だが今はそれをやるべき時ではない。デリュージは腹を据えた。フレデリカ最優先、ピンチであっても助けは不要という打ち合わせ通り、覚悟をもって駆け抜けた。一歩一歩に死を感じ、床からの振動を絶えず感じながら胸に手をやりぎゅっと握り締めた。

双方の攻撃によって十字路が半壊し、駆け抜けるだけの余地ができたのと、二人の戦いが三次元的な広がりをもって上方向に向かっていったのが幸いした。恐らくはブルーベルが気を利かせてくれたのだろう。いきなり湧いて出たとんでもない強敵を前にしてよくやるものだと感心し、感謝した。僅かなりとも役に立てればと思い切り温度を下げて通った場所を凍り付けた。当分融けることはなく、そこに新たなキノコが生えることもない。助けは不要といわれていたが、胞子を潰さなければデリュージも通れないのだから、これくらいは必要経費の内ということでいいだろう。

「いやあ、思惑の外でした。これはしてやられた。素晴らしい」

フレデリカは手を叩いた。ソファーにゆったりと腰掛け、上から目線でこちらを評価し、悠々と手を打つ。ふとダークキューティーのことが頭に浮かんだ。彼女ならば、フレデリカをどう評するだろう。悪役というだろうか。それとも、悪役ではない、ただの悪党だと切り捨ててしまうだろうか。

そして今のデリュージはどう見るだろう。果たして今でも主人公といってもらえるだろうか。デリュージにとっては、フレデリカは憎むべき仇敵ではない。悪い魔法少女だと知ってはいるが、今回彼女を倒そうとするのは、あくまで自分の目的のためだ。それは主人公なのだろうか。

鼓動が早くなる。空気が張り詰める。地下の研究所での戦い以来、何度も何度も味わってきた感覚だ。ここで人が死ぬ。今日こそデリュージの番になるかもしれない。

——主人公なら……恐れはしない、油断もしない。

「驚かされた御礼をしなければいけませんね。では」

話の途中で、空中に氷の矢を三本出現させ、フレデリカに向けて放った。拍子を外し、タイミングを狙いすましたはずが、吹き飛んだのはソファーだけだ。フレデリカは寸前に宙へ跳ぶ。そしてソファーの後ろに隠れていた魔法少女が二人、氷の矢を弾きながら立ち上がった。デリュージは三叉槍を立て、サイドボードの横から飛びかかってきた相手の攻撃を受け、奥歯を食い縛りながら数メートル下がり、壁に背をついた。

「無手でお迎えするのもご無礼でしょうから準備しておきましたよ」

主人公は油断をしない。そして悪役は備えている。

三つ子のように似通った魔法少女が三人、デリュージに向かって拳を構えている。揃いの貫頭衣を魔法少女のコスチュームと呼ぶにはあまりに飾り気がない。表情はなく、これから戦おうという者の顔には見えない。ひたすらに無個性で不気味だ。

「現身の素体です。残念ながら中身は急ごしらえの疑似人格ですが、まあ戦えます。オスク派やプク派の素体に比べて戦闘能力では……悲しいかな相当に劣りますが、それでも並の魔法少女とは比べ物にならないでしょう」

デリュージは氷の矢を放ち、右手は三叉槍で突き、左手は胸元に隠した袋に伸ばし、中身を取り出した。ブレンダ、キャサリンが敵に向かって勢いよく飛び出した。

◇ハルナ・ミディ・メレン

メピス・フェレス、クミクミ、奈落野院出ィ子、テティ・グットニーギル、クラシカル・リリアン、この五人が最終的に中庭に辿り着いた防衛戦力ということになる。彼女達は長い期間をかけて、それぞれに隙を突いて意識を失わせた。まずはテティから始まり、実験場の影響を排するために起こしたホムンクルス暴走事件の中でクミクミを確保し、それ以降機会があれば捕えていった。中庭にいる限り絶対的な力を持つハルナであれば容易いことだ。

　この人選に理由はない。一人で中庭に近づいた者、隙を見せた者から順に処置を施していった。なお一番隙が多かったのはカルコロだったが、カルコロは魔法少女というだけでなく魔法使いでもあった。ただ殺す、というだけならともかく、魔法使いの肉体をホムンクルスに差し替えるというのは始まりの魔法使いに対する冒涜（ぼうとく）に他ならない。

　一連の処置には、魔法少女を予め用意しておいたホムンクルスの素体に憑融（ひょうゆう）させ、肉体の構成を作り変えるという、実験場で開発されたばかりの術式を用いた。これにより、被処置者の記憶や自我は新たな肉体へと移し替えられる。実験場の技術者は少々の甘い提案で己の生命線ともいえる技術を渡し、それによって自らを用済みにして命を落とした。ホムンクルスに関わる最新の術式、実験場でもごく一部しか知る者はいない。

　魔法少女達は自分の肉体が変化したことに気付かず今までと変わらない日常生活を送るが、ホムンクルスはハルナの命令に従うようできている。今回の校内放送のような形でも、ハルナの声を聞きさえすれば問答無用で効果を発揮する。

　もっとも、今回のように連中を私兵にするというのは主たる目的ではない。

本来の目的は地下遺跡の探索だ。この遺跡は入った者の体構成を変質させてしまう。そのため長時間の滞在を許さず、探索活動は限られたものになり、未だ最奥部まで辿り着いた者はいない。だが特別誂えのホムンクルスの肉体と、魔法少女の力、それに最低限の判断能力を併せ持つ個体を十二分に集められれば、話は別だ。遺跡から遺物を持ち返ることができたとしたら、魔法少女学級の礎となるだろう。

だがそれもこの危機を乗り越えた後のことだ。

途中、襲撃者と出くわし半数から三分の一くらいには数が減ることを想定していたが、思っていたよりも敵の数が少なかったのか、それとも運がよかったのか、五人も中庭に集まることができた。最悪の状況の中でこれは、まずまず悪くない結果だ。ハルナは中庭の内側で敵を迎撃するよう命じた。

彼女達に加えて中庭に隠しておいた予備戦力を起動する。防衛用ホムンクルスは実験場に回収されたが、模擬戦用という名目で数体残しておいた。魔法少女学級のコンセプトに沿って、残したのは森の音楽家クラムベリーを模したホムンクルスだ。戦闘能力はオリジナルの劣化コピーであるため、こうした時には役に立つ。たとえ劣化していたとしてもその強さは折り紙付きだ。旧式の魔法少女型ホムンクルスを越える強さ、そして本物と変わらない見た目を持つ。

◇テティ・グットニーギル

まずは右拳を握る。テティのミトンは掴むことに関して圧倒的な握力を誇る。その握力を用いて固く固く拳を握る。そのまま潰れてしまうくらいにとんでもない力が込められても、今度は圧倒的な防御力によってミトンが右手を護ってくれる。

襲い掛かってくる魔法少女めがけて、握り固めた硬い硬い硬い硬い拳を振るう。掴みかかるよりも素早く敵を打つ。

「おいどうした敵さん。ビビッてんのか、こっち見て戦えよ」

要所要所でメピスが声を出す。彼女の声に籠った魔法の力が敵を誘う。テティの方をしっかりと警戒していたはずなのに、声の方に注意をとられ、その瞬間、テティが拳を打ち込み、悶絶してくの字に折れたところで今度は左手で首を掴み、握り折る。動かなくなった敵をひょいと投げ捨て、次の敵に向かう。メピスが笑う。

「やるじゃんテティ！」

かけてもらった身体能力強化の魔法によって、強く素早い敵の動きにもついていく。中庭を荒そうと踏み込んできた時はいじめっ子のようだったのに、今は逃げ惑う被害者のようになってテティの攻撃をどうにか凌いでいる。

「無視してんなよ。こっち見ろって」

メピスがヘイトを集め、テティが拳を振るう。メピスに攻撃がいった時は、クミクミがドラゴンのオブジェを鎧のように纏ってカバーに入る。敵の数が増えても出ィ子が姿を現しては消し、消しては現し、攪乱して狙いをつけさせない。

ぽん、と林檎が投げ入れられた。あれは爆弾だ。転がってすぐに爆発する。しかし予めかけられていた「矢返し」の魔法により入り口の向こうに返っていき、中庭の外で大爆発を起こした。

黒い煙がもうもうと立ち込める中、テティはメピスのように笑いながら敵を殴った。初めからこうしていればよかった。さっさと仲直りし、皆と協力してクラスを盛り立てる。それこそが学級委員長のあるべき姿だ。どう謝ったものかとぐちぐち考えあぐねていてもなにも解決しない。手助けしてくれた佐藤さんには大感謝だ。

◇クミクミ

振り下ろされた手斧をドラゴンの頭でガードし、くるくると回りながら背後から襲いかかってきた手斧はドラゴンの尻尾で叩き落した。先程までは魔法もかかっていないただのオブジェでしかなかったドラゴンが、生きているように躍動し、クミクミを守っている。手斧の敵がドラゴンに弾かれた衝撃で後ろに跳んだ。着地した先、石畳の上は、クミクミが仕掛けた罠があった。足が触れた瞬間、かけておいた魔法を解除し、石畳の下に仕込んでおいた砂のキューブが強度を失ってただの柔らかな砂に戻り、足を縺れさせた敵に向かって突撃、ドラゴンの牙で腕に噛みつく。

攻撃と防御を繰り返す度にドラゴンのパーツが欠けていく。これだけは絶対に失ってなるものかと教室から持ち出せるようにしていたクミクミの努力の結晶が、徐々に損なわれていく。だが今はそんなことも気にならない。それより中庭にやってきた敵を叩き潰さなければならない。ただの義務ではない。それが楽しくて仕方ない。

今までのクミクミであれば、こんなにも即断即決で動くことはできなかった。きっと他の余計なこと、クラスメイトの無事であったり、アーデルハイトとリリアンはどうしているのかであったり、自分達に連絡が来なかったのはどうしてかであったり、とにかく不要なあれこれで無駄に悩んでいたに違いない。

無心で戦うことができる、それはとても素晴らしい。考えることが苦手なクミクミにとって、これ以上幸せなことはないだろう。

◇クラシカル・リリアン

リリアンは幼い頃から物語が好きだった。主人公が大いに個性を発揮して大活躍する物語を特に好んだ。自分はきっと主人公になることはないだろう、と悟ったのは何歳だったかも覚えていない、物心つくかつかないかの時にはもう諦めていた。

人生に諦めていたというわけではない。主人公は常に重い責任を背負うことになる。リリアンの性格ではきっと責任に潰されてしまうことになるだろう。それならば主人公ではなく脇役の方がいい。直接点を取ることができずとも、好アシストで得点に繋ぐことができたならば、それはもう主人公の一部といっても過言ではない。

魔法少女に変身できるようになってからは少々の変化があり、だが本質は変わらなかった。魔法少女になっても主人公になりたいとは思えなかった。近衛隊には個性豊かな魔法少女達が大勢いた。魔法少女学級には更なる個性がひしめいていた。きっと主人公になるだろうという魔法少女だ。リリアンは変身しなければ一欠片の勇気も持たないが、変身さえすれば二欠片くらいの勇気を手に入れる。

人間としての自分はより地位が下がり、顧みられなくなった。髪の手入れは行き届かず、だが切りもせずそのままにしてある。人間として頑張ったところでたかが知れている。リリアンが着飾ってもライトニングになることはできない。そのままでは脇役でさえ無理だ。だが魔法少女であれば違う。魔法少女には可能性がある。

争いがあればフォローし、沈んでいる者は励まし、事が起こればサポートする。溢れる個性の中で、それほどでもない自分でも働くことができるというのはとても有難かった。

それは今も変わらない。ドラゴンを振り回すクミクミのため、外れないようにリリアンで編んだロープを使って補強してやり、足元に仕掛けた網を使うことでテティやメピスといった前線で戦う者に攻撃の機会を与える。リリアン編みのナイフを投げつけ、リリアン編みの鞭を振るい、リリアン編みの盾を構え、クラシカル・リリアンという魔法少女が普段以上に生き生きと戦っている。

俯瞰から見下ろすような視点をもって自分が戦う様を確認していたリリアンは満足し、微笑んだ。クラシカル・リリアンという生き方はやはり間違っていなかった。主人公でないからといって活躍できないわけではない。重責を担うことなく主人公の一部となる生き方もあるのだ。

◇メピス・フェレス

直立した蜥蜴のような魔法少女の踝(くるぶし)を狙いローキックを叩きつけた。しかし蹴ったメピスの方が反動でよろめき、蜥蜴が牙を剥いて襲い掛かるところへ出ィ子が一瞬姿を消してからのドロップキック、タイミングを外したことで蜥蜴の防御を擦り抜け、頭部に直撃、蜥蜴は大きく顔面を仰け反らせた。

出ィ子はメピスに向かって口だけで作った笑みを見せた。普段のメピスなら腹を立てていたかもしれないが、今は余裕をもって笑いを返してみせた。お前の性格はなんにも変わってないな、という思いを込めたつもりだった。

「蜥蜴ェ！　こっち無視すんなよコラ！」

タフな相手はメピスの担当ではない。本来の担当者に任せる。メピスが言葉を使って気を引き、その隙に背後から近寄ったテティが腕を掴み、へし折る。魔法のミトンは分厚い鱗も皮膚もタフさも一切考慮しない。

蜥蜴が悲鳴をあげ、大口を開けたところへ左からメピスが、右から出ィ子が同時に膝蹴りを打ち込み、数本の歯を飛び散らし、それでも手を伸ばそうとするところへクミクミのドラゴンが巻き付き、首を締め上げる。そこから十秒、蜥蜴がどうと倒れた。

次は、と入り口に向き直るが、敵はもういない。思ったより数は少なかったし、士気も高いとはいえないようだった。全滅したか、このまま全滅するよりはと見て逃げていったか、どちらかだろう。

メピスは右腕を立て、出ィ子の右腕にぶつけてにやりと笑い、笑い返された。次は掌を広げ、クミクミの掌に叩き合わせる。リリアンとは拳をがつんとぶつけ合わせ、最後にテティに右手を差し出し、握手した。

自分も含めていい戦いぶりだった。全員で一致団結することができた。二班の中だけでもここまで上手くはまったことはないだろう。校長の魔法による援護も素晴らしく、傷が癒えるわ、飛び道具が跳ね返るわ、身体能力がぐぐんとアップするわ、魔法使いの魔法というのもすごいものだと唸らされた。

　校長の存在を思い出し、メピスはふと我に返った。

　アーデルハイトはどうしているのか。なぜ彼女達に連絡がいっているのに、責任者であるメピスには連絡がきていないのか。一人梅見崎の方にいるはずのカナは無事なのか。他のクラスメイト達はどこでなにをやっているのか。ランユウィと出ィ子はアーデルハイトが戦っている方へ走っていったが、止めるなりなんなりすべきだったのではないか。除け者にされたという疎外感がメピスを動かさなかったのではないか。アーデルハイトのことも誤解なり連絡ミスなりがあったはずで、一言二言話せばそれで解決する目もあったのではないか。今殴り飛ばして中庭に倒れている侵入者達はメピスの仲間だったのではないか。援護すべき相手を妨害してしまったのではないか。他にも――

「油断はするな。まだ来る」

　校長の声で現実に引き戻された。そうだ、やらねばならないことが終わっていない。扉の向こうからぞろぞろと入ってくる魔法少女達にメピスは挑みかかっていった。

◇スノーホワイト

抜けた床の下の空き教室にはカルコロだけがいた。彼女は足に裂傷と火傷を負って、歩くことさえ難しい状態で一人呻いていた。

カルコロによれば、テティも一緒に床下に落ちたのだという。上から襲ってくる目玉と戦っていてくれたのに、校内放送を聞くや目玉を無視して教室の外に駆けていき、残されたカルコロが死にそうな目にあったのだ、と愚痴混じりで話した。

校内放送はスノーホワイト達も聞いていた。中庭に集まれ、という話だった。

「これは校長？　この校舎に放送室はあったんですか？」

「ええと……私は知りません。こっちの校舎には放送室はないはずですけど……まさか梅見崎本校の方から放送を？」

「本校舎の生徒に聞かせるような放送じゃなくない？　カナはそっち行ってるけど、個人に宛ててのものならそういうんじゃん？」

「どこかに設備が隠されているのではないでしょうか？」

「ううん、隠す余地があるのは……そうですね。私でも出入りできない中庭か校長室ってことになると思います」

「ならば中庭ではないでしょうか。校長室から校長先生が放送したとして、指示を出すため中庭へ向かう途中で敵に出くわせば……困ったことになりますし。中庭から連絡して中庭に人を集めるという方が自然だと思います」

「なぜ放送を気にするのかメイにはわからない」

「ナンデキニスンノヨ」

「スンノヨ」

「そりゃさ、他の生徒も放送に従えば中庭に行ったってことになるじゃん」

ラッピーは話し、しかしすぐに、

「でも敵だって聞いてるからね。中庭に行けば敵も集まってるだろうし、危なくない？」

自分の意見を否定した。ラッピーの意見にカルコロは首を横に振った。

「でも……やっぱり中庭を目指しましょう。他の皆さんもそちらに向かったかもしれません。少なくともテティさんはそちらに向かったようですし。それに校長先生のことですから なんの備えもなしに中庭に集合せよなんてことはいわないと思います。シェルターとか、そういう用途として使えるものがあるかもしれません」

カルコロは僅かな希望に縋るような顔でそういった。ミス・リールが頷き、カルコロの足にラップを巻いていたラッピーが「じゃあ行かなきゃ」と治療したばかりの足を叩き、カルコロは小さく悲鳴をあげ、目に涙を溜めて呻いた。

カルコロがいうほど放送内容が魅力的だったかというと、スノーホワイトとしては頷き難いものがある。テティが負傷したカルコロを放って放送に従い出ていったという時点でなにかがおかしい。スノーホワイトはテティ・グットニーギルという魔法少女とそこまで長い付き合いだというわけではないが、彼女がそんなことをするかというと「しないな」と思う。

「待て」

テプセケメイの端的な呟きに皆が彼女の方を見た。テプセケメイはいつも通りの涼しい表情で廊下の方を指差した。

「大勢来る」

気絶するまで叩きのめした敵は手足をへし折った上で縛り上げて教室の隅に置いてきた。彼女達を助けに来たのだとすれば、より多い数で来る可能性が高い。魔法少女達は散開し、教室の入り口に向けて武器を構えた。

武器を握る手に力が籠った。おかしい。聞こえてくる心の声が妙だ。

「みんな気を付けて。なにか……これは」

スノーホワイトは注意を喚起しようとしたが、どういえばいいのかわからない。有り得ないはずの不可解なことが起きている。

無造作に扉を開けて現れたのはお面の魔法少女ではなかった。スノーホワイトも知る魔法少女が笑顔をこちらに向けていた。

「無事でしたか！　他の皆さんは」

カルコロが最後まで言い切ることはできなかった。笑顔の魔法少女の後ろからまた新たな人影が、その後ろからまた一人、と続々現れた。

◇ピティ・フレデリカ

態度は平静を装っていたが、内心ではスリルを楽しんでいた。そう、楽しむということを忘れてはならない。ただ慌てているだけでは面白味もなく敗北するだけだ。

プリンセス・デリュージという予想外の珍客にもフレデリカは慌てなかった。どうせ予想から外れた何事かがあるに決まっていた。初代ラズリーヌという嫌な嫌な嫌な相手が己の生存を懸けているのだから、こちらの予想が外れることくらい当然だ。

予想が外れるということと、それに対処できないというのは全く別だ。二重三重四重五重六重七重八重九重の備えもなしに初代ラズリーヌと戦えるとは思っていない。

素体一号が刃を左手のみで握り取り、空いた手で殴りつけようとするのを兜で受けようとしたが、盛大に殴り飛ばされた。当然だ。急ごしらえとはいっても並の魔法少女とは膂力が違う。だがブレンダは殴られながらもくるくると回転、逆側の壁に足をついた。既に寸前まで迫っていた素体一号が拳を振るい、ブレンダはまた殴られる。が、殴られる寸前に顔面の前に刃を生成し、拳に深々と食い込ませた。変形した兜の下からは血が流れ、顔を汚し目は赤くなっているが力強い光が宿っている。以前、プク・プックが占拠していた遺跡で戦っていた時とは違う。あの時は、心を操られていたことを抜きにしても流されるように戦っていた。今は自分の意志が見える。魔法少女として成長している。

素体二号の方は、相手が飛び道具を持っているということでもっと無遠慮に距離を縮め、殴りつけていった。キャサリンは砲を盾にするばかりで攻撃に転じることができず、殴られては右に、左に、と吹き飛び続けている。遺跡での砲撃はフレデリカも見ていたが、あれでは威力が高過ぎる。フレデリカを殺せるなら自爆も厭わないというならともかく、彼女達の戦いぶりからは道連れにしてやろうという意思は見えない。更に一発殴り飛ばされ扉に叩きつけられた。

「ラグジュアリーモード・バースト」

デリュージが助けに入る。素体三号を引き連れながら素体二号に斬りつけ、三叉槍を振り回し、いきなりしゃがんだ。デリュージがしゃがんだことで素体三号とキャサリンの間の射線が通り、砲が発射された。否、砲ではない。マシンガンのような小粒の弾丸が連射され、素体三号に真正面から浴びせられた。両腕を上げて顔を庇うが、血が噴き出し、今度は自分が部屋の端へと叩きつけられる。そこに文字通りブレンダが滑り込み、小さな体をより縮めて弾丸の下を潜っていく。彼女を追いかけていた素体一号は同じように潜ることもできず足を止め、後ろから突き入れられた三叉槍で背中を強か（したた）に傷つけられた。

ブレンダが舞を踊るように刃を振るう。デリュージの動きと連動させることで自分だけには狙いをつけさせず、防御を捨てて攻撃に専念し、振るえば振るうほど刃の速度が上がっていく。血を流し、鎧を歪ませ、それでも自分が受けるダメージは考慮していない。素体の髪が切れ飛び、血がしぶき、指が飛び、膝を割られた。

キャサリンは弾丸をバラ撒きながら移動、壁を蹴って跳び回り、その間も一切引き金を緩めない。見境なしに乱射しているようで、味方を撃つことだけは絶対にない。ただただ素体達だけが防御と回避を強いられている。

フレデリカは部屋の中の巡りを目で撫でながら吐息を漏らした。人造魔法少女は、シャッフリンであれプリンセスシリーズであれABCDシリーズであれ好みには適わない、正しい意味での魔法少女にはならないだろう、と思っていたが、それこそが偏見だったかもしれない。伸びやかな肢体、同一体のようなコンビネーション、それらが留まることなく回転し続ける様のなんと美しいことだろうか。己の見識の浅さを恥じ、フレデリカは天井近くまで高々と跳んだ。

デリュージ達三人の視線を痛いほど感じる。彼女達は戦いながら常に部屋の隅のフレデリカを狙っていた。護衛を命じられている素体三体はフレデリカを狙わせないよう不自由な戦いを強いられ、低級ホムンクルス並の薄い自我と低い知性により高い身体能力を十全に発揮することなく押されている。フレデリカはそれを踏まえ命令を刷新した。

「私へのカバーは最低限でよろしい！」

同時に跳び蹴りを敢行、デリュージが突き出した三叉槍と交錯する寸前に身を捻り、スカートの裾で槍の穂先を払いながら着地、両手で絨毯の毛を握って足を払う。

「後ろで見ているだけの魔法少女とでも思いましたか？」

接触させずに足を引っ込め、握っていた絨毯を毟り取り、デリュージの眼前に投げた。ダメージを狙っての攻撃ではない。視線を塞ぐと同時に冷静さを失わせる。背後から飛来した氷の矢を後ろ蹴りで迎撃、半回転してスカートの裾を翻し二射目を叩き、サイドボード上のトロフィーを掴んで一流野球選手のような正しいフォームで投げつける。

デリュージは半歩下がってトロフィーを回避したが、動きが大き過ぎた。絨毯による目隠しと合わさって右側から迫っている素体一号の拳を回避することができず、立てた槍で受け止めはしたものの天井近くにまで弾き飛ばされた。空中で半回転、天井に足をつき、シャンデリアが音を立てて揺れる。素体の拳を止めてあれで済むのは大したものだが、僅かであれ時間を稼ぐことはできた。デリュージが天井へ一時退避した隙に、素体三体とフレデリカでキャサリンブレンダを攻め落とす。

素体を狙った氷の矢をフレデリカはスカートを使って丁寧に潰した。任意ではない、自動操縦で飛ばすタイプの矢は、デリュージ本体が槍を振るいながら使うにはちょうどいいが、動きが単調過ぎる。

フレデリカは地下研究所ではスタンチッカを通して彼女を見ていたし、遊園地ではリップルを通して見ていた。プク・プックが立て籠もった遺跡での戦いぶりは、事故調査という名目でしっかりと調べ尽くしてある。情報は多い。

対して彼女はフレデリカのことをどれだけ知っているだろう。スノーホワイトやラズリーヌからなにか聞いているとして、それがフレデリカの全てと思ってほしくはない。フレデリカのことだけではない、そもそもこの部屋のことさえ彼女は十分の一も把握できていない。

素体一号と二号がブレンダへ、三号がキャサリンへと向かう。一人で二人を受け持つことになったブレンダは後ろへ下がり、本棚を背中に置いて追加の剣を生成、二刀流で構えた。

――残念、そこは死地です。

ブレンダの背が本に触れ、装置が起動した。本棚からバターナイフに似た刃が飛び出し、無防備なブレンダの背中に突き刺さる。ブレンダの鎧も、魔法少女の頑丈な皮膚も肉も、まるで存在しないかのように易々と貫いた。血を吐き、藻掻くブレンダに対し、自分の拳が傷つくことも厭わず一号と二号が一発、二発と叩き込み、ボロクズに変えた。

天井を蹴って降りてきたデリュージが割って入り、二体の素体が後ろへ下がる。だが既にブレンダは戦える状態にない。キャサリンが怒りを込めて吠え、砲を構えた。三号の拳が脇腹にめり込み血を吐くも砲撃姿勢は崩さない。

フレデリカは僅かに眉根を寄せた。姉妹をズタズタに傷つけられたことで怒り狂い、動きが変化した。ここまで自爆的な攻撃に出ることはなかったが、この一撃がそうではない、と言い切ることはできない。

フレデリカは壁に手を伸ばし、壁紙の下の僅かな膨らみを押した。

天井を飾るシャンデリアがなにかに共鳴するように震え、間を置かず落下した。キャサリン、それにキャサリンを攻撃していた三号が諸共に下敷きになる。怒り狂う、というのは、つまり注意力を失う、ということだ。シャンデリアが弾けるように光り、触れていた二人の魔法少女は痙攣(けいれん)し、動かなくなった。

フレデリカはさも悲しそうに溜息を吐いた。

「愛らしい魔法少女をあしらった特注のシャンデリアでしたが、惜しいことをしました」

話しながら半回転、逆に回転、とスカートを翻し、氷の矢を迎撃した。スカートが先程までより重い。威力が上がっている。

「ラグジュアリーモード・フルバースト！」

デリュージが眩い光に包まれた。愚直にブレンダを殴り続けていた一号を背中から刺し貫き、蹴り倒す。二号は彼女の動きに反応して身を捻ろうとするが、動けない。絨毯の上に流れ出たブレンダの血液が凍り、二号の足を捕えている。三又槍で首を刺し、既にこちらへ向き直っている。

光の中に垣間見える表情は怒り一色だ。

美しい、と思い、そしてもったいない、とも思う。仲間の死に怒り、普段以上の力を発揮し、それでも望み叶わず空しく倒れてしまうのだから。

デリュージが走った。フレデリカは部屋の奥、デリュージは入り口近く、距離こそ離れているが問題にはならない。そして今のデリュージの移動速度、攻撃速度はフレデリカの反射神経を上回ることだろう。

「――しかし、かなわない。悲しいことです」

部屋中央より東側に一歩、特になにもないはずの地点でデリュージの身体が進行方向とは逆に向かって跳ね飛んだ。デリュージが自分の意志で跳んだわけではない。そこにずっと存在した不可視の存在に猛スピードで接触した、というだけのことだ。

背中から落ち、長机を割ってバウンス、飛来した机の破片をフレデリカはひょいと避けた。デリュージは呻き声を漏らし、身体を震わせている。あのスピードでぶつかったのなら、まともに動くことはできないだろう。

かつてB市全域に使用され、フレデリカを含めた魔法少女が閉じ込められた不可視の結界があった。デリュージが今ぶつかったのは、それを畳(たたみ)ほどのサイズの板状に切り取ったものだ。

ブレンダは鎧の防御力も魔法少女の頑丈さも無視して切り刻まれ、キャサリンはシャンデリアの直撃を受けたくらいで動くことができなくなった。どちらも魔法のアイテムを使用している。カスパ派は貧乏所帯でこの手のアイテムに事欠くため、プク派が蔵の中の物を全て売り払った時、買い取った金持ちの一人から譲ってもらった。買い叩いたにしては素晴らしい効果があった。

アイテムだけではない、フレデリカの読みもある。きっと戦いの中でここに触る、ここに立つ、そうしたことを考えながら罠を配置する時のなんと楽しかったことか。

デリュージがこちらに最短で来ようとすることを読み、板状結界が彼女とフレデリカを結ぶ線上に位置するようさりげなく移動し、仕向けた。これも楽しかった。ドッキリというものは、仕掛ける側が楽しむようにできている。

ソニア・ビーンや魔王パムといった魔法少女でさえ閉じ込める結界と変わらない性能だ。デリュージがいかに強力な魔法少女であろうと砕けはしないし、触れれば痺れる。

デリュージは倒れながらもフレデリカを睨みつけている。身体を震わせるくらいしか動くことができないにも関わらず、視線は射殺さんばかりで闘志が失われていない。まるで獣だ。フレデリカの背筋をぞくぞくとした快感が駆け抜けた。

「素晴らしい。最後まで諦めない姿勢は尊敬に値します。その姿勢を美しく完結させるため、惜しくはありますがトドメの一撃を差し上げましょう」

デリュージに向かって一歩踏み出し、足を上げた。首の骨を踏み折るのがいいだろう。

古今東西様々な芸術家が表現したように、踏みつけられる弱者は絵になるものだ。

しかし足が踏み下ろされることはなかった。フレデリカは扉の方に顔を向け、目を見開き、跳び退った。跳びながらデリュージの三叉槍を拾い上げ、スプリングの飛び出したソファーの上に片足で着地し、扉に向けて静かに構えた。音のない構えとは対照的に、心音はかつてなく高鳴っている。

来た。扉の向こうに出現した気配は、雇おうとした魔法少女達が襲われた現場で幾度となく感じたものだ。プキンの気配が扉を開けた。

問題は初太刀だ。これを回避できずに死んだ魔法少女は大勢いた。だが、かつてフレデリカはプキンの攻撃を回避している。思い出す。間合い、タイミング、このソファーの上ならば部屋の入口からはぎりぎり届かないはずだ。無理な攻撃を誘い、後ろに跳びながら罠を発動して襲撃者を嵌める。

扉が開いた。片目、片腕、忍者刀を抜いた魔法少女が部屋の中に駆け込んだ。

——リップル……?

思いもかけない事態に、一瞬のさらに半分だけ反応が遅れた。背後へ跳び、違う、と心の中で叫んだ。プキンの間合いであれば後方への移動がベストだ。だがリップルは間合いが違う。

リップルが真っ直ぐフレデリカに向かって跳び、同時に忍者刀を抜き放つ。単純な剣速だけならプキンのほうがよほど速いだろう。だが、忍者の脚力で距離を詰められながら振るわれた刀は速い遅い以前に種類が違う。プキンの突きを想定して動いていたフレデリカでは回避まではなし得ない。刃が首筋に届く寸前、フレデリカは三叉槍で受け止めた。力が拮抗し、鍔迫り合いの形で二人の魔法少女の動きが完全に止まった。ここからどう動けばこの窮地を脱せるか。

しかしフレデリカの思考が回転するより早く、リップルの背後の開け放たれたドアから、無数の手裏剣が、クナイが飛来した。

——ドアを開ける前に、投擲を済ませていた？

手裏剣とクナイは、弧を描いてリップルを避けながら、動けないフレデリカを襲う。一本、二本、四本、八本、肩に刺さり、胸に刺さり、背中に刺さり、クナイが、手裏剣が、喉へ、腹へ、腕へ、足へ。

——やってくれまし……たね……。

血液が抜けていく。意識が薄らぐ。このまま終わろうとしているのがわかる。ここで怒りを燃やして立ち上がることもできなければ、這いずって逃げようとすることもできない。今のフレデリカにはそんな元気は残されていない。

せめてリップルの顔を見たかったが、視界は暗くなっていき、なにも見えなくなった。声も聞こえない。音がない。なにもない空間でフレデリカは溜息を吐こうとしたが、それすらできなかった。

◇オールド・ブルー

クロスボウを握って倒れた黒焦げの魔法少女、その死体を超えた先、合計五本の矢に貫かれて金魚モチーフの青い魔法少女が倒れている。ランユウィだ。出ィ子の姿は見えない。別の場所で戦っているのか、それとももう生きてはいないのか。

ラズリーヌは歩み寄り、ランユウィの手を取った。血でべったりと汚れている。矢の内二本が急所に突き立ち、出血量は致命傷と告げていた。

生死の境を漂う状態にあったが、ぎりぎり意識はあるようだ。自分の手をとった者が誰であるか気付くとランユウィは口を小さく開き、笑みを浮かべた。ラズリーヌは彼女の手を強く握り返し、囁いた。

「最高の仕事をしてくれましたね……あなたを弟子にして本当によかった」

ランユウィは何事かを口にしようとしたようだったが声にならなかった。一滴の涙を落とし、ゆっくりと手の力が抜け、体温は下がり、笑顔のまま事切れた。オールド・ブルーは人間に戻ったランユウィの顔を撫でて目を瞑らせ、その場に寝かせた。

「とりあえず今はそこにいてください。後で迎えに来ます」

オールド・ブルーは固有の魔法によって物や人の本質を見抜く。教える相手の才能にもよるが、望む方向へ導くことができる。ランユウィは、残念ながら才能豊かとまではいえなかった。身体能力はまずまずといったところだが、精神的な面で粗が目立つ。気が小さく、他人の評価を気にして思い切ったことができない。自分を偽り、少しでもよく見てもらいたい、それが実際以上の評価でもいいと思っている。

彼女が大きな成長を果たすタイミングがあるとすれば、それは感情の動きが引き金になる。ラズリーヌはランユウィの才能に沿って彼女を育て、ここぞという状況で魔法が成長するよう指導した。本当にどうしようもない生命の危機に陥れば、彼女は生来の臆病さゆえに爆発し、本来の性能を遥かに超えた魔法を使用する。普段はごく短距離にしか届かない魔法が、追い詰められたことで限界を突破し、遠く離れた「最も近くにいて欲しい人」との間に道を繋ぐ。オールド・ブルー達はそれを通ってここまで来た。

ランユウィにとって最も近くにいて欲しい人、というのはオールド・ブルーだ。このため面会の機会を極力減らし、スノーホワイトが転校してきてからはそれを理由に接触を打ち切り、彼女の中の「師に会いたい、相談したい」という思いを強くしてやった。

ランユウィがこうなってしまう――命を落とすことは見えていた。ラズリーヌなら必須条件とされる並外れた直観力は、祖たる初代ラズリーヌ、オールド・ブルーが最も優れている。なにせ魔法を使っているのだから間違えることはない。未来視に近い精度で死相を見抜き、三代目にも話すことなく作戦に組み込んだ。

「それではここから全員散開……といっても狭い区域ですから散るというほどでもないでしょう。全面に数を展開して制圧します」

「先生はここに残るの？　つまらないわ」

部下の質問に、オールド・ブルーは微笑みを返した。

「ここに残るかもしれませんし、残らないかもしれません」

「どこにいるのかわからないってこと？」

「私の居場所は不確定でよろしい。誰も知らないことに意味がある。誰が指揮者なのかもわからない、それ故に狙うことができない」

オールド・ブルーの言葉に、好き勝手なことをしていた部下達が、半数程度は頷いた。残る半数は聞いているのかいないのかも怪しいが、彼女達はそれでいい。

「それでは各人行動。敵を滅ぼして中庭を制圧後遺跡に侵入、遺物を奪います」

ランユウィが命を懸けて繋げた道から部下が現れては走り去っていく。この学校を埋め尽くすだけの人数が用意してある。どれだけ消耗しても終わらない。

オールド・ブルーは部下達に混ざって走りながら、ランユウィの冥福と出ィ子の無事を祈った。

◇雷将アーデルハイト

　アーデルハイトは混乱していた。足音が聞こえる。複数いる。すぐそこまで来ている。誰の足音かはすぐにわかったが、しかしそんなわけはないと否定した。

「おい」

「……なに、かしら」

「あの足音、どういうことや」

「ああ」

　ライトニングは薄く目を開けて、またすぐに閉じた。苦しそうに、脱力したまま、浅い呼吸を続けている。

「……アーデルハイト」

「なんや」

「悪いこといわないわ。早く逃げなさい」

「ああ？」

　返事はないまま、ライトニングは力なく腕を伸ばし、アーデルハイトはその手を取った。戦闘で破れた手袋の下に何かが見えた。手袋に指をかけ、一気に剝ぎ取る。

　ライトニングの白い手の甲にハートマーク、傍らに小さく数字の9が刻印されている。

アーデルハイトは眉をひそめた。

「私より、強いのがくるかも」

刻印されたハートの9。聞こえてくる足音。なにかを理解し、しかし咀嚼できない。アーデルハイトは足下のライトニングを凝視したまま、動けずにいた。

足音が近づく。複数いる。すぐそこまで来ている。

「あら、こんにちは」

声のしたほうに顔を向けると、曲がり角から足音の主が姿を見せた。現れたのはプリンセス・ライトニング。プリンセス・ライトニングをしばし呆然と見返し、倒れているプリンセス・ライトニングに目をやる。そしてもう一度新たなプリンセス・ライトニングに目を向けた。

ライトニングが増えていた。横に三人並び、更にその後ろにも複数のライトニングが詰めている。アーデルハイトは足下のライトニングにだけ聞こえる声で、「なんでやねん」と呟いた。

エピローグ

◇マナ

　もうずいぶん前のことになるが、遺産相続会ということで、友人二人を誘って出向いた島では複数の死者が出る大惨事が発生した。休暇どころではなく、島から解放された後も捜査のため東奔西走し、全く落ち着くことなく今でも休日返上で働いている。

　思えばあの相続会からずっと悪いことばかりが続いている。昇進確定といわれていたのがどうしたわけかポシャったり、体育館の入り口で滑って転んだり、食堂のメニューでは一押しだったA定食の内容が変わってしまったり、大なり小なり色々だ。

　そして今日もついていない。おかしな魔法少女の相手をさせられている。

「ねえ、お茶のおかわりはいらないから次はジュースにしてもらえる？」

「ここは喫茶店でもレストランでもない。どうしてお前が注文する立場にあるんだ。立場にあると思えるんだ」

ここは飲食店ではない。監査部門の取調室だ。この部屋は容疑者から聴取を行う以外に情報提供者から有益な情報（ネタ）を得るため使用することがある。とにかく諜報対策が万全であるため、ここを使っていれば間違いはない、とされている。机、椅子、メモ用紙と筆記具、それ以外は窓さえない部屋がかえって安心感を与えるとは皮肉な話だ。

だがこの来客相手にわざわざ使うべき部屋だろうか、と監査部門の誰もが思うだろう。

「だってうるるはお客さんだもの」

「客じゃない！」

コートに玩具の銃というふざけた魔法少女「うるる」は、時折スノーホワイトを訪ねて監査部門を訪れる。スノーホワイトの手伝い的な役割を担っているらしく、何事かを報告してまた帰っていく。要するに岡っ引と下っ引のようなものなのだろう、とマナは考えている。昔下克上（げこくじょう）羽菜（はな）が監査部門に持ち込んだ時代小説が捜査チームの中でちょっとした流行りになったことがあるため、マナ以外にもそう解釈している捜査官は多いのだろう、うるるの来訪が煙たがられることは、基本的にない。

そう、基本的にはない。スノーホワイトがいない時にやってくるうるるは基本から外れている。話はくどく、喋りが上手いとはいえないくせに油断すると魔法にかけられ、怒りっぽくて喧嘩っ早いといういいところのない話し相手だ。

うるるの方もスノーホワイト以外には重要な情報を出してはいけないと思っているらし

く、蒟蒻のような問答に終始し、結局なにをいいたいのかもわからず帰っていく。

スノーホワイトが魔法少女学級に潜入する前は離れず活動していたらしいが、潜入後は別行動し、なにかあれば報告に、という形態で組んでいるらしい。

彼女の存在はスノーホワイトの独断専行に眉を顰める捜査員達の眉をより顰めさせることになり、誰も相手をしたがらない。そしていつの頃からか、うるるがやってきた時にスノーホワイトが留守をしていた場合、誰が相手をするかという暗黙の優先順位が作られていた。いや、作られてはいないのかもしれないが、間違いなくそこにあった。

優先順位のトップはマナだった。不本意極まる話だが、マナは年少者で下っ端なため嫌な役目を押し付けられることが多い。それだけでなく、プク・プックの遺跡占拠事件では一時的にだがうるると行動を共にしていた。君は彼女と親しいんだろう、じゃあ相手してやってくれ頼むということになってしまう。

なんで私がこいつの相手を、と思いながら今日も応対している。うるるを放置すれば、それはそれで危険であるため誰かが相手をしてやらねばならないのだ。

「お菓子は？　お茶菓子が必要でしょ」

「罪でも犯せばかつ丼をくれてやる」

「かつ丼なんておやつに食べたら晩御飯食べられなくなっちゃうでしょ。もっとちゃんと考えなさい」

歯を食い縛り、マナは耐えた。

「……ところで、今日はいったいなんの用件だ」

「スノーホワイトは留守なの？　スノーホワイトに用事なんだけど」

「さっき留守だといっただろう！　……ふう、彼女にしかいえない用件であるなら今日は帰れ。すぐに戻ってくることはない」

「でもなにもしないで帰るのもったいなくない？　それでお茶菓子はいつ出てくるの？お客様にお茶菓子お出ししないのは駄目でしょ」

マナの奥歯が嫌な音を立てた。まだ砕けていないとは思いたい。

「お前はもういい加減に……」

魔法の端末が震えた。マナは立ち上がり、うるるに背を向けて起動、メッセージを確認する。梅見崎中学が何者かに襲われた。結界を使用している模様。

「梅見崎中学ってスノーホワイトとアーリィが通ってる中学だ！」

慌てて振り返った。マナの肩に顎を載せるような形で、うるるが魔法の端末を覗き込んでいる。

「お前、勝手に捜査情報を盗み見」

「この前みたいに助けに行かなきゃ！　うるるに続け！」

扉を開け、勢いよく外に出、廊下を走っていくうるるを追いかけ、マナも飛び出した。

◇袋井真理子

「最近の若いヤツは本当にダメだよ、マジで」

革ツナギのライダースーツを半ばまで脱ぎ、腰で縛って纏めた茶髪ウルフヘアの女が叩きつけるようにジョッキを置き、嘆いた。皿の上に並んだ雀の串焼きが、抗議の声をあげるように揃って揺れた。

「若者への愚痴とか。年齢食った証じゃん」

真ピンクの上下ジャージ、裸足にサンダル履き、服よりは幾分か薄くしたピンク色の髪を二つ縛りにして煙草と酒を交互に口へ持っていくという、輩臭ぷんぷんの女が手を叩いて笑った。

茶髪は叩きつけたばかりのジョッキを持ち上げ、喉を鳴らして小半の残りを飲み干し、またテーブルに叩きつけた。雀が先程より大きく揺れる。

真理子は周囲の様子を窺った。居酒屋は七割くらいの混みようでそこそこ人も多い。ただ、ライダー、ジャージの輩、白衣、という取り合わせは確実に物珍しく、ひそひそと囁き合いながらちらちらこちらに目を向けている客もいる。

「ちょっと、やめときなようるさくするの」

真理子の忠告を無視し、茶髪は持論を展開していく。

「聞いたかよ。最近の若いヤツらはさ、なにか集まろうって時はマジカルティータイムにすんだって」

「はあ？　あそこサテンでしょ。じゃあ酒出ないじゃん」

「そうなんだよ。ビールも出ねえんだよあそこ。なんでシラフで阿呆どもとお話しなきゃいけないんだって話でさ。ケーキだのミルフィーユだのつっついてカモミールだのダージリンだの飲んでさ。それが魔法少女の正しい在り方かっての」

居酒屋でジョッキ片手に管を巻いている独り者に比べれば遥かに魔法少女ではないだろうか、と思ったが、それを口にしては自分に返ってくるため真理子は黙って杯を傾けた。純米吟醸酒「魔法少年」は今日も優しい口当たりで真理子を慰めてくれる。

「あの店変身したまま飲み食いできるのが喜ばれてんじゃない？」

「変身したまま飲み食いすることのなにが楽しいのかわかんね」

「カロリーとか気にしないでいいじゃん」

「オメーはカロリーなんて気にしたことあんのかよ」

「あるわけないじゃん。食べてもナイスバディだもの」

ピンク髪は腰をくねらせ、胸を押し出すようにセクシーポーズを決めてみせ、それを見た茶髪は酒に焼けた声で下品に笑った。

「ちょっと花摘み」

「さっさと戻ってこいよ」

「逃げたらダメよ」

真理子は立ち上がり、トイレに向かいながら二人の友人を見た。茶髪が下に着ているロングＴシャツの背中部分には「私は魔法少女ですが、今はオフなので変身しません」と明朝体でプリントされていた。まだ口の中に残っていたイカナゴのくぎ煮を吹き出しかけ、右手で口を押えた。

久方ぶりに友人二人と居酒屋飲みをした。無暗にうるさく、口は悪く、ファッションの主張が強いせいで無駄に目立ち、よくないことも多いが、なんだかんだで一緒に飲んでいれば笑わされるし、笑わせる。

――いや、違うか。

ファッションの主張が強い、といより、我が強い。世間に合わせようとか、相手に合わせようとか、ＴＰＯに合わせようとか、そういった配慮を一切せず、いつものまま、素のままの自分でやってくるため、三人分の個性が掛け合わされて悪目立ちする。

用を足し、席に戻り、真理子は杯に酒を注いだ。

「でも私はマシだと思う」

「あ？　なんの話だよ」

「うっかり白衣羽織ってきちゃっただけであって、意図してやってるわけじゃないし」

「意味わかんねえ」

「なんの話か知らないけどさあ、うっかりやっちゃうのはまずいんじゃない？　老化って二十代くらいからもう始まってるってどっかの偉い人がいってたようないってなかったような気がするし」

「いってたのかよいってなかったのかよどっちだよ」

三人はそれぞれ笑った。

他人の奢りで満足するまで飲み食いする、となれば、相手が魔王パムであろうと彼女達は一切遠慮しない。真理子はけっこうな金額を支払うことになったが、まあいい。

彼女達が機嫌よく「じゃあ次はどうすんだ」となった後、手配したタクシーで二人を運ばせ、バイクは近くのコインパーキングに移動、駐輪しておく。真理子は遅れてタクシーに乗り、三時間で人気のない浜辺に到着した。

もともと民家もまばらな田舎の漁村であり、早朝ということで人通りは皆無だ。

先行していた二人の友人は、ある程度酔いも醒めたのだろう、流木に腰掛け、二人で何事かを話しながら大人しく待っていてくれたようだった。タクシーを返すなり、二人は話し始めた。まだ完全に酒が抜け切ってはいない。声が大きい。

「なんだよう、待たせてくれちゃって」

「あたしの愛車どうしたんだよ」

「バイクはコインパーキングに預けてきたよ。そっちのお金は私が持つから心配要らない」

ピンク髪がにっと笑った。

「いいね。なんか知らんけど金払いいいじゃん」

茶髪が今更気付いたように「おお」と頷く。

「そうだそうだ、いわれてみりゃ確かに金払いがいいじゃん。まあそれだけ金になる話ってことか。面白いことをしようとしかいわれてなかったけどさ」

「あんたの面白い話はいつも面白いからねえ」

二人は顔を見合わせて笑った。

「まあつまらん話なら許さんから。ピティ・フレデリカの誘い蹴ってこっち来たんだから、向こうより面白いのは確定な」

「よく知らないけど学生と戦うとかそういう話だったんでしょ？　そりゃね、あんまり面白そうじゃないよ。なんかこう最近いまいちハジケ切れてないっていうかさあ。レジスタンスも思ったほどじゃなかったしなあ」

「学生なんてクソだクソ。最近の若い連中は本当にさ」

「またそこに話戻るのかって」

二人は笑い、しかし真理子は笑わなかった。

「面倒じゃないし、面白いのも間違いない。あんた達二人、ここで私と戦ってもらう」

笑いが止まった。ゆっくりと真理子の方へ顔を向け、ピンク髪は訝しそうに、茶髪は苛立ち混じりで、尋ねた。

「どゆこと?」

「なにしたいんだよ、オメーは」

「だから戦うんだって。怖いから嫌っていうなら逃げてもいいけど、どうする?」

宣戦布告に等しい発言であるという自覚をもって口にした。ピンク髪は狐のように太く立派な尻尾を九本生やした魔法少女に、茶髪は錫杖（しゃくじょう）を持った山伏風の魔法少女に、そして真理子は巨大なハマナスの花を頭に咲かせた魔法少女に、それぞれ変身した。

「はっはあ!　それじゃ遊ぶとしようぜえ!」

「クソ魔梨華ァ!　騙しやがったな!」

「お前らが私に勝ったらなんでもいうこと聞いてやるよ。お前らが私に負けたらいうこと聞けよ」

「なに?　なにさせるつもりなのさ」

「フレデリカと縁を切れ」

一瞬の空白を挟み、もな子は錫杖をくるくると回転させ、砂の上に石突きを置いた。舞い散る砂の中でもな子が叫ぶ。

「死ねクソ花女ァ！」

「かかってこい間抜けども！　はっはあ！」

「ああ、もう本当クソだよクソ！」

三人の魔法少女が同時に跳んだ。

◇カシキアカルクシヒメ

カスパ派の新しい現身(うつしみ)であるカシキアカルクシヒメは、移転した新本拠地の最奥の部屋でスツールの上に腰掛けていた。周囲に人はいない。

これから、古い現身であるラツムカナホノメノカミは拠点が襲撃された責任を取って引退、中身の魂を新たな現身に入れ替えて心機一転、ということになる。だが実は違う。カシキアカルクシヒメはおっとりとしたアルカイックスマイルを崩すことなく喜びを噛み締めていた。

かつてピティ・フレデリカは考えた。自分は常に魔法少女の傍にいたい。魔法少女の成長を喜び、理想とする魔法少女の誕生を夢見、そのためには強大な敵として立ちはだかりたい。だが残念ながらピティ・フレデリカには寿命がある。永久(とわ)に魔法少女と共にあるというわけにはいかない。魔法少女刑務所に収監されたことで彼女は死を身近に感じ、死ねば終わり、魔法少女の未来を見ることも叶わない、という思いを強くした。

一生物である以上、死を免れることは難しい。しかし中には死を免れている者がいる。それが三賢人だ。現身というシステムを使用することで肉体を乗り継ぎ、本来あるはずの滅びを避け続けている。

それはフレデリカが目指していたものだった。魔法の国が滅び、あるいは初代ラズリーヌのような者に滅ぼされ、魔法少女がいなくなることも本意ではない。三賢人であれば、魔法の国が滅びないよう指導する立場を得、そして魔法少女達を見守り続け、彼女達の壁になることができる。一粒で何度も美味しい。

気力の萎えていたカスパ派に潜り込み、本来の現身だったラツムカナホノメノカミの精神をコントロール、刑務所に放り込んで履歴を抹消してから魔法少女学級に入学させた。存在を曖昧にし、いるかいないか朧な存在にして、なり替わり易くなった。

魔法少女学級の遺跡を狙うことで初代ラズリーヌの襲撃を呼び起こし、タイミングを狙ってフレデリカの中身を移動、元の肉体には現身候補の魂を入れ込み、プキンの剣を使って洗脳、自分こそが本物のフレデリカであると思い込ませた。この後で生きるか死ぬかは新しいフレデリカとなった彼女の頑張り次第だ。

カシキアカルクシヒメはスツールの上に立ち、目を瞑り、左手は腰、右手は後ろ、足を揃えてポーズを決めた。魔法少女達が並ぶ中、満座の注目を受けお披露目をしている、そ

んな光景が脳裏に浮かび、彼女は顔いっぱいに笑みを広げた。

あとがき

実にお久しぶりとなりました本編です。『魔法少女育成計画「黒」』のあとがきをチェックしたところ、まったく同じことを申しておりました。遠藤浅蜊でございます。

長い間お待ちいただいていた皆様、申し訳ありませんでした。皆様の「魔法少女育成計画の続きが読みたい！」という思いを、この「白」で少しでも解消できたのでしたら幸いです。

そしてもう一つ謝らなければならないことがあります。「白」の後に出ることが確定していましたビリジアングリーンこと「赤」の発売が少し遅れます。こちらも申し訳ありません。「黒」から「白」ほどお待たせすることはありませんのでお許しください。

というわけで謝罪二連発から始まりました。主に私のせいです。そしてまだ謝罪は終わりません。既に読み終えていただいた皆様はご存じのことと思いますが、初代ラズリーヌことオールド・ブルーがこの「白」でいよいよ本格的な登場と相成りました。彼女の弟子である０・ルールーも共に登場し、暗躍したりしなかったりしています。ラズリーヌ一派といえば青。ラピス・ラズリーヌ、ブルーベル・キャンディ、ランユウイ、奈落野院出ィ子といった青い魔法少女に続き、オールド・ブルー、０・ルールーがやってきたぞ、ということになりました。

ただでさえスケジュールが押している（主に私のせい）中、青い魔法少女を量産させるという重荷を背負わせてしまいましたマルイノ先生、申し訳ありませんでした。初代ラズリーヌ共々感謝いたします。


謝ってばかりではあとがきを読んだ方が暗い気持ちになってしまうかもしれないので少し明るい話題を。Twitterを始めてからだいたい一年くらい経つのですが、こないだ初めてバズりました。宣伝とかしたほうがいいのか、していいのか、魔法少女育成計画関係ない、ていうか他の作品の話題だし、と悩み続け、結局宣伝はしませんでした。というかできませんでした。怖くて。

果たしてこれが明るい話題なのでしょうか。自分でもよくわかりません。

SNSといえば、食事の画像を見ても「美味しそうだなあ、でも食欲ないんだよなあ」だった私が「美味しそうだなあ、よし食べよう」になりました。

体調が、というかお腹の調子が最近は優れています。十年前くらいまではなにかというと腹を下し、夜に少しでも油っぽいものを食べると気分が悪くなって眠ることができず、逆流性食道炎に苦しめられ、腹を下していない時はほぼ常時便秘、という全く良いところがない腹具合でしたが、最近はヨーグルト、こんにゃくゼリー、黒烏龍茶のトリオによって大変調子がよく、ポテトチップスだったり、アイスクリームだったり、チョコレートだったり、菓子パンだったり、ラーメンだったり、羊羹だったりを食べ過ぎ、過去最高に太りました。

ちなみに逆流性食道炎だけは残りました。なぜだろう。

私と一緒におやつを食べてくれる人といえば妹なのですが、つい先日、図書館に魔法少女育成計画が入っていたという話を妹から聞かされました。

「へえ、すごいね」

「しかも全巻だよ、全巻」

「マジかよ」

「でも貸し出し禁止だったよ」

「え？　なんで？」

「たぶんだけど、ジャンルが郷土資料だったから」

「郷土資料……なるほど……」

N市の戦いの歴史を記している、ということなのでしょう。

歴史といえば、魔法少女育成計画の歴史は魔法少女の歴史です。そして今回、モブ魔法少女が大勢登場します。

私はモブ魔法少女が好きです。郷土資料はおろか、キャラクター紹介にすら掲載されない彼女達にも一人一人、人生、そして魔法少女生、つまり歴史があります。個性を持ち、哲学を持ち、ちょっと油断すれば取り返しのつかないことになる魔法少女生活を送っています。

いえ、ちょっと油断すれば取り返しのつかないことになる魔法少女生活を送っている魔法少女というのは全体から見て少数派なのですが、モブとはいえ本編に登場する魔法少女達はそういう危険な生業（なりわい）の魔法少女が多いのです。

彼女達のちょっとした振る舞い、セリフ、ルックス、その他から、そういった情報、妄想が読者の皆様に少しでも伝わったりするといいなあ、と思っています。

今回、一番私の心を動かしたモブ魔法少女はアーデルハイトの先輩「パワードスーツを操る赤ちゃん魔法少女」です。彼女は顔をお面で隠して登場したわけですが、担当編集者のS村さんから「この魔法少女、自分の顔を隠しているんですか？　それとも人型パワードスーツの顔を隠しているんですか？」と大変にもっともな質問をされまして、これにより私は「パワードスーツの顔を隠しているけどリアルフェイスは丸出しな赤ちゃん魔法少女」を想像してしまい、五分ほど笑い続けて打ち合わせを中断させてしまいました。なんなら今でも思い出し笑いしていました。ここ数年で一番笑いました。なにがツボに入るかわからないものです。なんとなく悔しかったです。

結局、赤ちゃんはパワードスーツの方も、自分の顔も、両方隠しているということで落ち着きました。私は今でも思い出す度に笑って落ち着きませんが、まあよかったです。

ご指導いただきました編集部の皆様、本編だけではなくTwitterの方でもなにかとお世話をおかけした担当編集者のS村さん、ありがとうございました。

マルイノ先生、素敵なイラストをありがとうございました。私及びオールド・ブルーがお世話をおかけしましたが、そのオールド・ブルーはまさにオールド・ブルー、ラズリーヌの祖というデザインで描いていただき、西に向かって頭を下げました。

帯に素晴らしいコメントをいただきました橋本裕之監督、ありがとうございました。大変に光栄であります。スノーホワイトが最後に見るもの、ぜひ見届けてやってください。私も最後まで書き抜いていきます。

そして読者の皆様、お待たせしました。ありがとうございました。「赤」についてはここまで延ばすことがないはずです。今しばらくお待ちください。
次は「赤」と、その前の……でお会いしましょう。

きゃるるんぴかぴか(?)な表情をした
魔法少女を描きたくなったので…

ア●ティメットフレデリカさん、作画コストが
かつてないほど高い御姿になりました。

ありがとうございました！

本書に対するご意見、ご感想をお待ちしております。

あて先 〒102-8388 東京都千代田区一番町25番地
株式会社 宝島社 書籍局
このライトノベルがすごい！文庫 編集部
「遠藤浅蜊先生」係
「マルイノ先生」係

この物語はフィクションです。実在する人物、団体等とは一切関係ありません。

KL!
このライトノベルがすごい！文庫

魔法少女育成計画「白」

（まほうしょうじょいくせいけいかく「ほわいと」）

2022年2月24日 第1刷発行
2024年3月27日 第2刷発行

著 者 遠藤浅蜊（えんどうあさり）

発行人 関川 誠
発行所 株式会社 宝島社
〒102-8388 東京都千代田区一番町25番地
電話：営業 03(3234)4621／編集 03(3239)0599
https://tkj.jp

印刷・製本 株式会社広済堂ネクスト

ISBN978-4-299-02640-8